Sous la pluie

SOUS LA PLUIE

Hazel Nazo

Le code de la propriété intellectuelle interdit les copies ou reproductions destinées à une utilisation collective. Toute représentation ou reproduction intégrale ou partielle faite par quelque procédé que ce soit, sans le consentement de l'auteur ou de ses ayant cause, est illicite et constitue une contrefaçon aux termes des articles L.335-2 et suivants du Code de la propriété intellectuelle.

Ce livre est une fiction. Les noms, personnages, lieux, et évènements sont issus de l'imagination de l'auteure, et toute ressemblance avec des personnages vivants où ayant existé serait fortuite. Toute référence à des lieux ou personnages réels serait utilisée de façon fictive

Hazel Nazo

© 2024 All Rights Reserved

Independently published

Loire Atlantique

ISBN : 978-2-3225-4044-0

Édition : BoD • Books on Demand GmbH, In de Tarpen 42, 22848 Norderstedt (Allemagne)
Impression : Libri Plureos GmbH, Friedensallee 273, 22763 Hamburg (Allemagne)
Dépôt légal : Octobre 2024

Sous la pluie

*À l'artiste qui a inspiré ma plume lorsque tombait la pluie.
Jonghyun, tes musiques sont ma plus belle source d'inspiration.*

*À la jeune Moi d'il y a dix ans... Tu vois, je savais bien qu'on
y arriverait !*

Avertissement :

Ce livre contient des propos, des scènes et des mentions qui pourraient heurter la sensibilité de certains lecteurs. Nous vous remercions de prendre connaissance des *trigger warnings* ci-dessous.

Nous vous rappelons également que ceci est une œuvre de fiction, avec des personnages fictifs. Nous ne cautionnons ni n'encourageons, en rien, les actes ou les propos qui sont mentionnés dans cette histoire.

TW : self-harm, scarifications, deuil, dépression, mention de suicide, mention de meurtre, vocabulaire macabre, mention d'adultère…

PARTIE I

QUAND LES SENTIMENTS ECLOSENT

CHAPITRE 1 : Le fleuriste.

Il attendait sur la chaise paillée, dans la sombre petite pièce derrière le comptoir. Il s'agissait à proprement parler d'un local exigu, cependant il y passait tant de temps qu'il le considérait comme un substitut à sa chambre à coucher. Il n'était pas bien agréable de séjourner dans le cagibi : l'air y était humide et l'ampoule basse consommation grésillait beaucoup trop régulièrement, menaçant de s'éteindre définitivement en le plongeant dans le noir. Ça ne le dérangeait pas particulièrement ; il n'était pas de ceux que la nuit effraie. Le vieux propriétaire se sentait concerné par les dépenses énergétiques depuis quelques temps. Il disait qu'il fallait préserver les ressources de la planète. Mais Lysandre avait beau faire semblant d'y croire, il savait que c'était surtout une bonne raison de réduire les factures qu'il jugeait inutiles.

Il n'y avait dans le local que des pots en verre pour la plupart vides, quelques sachets de graines dont certaines, les plus braves, avaient germé en perçant leur prison de papier, des packs de bouteilles, des produits d'entretien, et quelques outils. Et, bien évidemment, Lysandre et sa chaise fragile. Rien qui aurait donc eu nécessité d'une belle lumière vive. Lysandre n'était pas très exigeant, ça devait être l'une des raisons pour lesquelles il avait été engagé. Ça et sa discrétion qui lui donnait parfois l'air d'un fantôme errant au milieu des fleurs. C'était juste ce qu'il lui fallait pour le contenter : être au milieu des fleurs. Il les admirait depuis l'enfance, toujours avec cette crainte qu'on se moque de cette passion. Il fallait bien admettre qu'aimer les fleurs pour un jeune garçon, ce n'était pas habituel et assez mal perçu par la majorité de son entourage. Il n'y avait à l'époque qu'une seule personne qui ne le poussait pas à s'intéresser à d'autres passe-temps plus « classiques ».

Sa défunte grand-mère était la nymphe des jardins. Elle connaissait le nom des clochettes sur le bord des chemins et celui des plantes qui grimpaient sur les façades. La nature était sa cuisine, sa pharmacie et sa chambre à coucher. C'était la raison pour laquelle elle reposait désormais en paix allongée sous les jeunes pousses, éternelles gardiennes de son sommeil. Lysandre avait beaucoup pleuré quand elle les avait quittés. Il versait encore quelques larmes de temps à autres, si jamais les divagations de son esprit le conduisaient à son image souriante. En grandissant sa folie florale ne fit que croître, au grand dam de ses parents. Mais étrangement elle ne semblait plus être dérangeante pour ses camarades. A force d'admirer les bouquets, on aurait pu croire qu'il avait lui-même fini par se transformer en rose. Son visage indéniablement masculin avait la douceur d'un pétale, la délicatesse de ses gestes charmaient les demoiselles. Il n'était jamais brusque, les fleurs demandaient une concentration qui ralentissait le temps. Il avait quitté sa filière en biologie après trois années d'études ; un vaste gâchis.

Alors âgé de vingt-et-un ans il s'était mis en quête d'un emploi simple, qui préviendrait tout contact social indésirable. Malgré le succès qu'il avait acquis au lycée, il ne s'était jamais senti à sa place parmi la population uniforme. Il était tombé par hasard sur la boutique encastrée dans un bâtiment du dix-neuvième siècle. Il avait passé une journée difficile et avait, pour parfaire son malheur, oublié d'emporter sa carte de transports. Condamné à rentrer à pied, l'agacement le rendant maladroit, rien n'eut pu être plus frustrant que ses pas mal assurés. Aussi s'était-il autorisé quelques instants, immobile sur le trottoir pour se reprendre. Il avait fermé les yeux, et les avaient ouverts face à la vitre crasseuse.

Le magasin ne payait pas de mine. Mais ce n'était pas la poussière sur le cadre des baies vitrées qui avait attiré le regard de Lysandre : ses yeux étaient tout occupés à admirer un visage inconnu qui était apparu en transparence sur les bouquets. Ce visage était très banal, tout en étant si peu commun qu'il n'eut pu s'en désintéresser. Il avait voulu en voir les réelles couleurs mais quand il avait tourné la tête le minois inconnu s'était évaporé. Il avait également remarqué avec quelques minutes de retard que la pluie lui frappait le visage. La déception s'était additionnée à sa colère injustifiée. Il s'était remis en route en traînant des pieds et sa basket avait déchiré le coin d'un papier froissé et gorgé d'eau, à peine lisible. Lysandre avait cependant été à même d'en déchiffrer les grandes lignes : le fleuriste cherchait un assistant. Il n'avait pas hésité, il était désespéré.

L'entretien n'avait rien eu de commun, aucun curriculum vitae ne lui avait été demandé. Le vieux botaniste l'avait questionné sur sa fleur préférée, puis il avait serré sa main fine entre ses doigts noueux. Ce fut tout, et ce fut suffisant autant pour l'un que pour l'autre. Ils se parlaient très peu, mais quand son patron avait besoin de ses services il le nommait « Grayi », nom peu mélodieux mais en accord avec la seule réponse qu'il avait eue à fournir. En réalité la fleur préférée de Lysandre n'existait pas, ils les aimaient toutes de façon égale. Malgré cela, en repensant à cette personne inconnue disparue, c'était la première qui lui était venue à l'esprit ce jour-là. « Diphylleia Grayi », la fleur squelette qui s'efface sous la pluie en ne laissant apparaître que son empreinte. Lysandre n'en avait jamais vu de vraies, juste des photos. Exactement comme l'individu dans la vitre, juste une image qu'il avait retenue.

Il avait fini avec le temps par oublier cette rencontre qui n'avait pas eu lieu, elle ne valait pas plus qu'un autre souvenir. Elle aurait pu se diluer dans les méandres de sa mémoire, mais le destin dut en décider autrement. Car lorsqu'il regagna la pièce principale pour arroser le caoutchouc, deux silhouettes brunes s'enlaçaient devant la porte entrouverte, et le visage qu'il vit alors fit battre son cœur sur un rythme qu'il ne connaissait pas. Il n'en avait encore aucune idée, mais cette scène précise allait devenir la clef pour échapper à sa monotone existence.

Il aurait dû ignorer le couple comme il avait l'habitude de le faire avec les autres. Il ne comprenait pas pourquoi il restait focalisé sur les potentiels clients. Cela lui fit même manquer le pied de l'arbre en versant l'eau pure, et il trempa ses chaussettes. Il ne s'en agaça absolument pas, obnubilé non pas par la vision des inconnus ; il ne les regardait pas ; mais par leur simple présence. Il releva le regard les joues brûlantes pour finalement ne rencontrer que les yeux ridés de son patron qui secouait le trousseau de clé, lui indiquant l'heure de la fermeture.

La journée touchait à sa fin alors que l'histoire ne faisait que commencer. Lysandre termina l'arrosage et passa un coup de chiffon sommaire sur l'établi servant à couper les tiges trop longues et, accessoirement, de table à manger. Dans le plus grand des calmes ils clôturèrent le magasin et rentrèrent chez eux, comme chaque soir. Il y avait pourtant une légère différence cette fois. Oui, car ce soir-là, Lysandre ne parvint pas à s'endormir.

Ses cernes avaient la couleur des campanules qu'il était en train de rempoter. Un mauve tendre tirant sur le bleu, c'était joli. Lysandre n'avait jamais trouvé laides les traces de fatigue, pas plus d'ailleurs que les traces du temps. Pour lui elles n'étaient que des rappels que l'on était vivant. En vie, vulnérable, en chemin vers la mort. Ce n'était pas triste, ce n'était pas non plus une fatalité ; il s'agissait de la réalité. Il n'avait pas peur de s'éteindre. Quand on craint la mort on a tendance à être effrayé par la vie. Cependant bien qu'il n'eût pas peur de la mort il n'aimait pas y penser pour autant. Lui ne craignait pour l'instant qu'une chose et c'était de rater la pause de midi à cause de l'affluence surprenante de trop nombreux clients.

S'il était honnête ça ne l'était pas vraiment, « surprenant ». On était en période de Toussaint. Il encaissa la jeune femme qui avait pris une jolie composition de roses et fleurs des champs. Lysandre n'était pas plus curieux qu'un caillou… Mais la demoiselle devait vouloir bavarder.

— Ce bouquet est un bon choix, pas vrai ? Il est très beau. Et pas trop féminin, c'est bien.

— Il n'y a pas de bouquets selon les genres. Vous auriez pu vous contenter de dire que c'est un beau bouquet.

— Il est magnifique, je suis bien d'accord ! Il sera parfait pour lui.

Lysandre n'avait aucune envie de répondre, il ignora donc l'ouverture à la conversation et lui tendit délicatement les fleurs.

— Oh bien sûr, vous devez vous sentir attristé. Vous vous trompez, elles ne sont pas pour un parent décédé.

Ça, il eut pu s'en douter. Elle souriait beaucoup trop pour être en deuil. Elle n'était pas méchante, bien qu'elle fût à la limite de l'incorrection. Lysandre ne l'appréciait pas.

— Vous m'en voyez soulagé.

— C'est pour mon fiancé. Il n'aime pas les fleurs… Mais il vient d'obtenir son diplôme, je dois le féliciter ! Il est parfait, intelligent, beau…

Elle dut réaliser qu'elle s'égarait, si on considérait qu'elle fut auparavant sur le droit chemin, et une mielleuse politesse remplaça son flot de paroles.

— Et vous ? Quelles fleurs offrez-vous à votre bien aimée ? Elle doit être gâtée, avec un copain fleuriste…

— Je n'offre pas de fleurs. C'est éphémère et personne ne les garde longtemps. Un peu comme les relations amoureuses. Si j'étais vous je lui aurais offert des chocolats, il aurait au moins pu en profiter.

Elle sembla outrée, et attrapa hargneusement ; ce fut la seule qualification que Lysandre lui trouva ; le bouquet avant de franchir les portes en lâchant un :

— Je ne vous souhaite pas une bonne journée.

Lysandre n'en avait cure. Sa journée était déjà mauvaise. Lui qui était d'un naturel si tranquille, elle avait réussi à réveiller sa colère. Encore une fois il ne comprenait pas : il n'avait aucune raison d'être si amer. Il décida de mettre ça sur le compte de la fatigue, il était humain jusqu'à preuve du contraire. Les choses n'allèrent pas en s'améliorant puisque comme il le redoutait il ne put se permettre de pause déjeuner. Le patron n'était pas encore de retour et il ne pouvait s'absenter ne serait-ce qu'une minute ou deux.

Finalement le flot de clients se tarit, à son plus grand soulagement. Il se laissa tomber sur sa chaise de paille et le dossier craqua : un jour il finirait par la briser. Il ferma les yeux pour se reposer la pupille. Le visage soigneusement maquillé de la jeune fille de la matinée lui revint en tête. Elle était une beauté, nul n'eut pu le nier et il s'en voulait presque d'avoir été désagréable.

— Excusez-moi ?

Lysandre rouvrit les paupières en remontant ses lunettes rondes sur son nez.

— Bonjour, vous désirez ?

Revenu dans son rôle de parfait employé il avait revêtu son faux sourire et il le perdit bien vite : c'était ce garçon, celui de la vitre.

— Oui euh… Je souhaitais vous ramener des fleurs…

— Je vous demande pardon ?

Lysandre avait à peine écouté la demande, c'était la raison de sa question. Le brun le comprit autrement.

— Je sais, personne ne vous a ramené de fleurs auparavant, pas vrai ? Je ne veux pas de remboursement… J'en ai pris soin, elles sont comme neuves et je ne vais pas les garder. Il serait bien mieux qu'elle fasse le bonheur d'un autre.

— Nous ne reprenons pas les bouquets. Si vous n'en voulez plus, offrez-le à quelqu'un dans la rue ?

— Je n'offre pas de fleurs. Elles meurent beaucoup trop rapidement.

Tiens ? Il connaissait ce discours. Lysandre papillonna des cils et regarda avec plus d'attention les caractéristiques de son interlocuteur. Relativement grand, un visage qui gardait des traces de l'enfance, des yeux et cheveux sombres et une bouche boudeuse... Il devait être plus jeune que lui de quelques années. Et plus charmant aussi. Alors que Lysandre se souciait bien peu de son apparence il prit soudain conscience de ses mains sales et de son tee-shirt plein de terre. Il tourna honteusement la tête en gratouillant discrètement l'ourlet de sa manche.

— Rien ne dure. On peut juste profiter de l'instant. Mais les fleurs sont jolies, pour un moment.

— Vous les voulez ?

— Hein ?

Il le regardait très sérieusement, lui tendant le bouquet à bout de bras, en ayant pris soin de le garder à l'envers.

— Vous les voulez ? Je vous les offre.

— Il n'y a aucune raison à ce que vous me les donniez. J'en ai d'autres ici.

— Ce ne sont bien sûr pas du tout les mêmes ! Celles-ci, je vous les donne. Tant que vous n'avez pas accepté elles ne sont pas encore à vous.

Lysandre releva du bout des doigts la tête délicate d'une marguerite qui glissait du bouquet. Il le reconnaissait, c'était celui qu'il avait vendu un peu plus tôt à la jeune fille. Le brun était-il donc le parfait fiancé ?

— N'avez-vous pas une personne à qui les apporter ? C'est contre notre règlement de reprendre les plantes.

En réalité il n'y avait nul règlement de la sorte, ni aucun règlement d'ailleurs. Lysandre ne voulait pas récupérer le bouquet. Le garçon approcha son autre main, si subtilement qu'il n'eut pas le temps de l'éviter. Il porta la main à sa joue et les pétales velours de la marguerite chatouillèrent sa peau.

— Vous aviez l'air sombre. Maintenant vous semblez déjà plus lumineux.

Sous la pluie

Il reprit son bouquet et quitta la boutique. Lysandre garda la marguerite à son oreille jusqu'à la fin de son service. Et quand il sortit du travail, un bouquet de fleurs un peu défraîchi l'attendait sur le trottoir.

Hazel Nazo

CHAPITRE 2 : Vilain caoutchouc.

Le vieux patron était fané. Lysandre ne pouvait penser à aucun synonyme. Il avait même l'odeur poussiéreuse du pot-pourri de sa grand-mère. Une odeur qui le rendait doublement nostalgique. Le parfum flétri des pétales décolorés par le soleil hantait son appartement comme un visage du passé sur une photo jaunie... Il avait posé le bouquet récupéré quelques semaines plus tôt sur sa petite table de cuisine sans même prendre la peine de lui offrir à boire. Cette intrusion dans son espace privé réveillait son anxiété.

Pour un passionné de nature comme il prétendait l'être, son appartement de la taille d'une maison de poupée était bien triste. Pas la moindre plante verte, pas même un petit cactus. La tapisserie autrefois ornée de fleurs bleues se décollait dans le coin des murs humides, et le vent d'automne qui s'infiltrait entre les carreaux sales de la fenêtre la faisait danser. L'évier en faïence témoignait de longues heures de cuisine épicée. Que Lysandre n'avait jamais goûtée. Au deuxième étage d'un bâtiment sans ascenseur après une série de marches en bois creusées par les pas de nombreux résidents de toutes les époques, le deux-pièces avait connu beaucoup de personnes âgées avec un budget serré qui les obligeait à tolérer les dangereux escaliers.

Lysandre ne cherchait pas un beau logement moderne et tout équipé ; la baignoire à pieds ressemblant à une gargouille et la pression inexistante des robinets lui convenaient parfaitement. Il s'y sentait en sécurité, dans son chez-lui sombre et un peu étroit. La décoration n'était pas de lui, sauf si le mobile plein de perles qui ne s'accordaient pas et la collection de jolis papiers empilés sur la table de chevet étaient de la décoration. Il adorait les papiers à motifs, ou ceux de couleurs. Pour emballer les bouquets, ils en utilisaient de très mignons. Lysandre en avait « oublié » dans ses poches plus d'une fois. Mais le dernier papier de la pile n'était pas un chapardage discret. Il avait ignoré le cadeau périssable de l'inconnu mais en avait conservé l'enveloppe peinte. Allait-il de nouveau oublier le visage juvénile ? Il l'espérait, le sommeil lui manquait.

— Je voudrais une plante verte qui est facile à entretenir et ne prend pas de place.

— Investissez dans une petite amie d'un mètre cinquante.

Vexé de n'avoir entendu aucune formule de politesse dans cette voix sûre d'elle, Lysandre avait répondu sous une impulsion. Il retint un rictus quand il vit son interlocuteur. Le destin devait s'ennuyer.

— Excusez mon éclat. Une plante, donc ?

— J'espérais tomber sur vous en venant ici.

Et pourquoi cela ? Le jeune homme le fixait, ses yeux pétillaient. Il souriait, aussi, et Lysandre ne put s'empêcher de se dire que c'était un beau sourire.

— Comment puis-je vous aider ? Vous m'avez pourtant avoué ne pas aimer les fleurs.

— Une plante verte, c'est tout à fait différent ! Elle continue à pousser si on l'aide un peu, et elle peut durer toute une vie !

— A condition de savoir en prendre soin...

— Je compte sur vous pour me lire la notice d'utilisation.

Le sourire ne retombait pas, et pour quelque raison obscure Lysandre avait envie de pleurer. Il ressemblait à un ange, son aura lui rappelait un printemps semblable à l'été et une promenade dans un parc. Il en perdait sa concentration.

— Peut-être serait-il judicieux de partir sur une plante grasse pour commenc...

— J'aime beaucoup celui-là. Il est tout tordu.

— Ha, le caoutchouc. Personne ne veut de lui, il est trop grand pour son âge. Donc pour les succulen...

— Je voudrais le vilain petit caoutchouc.

Allait-il donc cesser de le couper dans ses phrases ? C'était très insolent. En avisant le pot énorme du caoutchouc, Lysandre répliqua ironiquement.

— Cette adorable et minuscule plante de bureau ? Exactement ce pour quoi vous veniez !

— Je venais aussi pour vous revoir. Et il n'y a que les abrutis qui ne changent pas d'avis !

Les joues coquelicot, Lysandre soupira pour masquer sa gêne. Son client s'approchait déjà du petit arbre, prêt à le serrer dans ses bras... Il pesta en le reposant bruyamment sur le sol carrelé.

— Ehm... Je vais payer d'abord.

Il le dépassa vivement pour atteindre le comptoir. Il avait décidément quelque-chose de très candide qui amusait beaucoup le fleuriste.

— Merci pour vos conseils.

— Je ne vous ai encore rien dit...

— Ne me dites rien ! Ça me donnera une excuse pour venir vous le demander !

— Je vais absolument tout vous expliquer tout de suite, alors.

L'air d'abord outré puis la petite moue abattue du garçon fit éclater de rire le vendeur... Qui se tut presque instantanément. Lysandre ne riait pour ainsi dire jamais. Peu de choses l'amusaient, sans compter qu'il restait au fond un grand timide. Son rire aurait pu être comparé à celui d'un ours en peluche si les ours en peluche pouvaient rire. Sa voix grave semblait s'étouffer dans du coton. Il n'aimait pas entendre son rire, comme la majorité des gens n'aiment pas entendre le leur.

— Si vous me l'expliquez en riant je suis prêt à vous écouter pendant des heures.

— Vous pouvez insérer votre carte.

La nuit lui faisait coucou derrière la fenêtre, il était grand temps de fermer pour le weekend. Une longue nuit et une grasse matinée attendaient Lysandre qui ne profitait jamais correctement de son dimanche. Il encaissa son client mystérieux et le regarda passer en tirant le pot en plastique derrière lui. Quelle scène divertissante. Il se dépêcha de ranger l'établi et recompter la caisse, attrapa son écharpe pelucheuse et activa l'alarme. Prêt pour sa séance de marche sportive jusqu'à chez lui, il tira ses écouteurs hors de sa poche... Mais ne les mit pas à ses oreilles. Une charmante silhouette se tenait courbée sur le bord du trottoir, aux côtés d'une bicyclette rouge et d'un immense pot de fleurs. La silhouette releva un visage espiègle qui se voulait innocent :

— Je suis venu à vélo...

La plus grande faiblesse des êtres humains, ce sont les sentiments. Tristesse, peur, amour... Compassion et pitié sont les plus destructeurs. Alors que son pyjama rayé dormait sans lui sous sa couette, il était encore dehors et pour couronner le tout voilà qu'il grêlait. Les glaçons fouettaient ses joues et lui piquaient les phalanges.

— On y est bientôt ! Vous voyez le restaurant là-bas ? On tourne à gauche et... Attendez... Voilà !

Lysandre aperçut effectivement un bâtiment d'environ vingt étages, tout en vitres et métal. On aurait dit un hôtel luxueux et tout neuf, il imaginait complètement le toit aménagé pour des cocktails dinatoires. Ils s'arrêtèrent devant une grande porte vitrée et le garçon abandonna le pot à Lysandre, qui crut sentir ses bras se briser, pour chercher ses clefs. Curiosité. C'était plutôt cela la plus grande faiblesse des Hommes. Il aurait pu refuser d'aider son client, sa journée était finie et il ne lui devait plus rien. Alors pourquoi...

— Je vous rassure, il y a un ascenseur.

Encore heureux. Lysandre ne répondit pas et son silence dura tout au long de leur ascension. Il paniquait. Non pas qu'il se sente en danger, au contraire d'ailleurs, mais il ne se reconnaissait pas dans ces initiatives qu'il prenait.

— Je vous le pose... ici ?

— Dans le salon, plutôt. J'allume la lumière.

Le fleuriste était un homme simple, qui enviait peu de choses. S'il avait été plus ambitieux, ou simplement plus commun, il serait mort de jalousie en voyant le séjour ; ou la cuisine à l'américaine ; ou l'immense écran plat...

— Vous habitez seul ici ?

— Non, j'ai volé les clefs à un monsieur en costume dans le métro. Mais ce gars avait oublié de mettre un peu de verdure. Ça sera parfait juste ici... Merveilleux.

Il avait raison. Les feuilles larges de l'arbuste caressaient le rideau de toile, les lumières de la ville se reflétaient sur leur surface brillante. La plante était le seul élément de couleur dans ce salon immaculé.

— Je me sens enfin chez moi. Merci.

— Avec un petit caoutchouc ? Avec tout ce que vous avez ici ?

— Je ne possède rien. Juste la chance d'être né dans la bonne famille.

La bonne famille... C'était très subjectif. Le garçon lui proposa à boire et n'attendit pas sa réponse, anticipant un refus en argumentant que la grêle tombait plus fort et que le plus prudent serait d'attendre une accalmie. Il releva ses manches pour laver deux tasses et Lysandre remarqua un tatouage sur son bras gauche. Une paire de ciseaux brisée en deux, très bien réalisée, pleine de petits détails. Il s'agissait là d'un très joli motif. Soudainement captivé Lysandre chercha à apercevoir son autre bras. Il n'y découvrit qu'un pansement serré qui s'enroulait autour de son poignet. Il tourna la tête par politesse, se sentant coupable pour quelquechose qu'il n'avait pas fait. Les anges aussi ont leurs tourments...

La haine. La parole. L'intelligence. Les faiblesses de l'humanité ? Son client était humain. Il le réalisa comme une évidence, et faillit se frapper les joues.

Subjugué par sa singularité il en avait oublié sa condition humaine. Il était, pour sa défense, facile de s'y tromper. Sa carrure sculptée au millimètre près, son œil intelligent, ses mèches ébouriffées parsemées de gouttelettes translucides, les veines couleur lavande sur ses avant-bras tendus... On eut pu croire à une statue de l'Antiquité, d'un dieu grec inconnu.

— Magnifique...

Exactement ce que Lysandre se disait. Mais il n'était pas celui qui avait parlé. Il sursauta au son de la voix de son hôte qui était habituellement plus énergétique. Avait-il lu dans ses pensées ?

— Pardon ?

— On dirait vraiment une fleur...

Lysandre était perdu. Parlait-il encore de son nouvel arbre ? C'était plutôt gratifiant de voir qu'un produit qu'il avait vendu rendait quelqu'un aussi heureux.

— Tu veux un sucre pour le thé ? Ha...

Il se mit à bafouiller, et s'excusa dans une exclamation, presque apeuré :

— Vous ! Vous voulez du sucre ?...

— Non merci, je vais juste prendre le thé.

Il avait vraiment l'air plus jeune. Lysandre ne considéra pas cela déplacé de lui demander son âge.

— Quel âge avez-vous ? Vous semblez plus jeune que moi, mais vous vivez une vie qui me semble être celle d'un adulte... Peut-être que le tutoiement serait plus adéquat ?

Le jeune homme sourit légèrement, et hocha négativement la tête avant de lui tendre sa tasse.

— J'ai dix-sept ans.

Il ne s'attendait pas à ce chiffre. Choqué, il avala de travers sa gorgée de thé brûlante et toussa dans son coude pour masquer le filet d'Earl Grey qui lui sortait par la narine droite.

— Vous allez bien ? Vous voulez un mouchoir ?

Le jeune homme s'était précipité sur la boîte de mouchoirs posée au coin de la table. Devinant sa surprise, il reprit en lui tendant le bout de papier :

— J'ai sauté une classe en primaire, une autre au collège, et suivi un cursus accéléré pour mon école de droit. Mon père voulait que je sois fonctionnel le plus rapidement possible...

Dix-sept ans... A peine entré dans l'âge adulte. Avec un appartement pareil, et l'obtention récente d'un diplôme, Lysandre aurait plutôt pensé à la vingtaine... Mais comment savait-il que son charmant jeune hôte était diplômé ? Ça lui revenait. C'était sa fiancée qui le lui avait confié un jour où elle était venue acheter des fleurs pour l'occasion.

— Vous êtes fiancé... Et vous possédez un grand appartement au centre-ville. Bien des gens rêveraient d'avoir ce que vous avez.

— Mais ce n'est pas votre cas, n'est-ce pas ? Comment savez-vous pour Camille ?

— Je l'ai croisée... Elle vous a offert des fleurs.

— Techniquement, c'est à vous qu'elle les a offertes. Je vous les ai rendues.

Il se souvenait donc de leur première conversation. Lysandre revoyait le visage symétrique de la jeune femme superficielle. Sa beauté classique s'assortissait parfaitement avec la présence angélique de son futur époux.

— Elle est plus âgée que vous.

— De deux ans. Nous nous sommes rencontrés à l'école. Nos parents font partie du même club… Une espèce de club de riches, je n'ai jamais compris. Mais c'est une amie d'enfance d'une famille proche de la nôtre alors naturellement, quand je serai prêt…

Il ne finit pas sa phrase. Son regard se perdit dans la pièce, comme pour échapper à ce à quoi il faisait face. De toute évidence il n'était pas emballé par son avenir tout dessiné. Lysandre eut un sentiment de satisfaction égoïste en le constatant, comme s'il souhaitait que leur histoire ne dure pas.

— Elle s'appelle Camille. Je connais donc le nom de votre fiancée mais pas le vôtre.

— Oh ! Il est vrai que désormais, après nos longues aventures, je pourrais vous confier un tel secret...

Lysandre leva les yeux au ciel mais tendit l'oreille :

— Je m'appelle Achilles. Ne riez pas, il s'agit du choix de mon grand-oncle. Ça aurait pu être pire, mon cousin se nomme Virgile.

Alors sa faiblesse, finalement, c'était son talon ?

— Ma faiblesse, ce sont les jolies fleurs.

Il avait pensé à haute voix. Les joues de nouveau écarlates il s'excusa dans sa barbe. Ce qui suivit acheva de colorer son visage gêné.

— Dites... Peut-on être amis ? Vous êtes une gentille personne, et j'aime votre conversation. Nous pourrions nous retrouver pour un café de temps à autres... Et je pourrais vous faire une liste des noms ridicules que nous portons dans la famille.

— Ils ne sont pas ridicules.

Il lui avait demandé d'être son ami. Les réminiscences de l'école primaire surgirent dans son esprit et il les chassa en secouant la tête. Ils avaient sept ans de différence. Autrement dit, Achilles n'était pas encore venu au monde quand lui entrait dans l'âge de raison. Pourtant raisonnable, il ne l'était apparemment pas, puisqu'il laissa le jeune homme taper son numéro dans son téléphone et s'envoyer à lui-même un message afin d'obtenir le sien. Une telle amitié faisait-elle sens ? En rentrant chez lui avec un parapluie bleu nuit emprunté à son « nouvel ami », Lysandre se fit la réflexion que sa voix éclatante lui manquait déjà.

CHAPITRE 3 : L'ami de la poésie.

Il fixait l'ondulation du liquide, noyé dans ses pensées à l'image de cet insecte un peu trop curieux qui avait bu la tasse dans son café désormais froid. Stupide insecte. Achilles était parti chercher du sucre pour son cappuccino, que la serveuse avait dû oublier lorsqu'elle minaudait devant lui. Il avait du succès. Il n'avait fallu que quelques heures à Lysandre pour le comprendre et cela l'irritait un peu. Il n'aimait pas qu'on intervienne dans ses rencontres ou ses sorties. Le beau visage de son ami ne justifiait en rien un tel comportement, enfin, la jeunesse avait perdu la notion de politesse. Il touillait furieusement sa boisson pour exprimer son insatisfaction quand Achilles se rassit face à lui en s'excusant du temps que cela avait pris.

— Tu pouvais commencer tu sais. Maintenant c'est froid. Tu veux que j'aille demander à le faire réchauffer ?

— Non ! Je veux dire… Je préfère le café froid, je me brûle en le buvant sinon.

C'était un mensonge. Lysandre était une plante frileuse. Il était sans arrêt frigorifié. Mais hors de question de le laisser filer encore une fois. Il était venu pour discuter un peu, et le tutoiement était venu tout naturellement. En sortant du travail il avait reçu un message d'Achilles qui lui proposait un café pour le goûter. Fervent admirateur de ce que l'on appelait latte art, Lysandre n'avait pu décliner. Ils s'étaient donc retrouvés devant le salon de thé apparemment connu pour ses dessins cacaotés, et effectivement les boissons étaient magnifiques. De l'art, sans conteste, très sympathique. Achilles semblait avoir besoin de parler, beaucoup et toujours plein d'énergie. Lysandre avait ainsi appris l'existence d'une petite sœur nommée Artémis, de la maison de vacances immense de ses parents, et du club de natation d'Achilles qui avait été champion régional. Une explication logique à son dos et ses bras tout en muscles. Lysandre n'était pas un grand sportif. Il avait un petit ventre tout mou et des bras fins bien que forts ; soulever les sacs de terreau valait tous les altères du monde, à moindre prix.

Achilles lui expliqua qu'avec ses études de droit il avait arrêté de nager et de concourir. C'était pour lui un soulagement de ne plus avoir à faire semblant d'aimer ses camarades, avait-il dit. Il ne s'entendait apparemment pas toujours avec les autres nageurs et regrettait le côté collectif qui existait malgré tout dans ce sport individuel. Lysandre n'avait pu s'empêcher de se dire que c'était avec ce genre d'attitude qu'il ne parvenait pas à agrandir son cercle d'amis.

Pour Artémis, elle était une fillette de douze ans. Elle aimait aussi les fleurs, mais surtout en motifs pour ses robes et ses tissus. D'après Achilles sa sœur avait développé un grand intérêt pour la mode en lisant une revue pour adolescents qui proposait des idées de tenues à base de vieux vêtements. Elle avait adoré bricoler ses propres vestes en jean et voulait désormais faire carrière dans le domaine. Hélas, comme l'avait mentionné Achilles, leurs parents exigeaient de leurs enfants un niveau d'études élevé et des notes proches de la perfection.

En écoutant Achilles parler de sa sœur, Lysandre sentit qu'il tenait à Artémis… Mais il ne la connaissait au final pas si bien. N'étaient-ils alors pas si proches ? Achilles restait très évasif sur le sujet, Lysandre n'osait donc pas en demander davantage. Il comprenait cependant un peu cette impression : peut-être qu'Artémis était pour Achilles ce que sa grand-mère avait été pour lui ? Quelqu'un à admirer et aimer, sans réellement en être aussi proche qu'il l'aurait souhaité. Il y avait comme une distance.

Quand Achilles avait voulu connaître ses passe-temps, il était resté vague. Car, en réalité, Lysandre n'avait pas de passion. Il vivait avec les fleurs. Il aimait et chérissait les fleurs. Ses uniques centres d'intérêt était la botanique ; et aussi le café décoré. Il ne jouait d'aucun instrument, ne faisait aucune activité physique, ne touchait pas au domaine artistique… Si, il aimait faire de l'origami avec les feuilles qu'il trouvait ci et là. Mais plus qu'un passe-temps c'était devenu quelque-chose de machinal qu'il faisait automatiquement quand il passait trop de temps à réfléchir. Cela ne lui avait jamais posé souci de ne pas avoir de passion... jusqu'à aujourd'hui. Il avait l'impression atroce d'être un ami très décevant, finalement. Achilles dut remarquer son hésitation à lui répondre, et il s'empressa de relancer la conversation.

— Tu aimes les fleurs, mais tu m'as déjà dit que tu trouvais que c'était un cadeau de mauvais goût.

— Les fleurs sont des jolies choses qui vont disparaître. Si on y songe c'est le pire des cadeaux. C'est offrir un bout de rêve à quelqu'un qui va le voir se transformer en cauchemar.

— Les fleurs fanées ont aussi un charme.

— Peut-être en pot-pourri. Tout le monde n'aime pas voir le cycle de vie d'une fleur. La plupart des gens les jettent d'ailleurs. Certains avant moi l'ont dit, la mort peut être une poésie. Mais personne ne devrait avoir à en entendre les rimes.

— La mort, un poème...

Achilles se tut. Lysandre remarqua sa main crispée sur son bras droit, comme un bandage trop serré. Il portait un joli sweat vert d'eau avec une broderie en japonais, par-dessus un jean noir qui rappelait ses mèches obsidienne.

— J'aime bien Baudelaire. Tu aimes Baudelaire ?

Non. Mais si Achilles voulait parler littérature il allait décider d'aimer Baudelaire. Il voulait voir revenir son éternel sourire. Ils discutèrent encore un peu plus légèrement, de tout et de rien. C'était nouveau pour Lysandre d'avoir un ami avec qui papoter comme cela. Il n'avait jamais été proche de ses camarades de classe. Achilles le mettait à l'aise et avait beaucoup d'humour. Il ne regretta pas leur café. Lorsqu'ils se séparèrent à l'arrêt de bus le cadet lui souhaita une douce soirée, et conclut par un « on s'appelle » qui lui réchauffa le cœur. Lysandre n'était plus seul. Et il ne s'en rendait pas encore compte. C'est lorsque l'on perd ce que l'on a de plus précieux que l'on réalise sa valeur. Lysandre avait pour l'heure tout gagné.

Lysandre claqua l'écran du téléphone sur la table en bois, comme pour éparpiller les caractères du sms et en faire quelque-chose d'un peu plus sensé. Il avait reçu tôt le matin, alors qu'il buvait un thé dans l'arrière-boutique, un message d'Achilles lui proposant de sortir « puisque c'était le weekend ». Il avait d'abord accepté sans se poser de questions mais lorsqu'une boite de nuit avait été évoquée il s'était senti pâlir et une goutte de sueur tout droit sortie d'un cartoon avait caressé la branche de ses lunettes. Lui, dans une boîte de nuit à l'ambiance brûlante, pleine de monde et d'alcool. Absolument tout ce qu'il détestait. Son calme jardin intérieur s'en voyait déjà tout retourné.

Achilles avait expliqué dans le même message qu'il n'avait jamais été autorisé à y mettre les pieds et que Lysandre était son seul ami responsable. Ce dernier, dans une tentative vaine, avait voulu jouer la carte de l'âge enfui rappelant qu'il n'était qu'un enfant aux yeux des videurs... Achilles avait paré l'attaque en assurant que jamais on ne lui avait demandé de justifier son identité ; Lysandre lui-même avait deviné un âge plus avancé en regardant son visage. Pouvait-il, en tant qu'adulte responsable, laisser le jeune garçon aller seul dans ce genre d'endroits ? Il se sentait investi d'un rôle de garant pour son prétendu ami. Son visage délicat et son côté très social auraient raison de lui. Il était en danger constant, alors une boite de nuit ? L'insouciance de son esprit encore adolescent agaçait Lysandre qui se sentait obligé de lui dire oui pour ne pas risquer de l'avoir sur la conscience.

Il maugréa en se relevant pour composer un bouquet, commandé la veille pour un mariage. Quel plaisir pour ses mains habiles de sélectionner les plus belles roses, les plus doux soucis, pour les assortir dans un bouquet qui signifiait amour éternel et douleur partagée, promesse fleurie d'un avenir commun. Dans une ambiance chaotique, son choix s'était porté sur du blanc et du jaune, parfois secondé d'orange chaleureux. Cela était certes audacieux pour un mariage, mais il trouvait l'ensemble très approprié. Les clients n'avaient eu aucune réclamation si ce n'était un bouquet « spécial » pour un jour unique. Lysandre s'en était donné à cœur joie et il était fier de lui. Il acheva son œuvre en l'enveloppant dans un papier à motifs pailletés, et remit le bouquet au frais en attendant sa cliente. De nouveau plongé dans son ennui il posa les coudes sur le comptoir et soupira bruyamment. Quelqu'un toqua à la vitre et ce quelqu'un n'était définitivement pas sa cliente.

— Tu es occupé ?

— Je suis au travail.

— Je m'ennuyais un peu et je me suis souvenu que j'avais un ami qui travaillait non loin...

Un ami. Son ami plus âgé qui avait rougi comme une écolière.

— Tu ne veux pas d'autres plantes je présume.

— Le caoutchouc va bien ! Il pousse vite, je n'aurais pas la place pour plus de verdure.

— Si nous considérons la taille du salon, je crains que tu n'aies au contraire que trop de place.

Il s'investissait dans son rôle. Avoir un compagnon de jeu aussi imprévisible et amical qu'Achilles l'excitait un peu.

— Tu devrais revenir lui passer le bonjour !

— Fais-le pour moi. J'ai trop peu de temps. Nous, les adultes, nous sommes occupés.

— Tu es vraiment rabat-joie.

Il le savait. Cependant malgré son discours très plat il jubilait. Achilles était venu lui rendre visite à la boutique parce qu'il voulait passer du temps avec lui. Lysandre qui jusque-là ne s'était jamais senti seul se surprenait à attendre la visite de quelqu'un qu'il n'était pas sûr de voir venir. Ce sentiment nouveau lui rappelait le printemps.

— Je ne peux pas m'amuser avec toi. Les fleurs ont besoin de moi.

— Dans *Alice au pays des merveilles* les fleurs papotent et chantent. Tu leur parles, des fois ?

Souvent. Il racontait aux fleurs ce qu'elles ne pouvaient ni voir ni comprendre. Son quotidien, chacun de ses gestes, il décrivait sa journée au fur et à mesure, devenu narrateur de sa propre histoire. Quand il s'y attardait, cette manie devait illustrer cette solitude qu'il ignorait depuis des années.

— Je ne suis pas fou.

— Je n'ai jamais dit ça. Je pense au contraire que tu es très futé. Mais moi, je parle au caoutchouc. C'est peut-être pour cela qu'il grandit si bien…

Lysandre haussa les épaules et fit semblant de recompter les commandes. Il le fit aussi bien qu'il se mit à les compter pour de bon et à oublier la présence de son ami qui, curieux, faisait le tour de la boutique.

— Quelle jolie création !

— Tu n'as pas le droit d'aller ici !

Achilles recula un peu pour sortir du local. Il lui montra du doigt comme un bambin le bouquet qu'il avait préparé un peu plus tôt et redit une fois encore :

— Quelle jolie création. C'est une commande spéciale ?

— Un mariage. La cliente ne devrait plus tarder.

— Un mariage en pleine semaine ? Original.

— Le jour importe sans doute peu.

— Je voudrais me marier un lundi. Tout le monde déteste le lundi.

— Tu veux faire en sorte que le lundi devienne un souvenir agréable ?

— Non, je ne veux juste pas qu'un jour innocent devienne un souvenir désagréable.

Quel pessimisme, du haut de ses dix-sept ans ! Lysandre retint une moue concernée. Il avait déjà pu constater la réticence d'Achilles à l'idée d'épouser sa fiancée prochainement. Ils n'étaient pas assez proches pour le questionner davantage à ce sujet. La clochette de l'entrée retentit et cette fois il s'agissait bien de la future mariée qui fût ravie de son bouquet tout en couleur. Elle le remercia mille fois et Lysandre lui fit un prix spécial sur le bouquet en lui souhaitant un heureux mariage. Achilles était resté silencieux tout ce temps, penché au-dessus de la table à cactus. Il ne releva la tête que lorsque la femme fut loin sur le trottoir.

— Tu es un bon vendeur. Elle avait l'air satisfaite.

— Je pense qu'elle aurait apprécié n'importe quel bouquet. Elle était ailleurs. Souvent les gens amoureux se contentent de peu car ils pensent tout avoir. Cela ne dure pas…

— Parfois tu sais, les gens amoureux n'ont rien d'autre que des mensonges en quoi ils décident de croire.

— Tu ne crois pas en l'amour ? Toi, grand romantique admirateur de Baudelaire ?

— Je crois en l'amour. Mais je crois qu'il est plus un malheur qu'une bénédiction.

— Je ne suis pas d'accord.

— As-tu déjà aimé, alors ?

Lysandre avait aimé sa grand-mère. Ce n'était pas un amour romantique mais il était persuadé de l'avoir aimée pour de vrai. Elle était partie trop vite à son goût, il aurait aimé pouvoir lui demander son avis sur ses compositions florales. En ce sens peut-être que l'amour était une malédiction. Il décida de ne pas répondre une fois de plus et haussa comme à son habitude les épaules.

— Je te retrouve ce soir quand tu finis ? Je t'attendrai devant la boutique.

— Tu es sûr de vouloir aller là-bas ?

Sous la pluie

Lysandre tenta le coup. Peut-être que finalement ils pourraient simplement sortir prendre l'air et se promener...

— Je veux m'amuser. Comme les autres.

— À tout à l'heure, alors.

Comment dire non à ce visage boudeur ? Lysandre devenait décidément trop sensible.

Hazel Nazo

CHAPITRE 4 : Soirée arrosée.

Il aurait pu mettre une chemise. Il aurait aussi pu passer un coup de brosse ou raser sa petite barbe naissante. Mais, déjà bien peu emballé par l'idée de cette soirée qu'il savait d'avance être un piège pour lui et sa bonté naïve, il n'avait pas voulu faire le moindre effort. Il avait enfilé un pull dans les tons chocolat et un jean qui pochait un peu aux genoux. Ses lunettes avaient été rangées dans un étui qu'il gardait dans sa sacoche et ses cheveux étaient en désordre. Il finissait une journée de travail trop longue à son goût avec l'étrange impression que sa soirée serait encore plus fastidieuse. Il ne ressemblait pas à quelqu'un qui sortait faire la fête. Loin de lui l'envie de ruiner l'ambiance ; il savait simplement que peu importe sa tenue ou sa coiffure, il ne serait pas celui qui attirerait les regards. Pas en arrivant aux côtés de son jeune ami, qui même habillé de loques et de haillons ressemblerait à une apparition divine.

Achilles avait opté pour une chemise originale et presque ridiculement bien assortie à des mitaines couleur de magnolia. Le rouge du tissu faisait ressortir ses yeux sombres et sa peau laiteuse, tout en faisant écho au rouge de ses joues pleines. Lysandre, sans le savoir, n'aurait pu dire s'il s'agissait d'un adolescent ou d'un trentenaire. Son ami lui avait donné cette impression dès leur première rencontre. Ils avaient décidé de se rendre jusqu'au bar à pied, ayant tous deux repoussé au plus loin le moment de passer leur permis. Lysandre lui avait proposé de prendre son vélo mais Achilles avait rétorqué comme une évidence qu'il risquerait de se le faire voler.

Lorsque la devanture de la boîte de nuit se profila au bout de la ruelle le plus jeune accéléra le pas, presque sautillant vers le palier où le vigile le laissa passer sans broncher, en jetant malgré tout un regard suspicieux à Lysandre qui s'en senti vexé. La salle bondée sentait déjà la sueur, l'alcool, et d'autres fragrances qu'il était inutile de chercher à décrire. La tête lui tournait déjà et il ne commanda qu'un coca, s'attirant une fois de plus un regard accusateur de la part du barman cette fois. Achilles avait commandé une ribambelle de shooters qu'il vida un par un, adressant pour sa dernière gorgée un clin d'œil malicieux au fleuriste.

— Quelle descente pour un enfant de dix-sept ans !

— Je ne suis clairement plus un enfant. Et je bois depuis mes quatorze ans.

— Et, tu penses que l'alcool fait de toi un adulte ?

— Bien sûr que non. L'alcool fait des adultes une bande d'enfants. Tu ne bois pas ?

Lysandre buvait. De temps en temps. Ses parents et feu sa grand-mère étaient adeptes de bons vins et les repas à tremper ses lèvres dans les verres de rouge en commentant leur arôme fruité étaient autant de souvenirs doux qu'il voulait garder en mémoire. Il n'avait cependant jamais trouvé cela divertissant de boire à en perdre la raison et le sens des responsabilités. Quand il était à la fac il avait suivi quelques camarades lors de soirées étudiantes et avait aussi commandé quelques pintes, puisque l'ambiance s'y prêtait. Mais il n'y avait trouvé aucun réconfort non plus.

— Je bois quand je me sens l'envie de boire.

— C'est à cause de moi que tu ne bois pas, alors ?

— Va danser. C'est pour ça que nous sommes venus, non ?

Achilles lécha le bord de son verre miniature et lui sourit avant de rejoindre la piste, si cette étendue de corps dénudés et malodorants pouvait être appelée une piste. Il dansa, sans aucune coordination mais plein d'énergie, sous le regard surpris et hypnotisé de Lysandre qui sans s'en rendre compte serrait son verre un peu trop fort. Son corps suivait le rythme comme ses oreilles semblaient le percevoir, il souriait et dansait. Il revint plusieurs fois vers le comptoir pour commander à boire, tentant vainement de tirer son ami vers le centre de la salle. Mais Lysandre se sentait investi de la mission de protéger le jeune homme, aussi resta-t-il sur son tabouret inconfortable à le surveiller comme un chat regarde les oiseaux par la fenêtre.

Au bout d'un long moment il constata qu'Achilles ne faisait que danser. Il ne répondait ni aux avances verbales ni aux hanches enflammées qui se trémoussaient devant lui. Il ignorait les autres et n'adressait la parole à personne. S'amusait-il vraiment ? Quitte à avoir eu à subir le tabouret collant et le barman désagréable, Lysandre voulait qu'au moins la soirée soit satisfaisante pour lui. Il s'apprêtait à le lui demander quand son ami revint vers lui mais il fut coupé par une étreinte qu'il n'attendait pas.

— Je ne savais pas qu'on pouvait danser à en avoir mal à la tête.

— Tu veux t'asseoir un peu ?

— Est- ce que tu peux m'accompagner dehors ? Je crois que je ne veux plus vraiment danser.

Lysandre ne se le fit pas dire deux fois. Il attrapa le sac à dos de l'adolescent qu'il avait précieusement couvé contre ses genoux et ils quittèrent la boîte de nuit en quelques foulées. L'objectif final de Lysandre était de s'éloigner de la ruelle et s'arrêter au petit square qu'il avait repéré en passant, afin de reprendre un peu leurs esprits avant de rentrer chez eux. Achilles ralentit leur progression en s'accroupissant à plusieurs reprises pour soulager sa migraine, ce qui ne fit qu'alourdir le poids des responsabilités sur les épaules de Lysandre. Mais avec la main chaude du garçon sur sa nuque il en oubliait presque sa culpabilité. Enfin un banc en bois leur apparut et Lysandre posa d'abord le sac à dos, puis son ami qui s'assit lourdement.

— Ça va mieux ? Toujours aussi fun de boire ?

Achilles grogna, puis grimaça, et enfin il releva le visage et les yeux brillants il s'exclama :

— C'était génial ! Ça sentait mauvais et les gens manquaient de savoir vivre, en plus leurs cocktails étaient coupés à l'eau !

Lysandre ne comprenait pas exactement si cette remarque était ironique ou non. Décidant de se baser sur le sourire immense qu'il avait en face de lui il en vint à la conclusion que l'opération était une réussite. Achilles posa son front contre ses propres genoux et murmura :

— Merci, jolie fleur.

Lysandre fixait le palmier dans le jardin qui lui faisait face. Dans la nuit il ne distinguait pas bien ses feuilles, mais Achilles lui assura que c'était un bananier décoratif. Il ne pouvait en être sûr. Le palmier n'avait pas d'importance, pourtant il voulait le voir de plus près. Achilles l'avait abandonné sur le banc le temps d'aller acheter à manger, pour aider son pauvre estomac qui se battait contre l'alcool. Il était revenu avec un air beaucoup plus sobre, et une canette encore chaude de potage au maïs. Il lui avait tendu la boisson sans le saluer, mais en lui proposant une petite promenade avant de rentrer. Lysandre avait mal aux mollets après sa journée de travail, et il avait prévu de finir un livre en rentrant avant de dormir ses huit heures comme il aurait dû le faire s'il n'était pas allé en boîte de nuit. C'était son programme, qu'il avait avec espoir replanifié suivant leur sortie prématurée mais bienvenue de la boîte de nuit. Il avait, sans hésitation, accepté et la boisson et la promenade. Ils étaient partis dans les petites rues, plutôt que de passer par les grands boulevards du centre-ville.

— C'est un bananier décoratif. Je te dis que je le sais.

— Les feuilles paraissent immenses. Moi, je pense que c'est un autre arbre.

— Puisque je te dis que c'est un bananier !

— Quoi que ce soit, je ne trouve pas ça joli ici. Ça ne va pas trop avec la maison.

Il n'avait pas forcément tort, même si tout était subjectif. La demeure, ou plutôt le domaine, était construit sur une base d'architecture asiatique ancienne, remodelée au goût du jour avec de nouvelles technologies pour les nombreuses ouvertures sur sa façade. Le toit en pagode était peint de couleurs vives, qui s'alliaient au rouge des cadres de fenêtre. Autour de l'entrée principale, de ce qu'ils pouvaient apercevoir depuis le portail qui les gardait à l'extérieur de l'enceinte privée, des érables aux branches fines et des buissons fleuris décoraient la face principale de la construction. Le palmier bananier semblait simplement posé là, juste au bord de l'immense bassin creusé qui mangeait une bonne partie du jardin. Achilles soupira en répétant pour la cinquième fois.

— C'est un bananier. Tu veux t'en assurer ?

— Mmh ?

Il le regardait bizarrement. Sans crier gare il s'appuya sur le rebord du muret en pierre, escalada le portail en lançant sa jambe vers le haut ; malgré sa surprise Lysandre admira sa souplesse.

— Que fais-tu ?! Descends tout de suite !

— Je vais voir le bananier.

— Achilles, je ne plaisante pas. C'est illégal ce que tu fais !

Le jeune homme ignora ses remontrances et enjamba le portail. Le bruit mat de ses pas sur le sol poussiéreux sonna comme un rire espiègle aux oreilles de Lysandre qui ne savait plus quoi faire. Il allait lui intimer de revenir immédiatement, mais le portail écarlate s'ouvrit devant lui en grinçant.

— Ce qui devrait être illégal c'est d'être aussi coincé. Entre.

— On ne va pas entrer, non.

— Comme tu veux. Je voulais te montrer ma cabane.

Enfin Lysandre comprit qu'il avait été dupé. Il sentit le rouge lui monter aux joues, camouflage parfait derrière la lourde porte en bois. Achilles ne l'avait pas plus attendu et s'était précipité vers la piscine, en sautillant comme un agneau. Il lui tendit la main, Lysandre l'ignora pour marcher prudemment autour de l'eau. Il n'était pas très bon nageur, avait suffisamment de bases pour ne pas se noyer sans se battre, mais l'eau lui faisait peur. Achilles leva un sourcil, et sourit encore.

— Un petit bain de minuit, ça te tente ?

Il retirait déjà son sweatshirt. Lysandre toussota et regarda autour de lui, évitant inconsciemment de regarder le strip-tease improvisé et involontaire de son ami.

— C'est à ta famille ?

— Exactement ! Ma maison d'enfance, mais mes parents ont fini par la céder à un ami de la famille. J'ai les clefs, il m'a autorisé à venir utiliser la piscine quand je le voulais. Bien sûr je ne peux pas rentrer dans la maison… Il n'y vit pas.

— Qui y vit, alors ?

— Des locataires saisonniers… Elle est vide actuellement. Mais je crois qu'un monsieur vient faire le ménage une fois par semaine pour entretenir…

Si simple… Tout était si simple. Achilles devait avoir eu une belle enfance. Il voulut lui poser d'autres questions, se ravisa. Achilles avait gardé son teeshirt finalement, à manches longues. Il se souvint du tatouage, et de quelques autres marques sur son autre bras. L'argent ne faisait pas le bonheur, il aurait dû le savoir. Il se sentit coupable d'avoir pensé avec autant d'amertume et de jalousie. Achilles se glissa dans la piscine presque sans créer de remous.

— Elle est un peu froide… Viens avec moi.

— Je ne sais pas si j'en ai envie.

Achilles haussa les épaules, disparut sous la surface. Il fit quelques longueurs, ses mouvements précis rendait sa nage gracieuse et captivante. Lysandre suivait du regard son image distordue, en transe. Une éclaboussure sur sa joue le fit sortir de sa rêverie.

— Viens, ça va te faire du bien !

— Je ne suis pas aussi bon nageur que toi, tu sais ?

— Tu as peur ?

— Non, honte.

Achilles sortit du bassin en s'aidant du rebord. Son vêtement était à présent trempé, évidemment. Et un tissu trempé, ça épouse la forme du corps. Il était musclé, tout simplement. Les muscles fins, l'estomac plat, il était un idéal que beaucoup voulaient atteindre. Lysandre n'eut pas le temps de regretter avoir négligé son corps et sauté les séances de sport. Il fut soudainement incapable de respirer. La tête sous l'eau, il ne se débattit pas. Achilles l'avait attrapé pour le serrer contre lui, avant de plonger cette fois-ci sans aucune grâce dans la piscine. Il le tenait encore contre lui, le poussant un peu vers le haut pour qu'il retrouve l'oxygène. Lysandre prit une grande inspiration.

— Je ne vais pas te laisser te noyer… Mais je ne vais pas nager tout seul.

— Tu es monstrueux. Le poids de tes péchés te fera couler.

— Ça me va. Je ne m'inquiète pas pour ton cas : les fleurs, ça flotte.

Lysandre ignora sa remarque, et lui enfonça la tête dans l'eau en guise de vengeance. Ils se battirent un peu, finirent par faire quelques brasses, et finalement ils s'accoudèrent à la margelle.

— Pourquoi est-ce que tu as décidé de te mettre à la natation ?

— J'ai toujours adoré l'eau. Ça doit être mon élément. L'océan, les lacs, les poissons aussi…

— Je vois. Ça semblait…. Couler de source.

La mauvaise blague ne fit pas rire Achilles. Il le regarda de travers.

— Certes. Mais je ne veux plus nager en compétition. Ça n'a plus d'intérêt pour moi. J'aimais bien gagner. Mais mes parents aimaient ça encore plus que moi, je crois. Ça va te sembler totalement stupide mais... Parfois quand on aime quelque-chose, que l'on prend plaisir à faire quelque-chose, on aime aussi l'exclusivité que ça nous donne. J'étais fier de mon progrès... Pas fier que mes parents le soient. Ce qui m'appartenait est devenu leur fierté, leur anecdote, mon progrès était le leur, mes échecs aussi. Ils m'ont déjà interdit de nager quand je perdais, pendant plusieurs semaines, parce que je leur avais fait honte. Alors c'est devenu un outil pour mon éducation plus qu'un refuge. Pour résumer... Je ne nage plus pour eux, quoi.

Lysandre avait compris. Il ne pouvait pas compatir, ne connaissant pas cette fierté toxique. Ne connaissant pas vraiment de fierté. Comme il l'avait déjà pensé trop souvent, il était très ennuyeux comme individu. Ses parents regrettaient seulement son intérêt pour les fleurs, mais n'avaient jamais montré de honte ou d'estime de sa personne.

— Je suppose que tu as fait le bon choix.

— Je le pense vraiment. Mais là je regrette le choix d'aller me baigner. J'ai froid.

Lysandre lui donna un petit coup sur le sommet du crâne. Il lui prêta son propre cardigan pour le chemin du retour, Achilles ayant dû abandonner son teeshirt. Le sweatshirt lavande était joli, mais pas bien épais. Lorsqu'ils se séparèrent devant l'immeuble du plus jeune, il récupéra le gilet. Et alors qu'il attendait son bus un arrêt plus loin, il ne remarqua même pas qu'il se délectait du parfum léger d'Achilles qui avait imprégné la maille.

CHAPITRE 5 : Dans les bois.

Lysandre secoua le torchon quadrillé qu'il avait utilisé pour poser les branches. Ce faisant il se cogna le coude sur le coin d'une étagère, et son rugissement étouffé résonna dans le bocal vide qui avait roulé jusqu'au sol, propulsé loin du meuble où il servait de décoration involontaire. Cela faisait deux semaines qu'il avait raccompagné chez lui un Achilles ivre et un peu trop lourd pour être porté sur plusieurs kilomètres. Et donc deux semaines qu'il n'avait eu aucune nouvelle, si ce n'était un petit message pour le remercier d'avoir pris soin du sac à dos. Depuis il était d'une humeur exécrable, et cela se ressentait dans son travail. Il avait coupé les tiges trop courtes, abîmé une rose en la plaçant dans le bouquet, et voilà qu'il détruisait leur atelier. Le vieux patron l'avait réprimandé à chaque fois d'un « Grayi » qui sonnait encore plus menaçant qu'une insulte par sa sonorité d'origine agressive. Rien n'allait plus.

Il n'avait jamais vraiment eu d'expérience avec la colère. Petit, il avait pu être mécontent ou frustré, parfois triste et souvent agacé. Mais il avait toujours eu un fort pouvoir d'auto-persuasion et de contrôle de ses émotions. Sa réaction démesurée lui tapait sur les nerfs et il n'identifiait pas bien la vague de rage qui noyait son esprit. Il avait hésité plusieurs fois à signer un départ anticipé et rentrer se remettre les idées en place, mais le magasin avait besoin de lui et à force d'hésiter sans se décider la journée allait déjà être finie. Il alluma la radio pour se détendre en passant le balai… Il tomba sur un flash info. Un meurtre avait eu lieu.

Une jeune femme avait été retrouvée morte aux abords d'un petit bois, à l'extérieur de la ville. La victime était dans la vingtaine, pas de famille proche ni d'amis importants. Le meurtre avait été très simple. Il s'agissait tout bonnement d'un empoisonnement. Le coupable n'avait pas tenté de masquer l'arme du crime. On aurait dit le travail d'un débutant... à ceci près qu'aucune trace d'ADN n'avait été retrouvée. Lysandre écouta d'une oreille le détail de cette affaire en ramassant la poussière. Il avait du mal à comprendre ce genre d'actes illégaux. Ce n'était pas le meurtre en lui-même qu'il ne comprenait pas ; avec un effort et une certaine ouverture d'esprit, comprendre les motifs d'un meurtre était accessible à tous, sans pour autant en tolérer l'action. Ce qu'il peinait à comprendre, c'était plutôt la raison pour laquelle quelqu'un irait jusqu'à finir enfermé juste pour quelques secondes de satisfaction ou de soulagement. Il avait un peu peur des meurtriers en ce sens, parce qu'il les percevait comme des gens impulsifs et inconscients. Parfois il s'en voulait de ne pas simplement les détester pour leurs crimes ; mais c'était ainsi. Enfin il tourna le bouton de la vieille radio pour entendre grésiller une musique encore plus vieille qu'il aurait juré avoir entendue dans un film. Il en fredonna l'air en fermant le sac poubelle, et dans la nuit il entendit l'écho de son chant...

Quelqu'un attendait devant la porte qu'il n'avait pas encore verrouillée. Après ces histoires de meurtres à la radio Lysandre sursauta plus qu'il n'aurait dû en comprenant que l'écho était en fait une réponse. Il prit quelques secondes pour que son cœur se remette à fonctionner correctement et poussa ses lunettes sur ses oreilles.

— Bonsoir !

— Achilles, bonsoir ?

— Ça faisait longtemps que je ne t'avais pas vu. Tu commençais à me manquer.

— Est-ce qu'il t'est arrivé quelque-chose ? Je t'avoue que je commençais à m'inquiéter, moi.

— Non, tout va bien.

Lysandre n'en crut pas un mot. Il le crut encore moins quand son jeune ami avança pour le serrer dans ses bras. Il lui rendit maladroitement son étreinte alors que son cœur recommençait à faire des siennes.

— Une personne est morte.

— Tu as entendu à la radio ?

— Pardon ?

Lysandre s'écarta et toussota pour étouffer sa gêne.

— Pardonne-moi, j'ai pensé à autre chose. Mes condoléances.

— Je ne la connaissais pas. J'ai vu à la télé qu'une personne était morte.

— Et ça t'attriste ? Ça te fait peur ?

Achilles était-il si sensible ? Lysandre, lui, avait peur pour lui depuis leur rencontre. Il était doux et tout en verve, il pourrait s'attirer des ennuis.

— Je me demande simplement si c'est si facile de tuer. Est-ce que la personne qui est morte était une mauvaise personne ? Est-ce qu'il y avait une raison ?

— On ne peut pas savoir tout ça… Mais parfois les gens tuent pour tuer. Certaines personnes ne sont pas saines d'esprit.

— Je préfère croire qu'il y avait une raison.

Était-il venu juste pour lui parler d'un meurtre d'une personne qu'il ne connaissait pas ? Ne souhaitait-il pas lui parler à lui ? Lysandre aurait voulu une discussion moins dramatique. Achilles commença à tourner en rond dans la boutique.

— Je ne veux plus retourner en boîte de nuit. Mais… Viendrais-tu te promener avec moi ? Ma grand-tante possède un bout de terrain sauvage. J'aimerais te le montrer. Je suis sûr que tu le trouveras intéressant.

— Je te suis, alors.

Lysandre aurait répondu positivement à n'importe quelle proposition de son ami. Mais il devait avouer qu'une balade en pleine nature l'enchantait bien davantage qu'une autre soirée dans un bar bruyant. Il en rêvait déjà.

Il aurait fallu que la municipalité cesse de se focaliser sur l'agrandissement des quartiers et la construction de nouveaux immeubles. Il aurait fallu que la priorité des ingénieurs urbains soit la sécurité et le confort, avant de vouloir faire du profit. Sous couvert de « profiter au plus grand nombre en proposant de nouveaux logements », qui étaient bien souvent construits sans grand souci de détail ou de salubrité, ils en oubliaient les anciens aménagements qui auraient bien eu besoin d'être remis à neuf. Comme cette petite route pleine de crevasses et de nids de poule sur laquelle roulait leur bus.

Lysandre s'était déjà cogné la tête trois fois contre la vitre, et une fois contre la barre de maintien en voulant s'asseoir. Achilles avait beaucoup ri en voyant la petite auréole rouge autour de son arcade. Au moins, cela aurait fait un heureux. Lysandre détestait conduire, mais rien que pour éviter ces transports en commun qui ignoraient royalement les limitations de vitesse, il pensait de nouveau à acheter un véhicule.

— Nous descendons au prochain.

Evidemment. Il s'agissait du terminus du bus. Le trajet avait été silencieux, Achilles avait essayé plusieurs fois de lancer la conversation en lui racontant de petites anecdotes sur sa sœur, mais Lysandre était de mauvaise humeur et avait simplement regardé la route d'un air mauvais sans réagir. Il ne comprenait pas le sentiment qui lui nouait l'estomac et le rendait maladroit. De plus il avait l'impression de s'être fait arnaquer. La jolie balade en forêt qu'on lui avait promise avait pour l'instant beaucoup l'air d'un lotissement de périphérie sans intérêt. Ils descendirent du bus... Devant une maison de plain-pied pas très avenante. Achilles semblait pourtant très excité par l'habitation. Il lui attrapa le poignet et prononça théâtralement :

— Votre carrosse, mon roi.

Il poussa la porte du garage qui s'ouvrit sur deux vélos, un écarlate en bon état et une vieille bicyclette bleue un peu rouillée.

— C'est le vélo de mon oncle. Il a un problème de ménisque alors il ne peut plus en faire, mais il a accepté de nous le prêter. On va devoir rouler quelques kilomètres pour aller au terrain... Mais le chemin est agréable.

— Je n'ai pas fait de vélo depuis si longtemps... Au moins depuis mes dix-huit ans.

Achilles le regarda de travers. Ironique de penser que si dix-huit ans lui paraissaient être une éternité en arrière, c'était un âge encore inconnu pour son ami. Ils montèrent sur les vélos et même si la chaine du sien grinçait un peu lorsqu'il changeait de vitesse, Lysandre adora leur promenade sur le petit sentier qu'ils trouvèrent derrière un dernier virage en dehors de la ville. Ils s'enfoncèrent dans un bois artificiel, qui peu à peu lui sembla plus touffu, plus mystérieux et plus sauvage.

— C'est ici, regarde !

Il oublia instantanément sa haine contre le bus quand il vit la clairière. Il ne faisait pas grand soleil et les chênes, hêtres et châtaigniers qui se côtoyaient autour de la petite prairie faisaient de l'ombre sur les mauvaises herbes. Mais il tomba sous le charme de l'endroit. En silence ils posèrent les vélos contre un tronc et avancèrent calmement... Sans surprise Achilles fit fuir un oiseau en ouvrant la bouche.

— Tu connais ce petit champignon, là-bas ? Le tout mignon avec un chapeau pointu ?

— Achilles... Je ne connais pas les champignons. Je connais les plantes.

— Oh... Ma tante connait les champignons.

Lysandre avait beau ne pas avoir besoin de la reconnaissance d'autrui, il restait malgré tout un jeune homme soucieux de surprendre et impressionner ses cadets... En particulier un certain brun qui posait plein de questions. Il s'agenouilla juste à côté de lui, et cueillit délicatement une feuille ronde dentelée près d'un gros caillou.

— Tu vois cette petite feuille qui ressemble vaguement à un nénuphar ?

— On dirait une fausse plante.

— Effectivement. Mais c'est surtout une super amie des promeneurs. Cette feuille contient beaucoup d'eau, et peut aussi soulager les brûlures et piqûres.

Il la mit dans sa bouche et croqua un bout. Achilles se mit à paniquer.

— Mais crache ça ! Tu pourrais t'empoisonner !

— Je te l'ai dit, moi, je connais les plantes.

Il lui tendit la deuxième moitié de feuille avec un sourire.

— Fais-moi confiance ?

Achilles s'en empara et l'avala tout cru. Un air de stupeur remplaça ses rides d'inquiétude :

— Oh... C'est doux.

Lysandre voulut lui montrer davantage de nouvelles plantes mais à part les nombrils de Vénus du rocher, il ne trouva que des orties, quelques chélidoines qui poussaient éparses et des pieds de chênes en devenir. Achilles écouta pourtant avec attention les détails sur les propriétés de plantes dont lui ne connaissait que le nom commun. En voulant trouver d'autres champignons amusants ils tombèrent nez à nez avec un brin de muguet... Qui était accompagné de toute une petite famille.

— Tiens ?

— Quoi ?

— C'est un peu tôt pour le muguet...

Achilles haussa les épaules et fit un bouquet minuscule qu'il lui tendit, tout sourire.

— Cadeau !

Lysandre le prit avec réticence. Il en huma le parfum très léger, peu développé puisqu'il s'agissait des premiers brins de la saison.

— Je ne sais pas si tu le sais, mais le muguet est un poison assez puissant. Ne touche pas ton visage.

— Un poison ? Tu connais d'autres plantes poison ?

— Tu serais surpris.

— Je veux en voir d'autres. Le muguet c'est la pire ?

— Non... La pire est une plante qui tue les loups !

— Pardon ?

Après un petit rire discret, fier de l'effet de son discours, Lysandre lui expliqua calmement la légende sur l'aconit, la plante tue-loup qui poussait en montagne. Il essaya de la lui décrire mais son ami semblait finalement perdre sa concentration et ses yeux perdus dans le vide voyaient sans doute bien autre chose que la fleur tueuse. Lysandre soupira pour finalement proposer :

— On devrait rentrer. Il commence à faire sombre et je crois que la pluie ne va pas tarder.

— On fait la course jusqu'à l'arrêt de bus ?

Lysandre hocha la tête et déposa le bouquet de muguet près de la souche, rappelant à son ami qui s'en vexa un peu qu'il n'aimait simplement pas les bouquets. Mais la vérité, c'était qu'en langage des fleurs offrir du muguet signifiait que l'on voulait entretenir une relation purement amicale avec la personne à qui on en faisait don ; et Lysandre ne voulait pas écouter le langage des fleurs, cette fois.

CHAPITRE 6 : Un goût de miel.

Il était en retard. En six mois Achilles avait été sept fois en retard. Il utilisait la cruauté de ses professeurs comme excuse mais Lysandre savait qu'il était surtout très tête en l'air. Il avait fini par s'habituer au caractère ingénu de cet ami particulier. Son seul ami s'il était honnête, bien que l'admettre faisait mal à son ego. Mais avec cet ami trop jeune il avait aussi appris à mettre de côté cet ego et cette fierté que les gens plus vieux adorent mettre en avant, comme s'il s'agissait de la seule chose qui comptait alors que tout ce qui était important en réalité, c'était de savoir se mettre en second plan et apprécier ce qui se passait au-delà de notre petit nombril égocentrique.

Ils avaient prévu de se retrouver pour une bière et une pizza pour fêter le printemps, après les cours d'Achilles et la fermeture de la boutique pour Lysandre. Achilles avait décidément des prédispositions à l'addiction à l'alcool, Lysandre aurait préféré un bon café. Là encore il avait mis de côté ses préférences, et si cela ne prouvait pas sa volonté à s'ouvrir aux autres plus que de rester centré sur lui-même... Il ne savait pas ce qui pourrait le prouver.

Cependant, bouclier à son sacrifice, il pourrait bien ne pas du tout y avoir de verre partagé en cette soirée de Mai. Son ami ne lui donnait aucune nouvelle depuis bientôt une heure, et pour lui qui était toujours collé à son téléphone c'était anormal. Une sonate retentit alors que Lysandre fouillait dans son sac à la recherche de ses écouteurs et son portable faillit lui échapper des mains.

— Oui ?

— Lysandre ?

— Tu existes donc ! Je commençais à croire que je t'avais imaginé.

Il n'avait jamais raconté à Achilles le premier souvenir qu'il avait de lui, sous la pluie devant sa boutique. Il y repensait à chaque fois qu'il discutait avec lui ; plus question d'oublier son image.

— Je suis désolé, j'ai eu un petit accident euh… Rien de grave, vraiment. Mais ils veulent quelqu'un pour venir me chercher et...

— Attends. Où es-tu exactement ?

— A l'hôpital central. Je te rassure je peux toujours appeler quelqu'un d'au…

— J'arrive tout de suite.

Il raccrocha en se giflant mentalement. Et lui qui se plaignait de son retard, sans même savoir qu'il était blessé et seul avec les infirmiers… Il s'en voulut aussi subitement de ne jamais avoir investi dans une voiture. Le trajet en bus jusqu'au centre de santé lui parut durer des heures et quand à l'accueil la secrétaire aigrie lui demanda un justificatif pour se présenter il fut presque métamorphosé en plante carnivore… Une voix qui le calma instantanément retentit dans le hall

— J'ai failli attendre ! Toujours en retard celui-là !

— Achilles…

Son ami marchait tout à fait correctement vers lui, la tête haute et les deux bras se balançant. Aucune trace de blessure visible. Lysandre n'avait pas vraiment envie de rigoler. Pourtant son visage se détendit instantanément en voyant celui d'Achilles.

— Tu es un idiot. Un idiot vivant.

— Et toi tu es pâle comme un cadavre. Je t'ai pourtant précisé que ce n'était rien de grave. Ils ne voulaient pas me laisser rentrer seul par précaution.

— Ils craignent des répercussions sur ta santé ? Tu as eu un accident de la route ?

— Mmh… Ils ont juste dit qu'ils voulaient s'assurer que j'étais accompagné.

— On rentre alors ? On fera livrer la pizza.

— Ça me va, je t'avoue que je commence à avoir faim.

Lysandre ne lui redemanda pas la nature de l'accident, si Achilles voulait lui en parler il le ferait à la maison. D'un commun accord ils rejoignirent le logement du fleuriste qui était plus proche ; à cette heure avancée ils craignaient ne plus pouvoir appeler un service de livraison s'ils tardaient trop. Le chemin paraissait bien trop long, l'ambiance était si pesante qu'Achilles finit par en rire.

— Pourquoi est-ce que j'ai l'impression de revivre les funérailles de mon arrière-grand-papy ? Quelle procession silencieuse !

Lysandre ne répondit que par un sourire fatigué mais lui désigna le bord du chemin. Achilles suivit son index pour découvrir la devanture d'une boulangerie qui aurait dû être fermée. Il sourit en hochant la tête. Ils franchirent d'un pas assuré le pas de la porte… Une voix les arrêta dans leur élan.

— Excusez-nous, nous sommes fermés !

Achilles se plaignit silencieusement en se tenant le ventre, tandis que Lysandre s'excusa de leur impolitesse. La boulangère sembla avoir pitié de leur situation puisqu'elle leur proposa de récupérer quelques viennoiseries invendues.

— Nous n'avons pas le droit d'en faire don. Parfois je décide malgré tout de les donner aux personnes dans la rue mais ce soir il risque de pleuvoir alors les personnes de la rue sont parties chercher un refuge pour dormir au sec. Vous pouvez vous servir !

— Nous ne sommes pas si désespérés ! Mais merci de votre gentillesse.

La dame n'était pas très âgée. La quarantaine, sans doute même un peu moins. Elle avait pourtant l'air très sage. Lysandre eut l'impression qu'elle voyait chaque détail de leur apparence, mais aussi les détails de leurs âmes. Elle les fixa un instant, leurs bras, leurs mains et leurs visages, sa pupille jongla entre Achilles et Lysandre puis se posa sur ce dernier.

— Le désespoir peut se manifester de bien des manières. Accepter de la nourriture n'est pas quelque-chose de misérable. C'est important de nourrir son corps. Pour l'esprit en revanche, cela est parfois plus délicat. Et pour le cœur... Je pense que vous devriez partir avant l'orage. Il serait bien dommage qu'un coup de foudre vienne arrêter votre cœur vigoureux.

Le ton employé avait été poli et tranquille mais il avait quelque-chose de menaçant... Comme un mauvais présage. Achilles haussa les sourcils et sembla y réfléchir. Il n'avait probablement pas saisi le sens caché de la remarque... Et s'en moquait bien. Lysandre sentait le poids du regard perçant sur ses épaules et son estomac se noua. Il avait la sensation qu'il aurait dû comprendre, lui, alors qu'il était perdu.

Ils repartirent sans les croissants en courant pour éviter l'averse et se retrouvèrent malgré tout trempés dans le hall de l'immeuble. Leurs chaussures imbibées d'eau furent abandonnées dans l'entrée. Lysandre alluma les radiateurs et quelques bougies pour rendre l'endroit plus chaleureux. Il regretta de ne pas avoir aéré dans la journée, ou fait la vaisselle. Après lui avoir prêté un drap de bain pour essorer ses cheveux, il fit un effort pour orienter son ami vers la bibliothèque qui couvrait un mur du petit salon histoire d'attirer son attention sur autre chose que la tapisserie jaunie, mais Achilles ne retint pas une boutade ironique :

— Donc c'est ton appartement... J'ai une chambre libre dans le mien.

— J'aime beaucoup cet endroit.

— La moisissure te monte à la tête, ma parole ! Mais...

Il caressa la vieille tapisserie et sourit franchement :

— C'est tout à fait toi. Je n'en attendais pas moins.

Si c'était un compliment, Lysandre l'ignora. Il en était de même si c'était une pique. Il appuya sur le bouton de la cafetière qui émit d'horribles gargouillis en démarrant et se laissa tomber dans son canapé. Achilles était toujours debout.

— Je regrette un peu de ne pas avoir pris les invendus. J'ai faim.

— Je peux commander quelque-chose, vraiment.

Achilles sourit en hochant la tête. Il tourna sur lui-même, puis reprit la parole calmement :

— J'adore les boulangeries. Celle-ci était étrangement jolie. Elle avait l'air vieille et la décoration n'avait rien de très spécial mais... Je l'aimais bien.

— Peut-être qu'on pourrait y retourner un jour ? Enfin... J'ai eu l'impression que la dame ne m'appréciait pas trop, alors...

— Tu te trompes sans doute ! Elle était gentille. Tu sais... J'aurais adoré être boulanger.

— Vraiment ?

Lysandre était réellement surpris. Achilles faisait des études de droit. Son parcours scolaire était long et compliqué, et ses possibilités d'avenir étaient nombreuses et pouvaient lui rapporter beaucoup. Boulanger, c'était un métier d'artisanat qui n'avait rien à voir avec la justice !

— Oui, vraiment. J'aimais faire des gâteaux à partir de rien, plus jeune, et ma sœur disait toujours qu'elle avait l'impression que je voulais l'empoisonner. J'ai fini par prendre ça comme un défi. J'amenais mes créations à mes leçons de natation, et souvent les autres nageurs faisaient des défis stupides du genre « celui qui ne finit pas sa part refait dix longueurs ». Ils trouvaient aussi que mes pâtisseries n'étaient pas super.

— Tu ne t'es jamais dit que peut-être ce n'était simplement pas fait pour toi ?

— Non... Non. Je ne me suis toujours pas fait à l'idée. Je compte bien réussir à faire des supers croissants un jour, ouvrir ma boulangerie et devenir un célèbre euh... Maître croissant.

Il sourit encore plus largement à cette idée. C'était un beau rêve... Lysandre se fit cependant la triste réflexion que ce rêve ne devait pas plaire à ses parents, et que Achilles avait actuellement peu de chances de pouvoir le réaliser. Il était bloqué par ses obligations familiales, par la fierté de ses parents et les projets qu'ils avaient construits pour leur fils en cage. D'ailleurs...

— Pourquoi tu n'as pas appelé ta famille, pour l'hôpital ?

— Mes parents ne sont pas très disponibles.

— Et ta fiancée ?

— Elle... c'est non.

Il ne voulait sans doute pas l'inquiéter. Lysandre n'avait jamais officiellement fait la connaissance de Camille. Son ami la mentionnait de temps en temps sans jamais s'attarder sur le sujet et il ne le lui demandait pas. Il n'avait pas eu une bonne première impression et ne souhaitait pas corriger cela. Ne pas l'apprécier rendait bien plus aisé le fait de passer autant de temps avec Achilles sans se sentir coupable. Il s'en sentait même privilégié. Quel enfant faisait-il.

— Tu peux poser ta veste sur la chaise. Je n'ai pas de porte manteau.

— Je vais la garder, alors.

— C'est ridicule. Déjà, elle est mouillée. Ensuite, tu ressembles à une fougère après la rosée matinale. Pour résumer, tu transpires.

— J'aime ma veste.

— Je suis sûr que tu aimes aussi ton tee-shirt.

Achilles soupira et retira lentement sa veste. Mais malgré ses précautions Lysandre ne put ignorer le bandage épais sur son avant-bras. Il ne s'agissait pas d'une petite plaie superficielle.

— Achilles… Tu veux toujours une bière ?

— Non, merci, je vais boire le caf… Lysandre ?

Il pleurait. Les larmes s'écoulaient sur ses joues et dégoulinaient sur son menton pointu. Ses cils collés par les larmes semblaient ornés de flocons d'or pur à la lueur des bougies et il retenait un sanglot rauque en reniflant le plus silencieusement possible. Son cœur venait de se briser en petits éclats irréparables, et dans sa tête un brouillard dense l'empêchait de saisir la raison de cette tristesse. Sa poitrine lui faisait mal. Il releva la tête et admira le corps de son ami qui se découpait dans l'encadrement de porte. Il était bien un demi-dieu, une personne céleste à qui on avait retiré les ailes. Un ange déchu, sans doute pressé de retourner au paradis. Un ange côtoyant un démon qui portait le même patronyme et souriait avec la même bouche. Un ange en enfer. C'était injuste, et Lysandre en voulait à la terre entière.

Sa propre réaction était démesurée, il n'aurait en temps normal jamais pleuré de la sorte. Il aurait constaté, noté dans un coin de sa mémoire, et serait passé à autre chose. C'est à ce moment précis qu'il comprit, et alors son cœur sembla se reconstituer ; pour mieux se détruire de nouveau. Il avait été stupide. L'orage était là, et la foudre s'était déjà abattue.

— Il pleut sur ton visage aussi. On dirait une de ces violettes qui poussent sur le trottoir.

Achilles s'était approché. Il posa d'abord sa main sur l'épaule de son ami. Puis il la déplaça jusqu'à sa joue, le pouce juste sous les yeux écarquillés de Lysandre.

— Tout ça me rappelle que tu ne m'as toujours pas rendu mon parapluie...

Il l'embrassa. Comme une bourrasque. Comme la dernière goutte de pluie qui s'échoue sur un pétale fragile. Comme une boisson chaude contre les lèvres un soir de janvier. Ce baiser avait un goût de sel et de désespoir, pourtant Lysandre lui trouvait une saveur de miel. Un baiser qui cicatrise et apaise ; et qui lui collait à la peau. Il ne rompit pas le contact, et Achilles l'embrassa longtemps. Ils s'abandonnèrent à une danse imaginaire, au rythme doux d'une valse sur une berceuse. La cafetière crachota ses dernières gouttes en ronflant et ils se séparèrent, chamboulés. Le bras d'Achilles reposait sur la cuisse de Lysandre. Lorsqu'il voulut le retirer son aîné le rattrapa par réflexe et murmura, encore perdu :

— Attends un peu.

Il attendit dans le silence... presque. Son estomac se plaignit bruyamment pour lui rappeler l'heure du dîner.

— Désolé... Je devrais rentrer.

— Il est plus de minuit. Reste dormir. Je vais prendre le canapé.

Un baiser c'était un peu comme un cadeau, somme toute. Lysandre ne pouvait s'empêcher d'y penser, encore et encore. De la même façon que Lysandre attendait de découvrir ses présents sous le sapin un matin de noël, il avait inconsciemment attendu ce baiser en le fantasmant de mille façons dans ses rêves. Il n'avait pas réalisé qu'il désirait ce baiser plus qu'il n'aurait pu le croire. Désormais, alors qu'il en avait goûté le parfum épicé du bout de la langue, il avait soif de plus de saveurs. Il voulait se promener du côté des enfers, à défaut de pouvoir atteindre le paradis. Et quelque part, derrière cette flamme qui consumait sa raison... Une pointe de culpabilité retenait sa passion.

Il aurait dû repousser Achilles... Ce n'était qu'un jeune adulte qui n'avait pas conscience de ses actes. Le jeune homme n'avait pas hésité à l'embrasser en chamboulant son monde. Il n'avait pas vingt ans, pas d'emploi, pas de retenue. Et jusqu'ici il avait toujours initié leurs conversations ou leurs rencontres. Lysandre avait été un personnage en arrière-plan de l'énergie et l'audace d'Achilles. Il venait d'être propulsé sur le devant de la scène.

Le matin venu, il avait voulu en discuter calmement et sans le vexer ; mais Achilles avait gardé un visage neutre, des mots simples et des réponses laconiques. Lysandre n'avait pu se résoudre à aborder un sujet si délicat avec une statue ; il avait donc pris la décision de repousser la discussion à un moment plus opportun. Il serait un mensonge de dire qu'il attendait patiemment le bon moment. Il trépignait d'impatience, se mordait les lèvres et faisait tout de travers. Il voulait comprendre, mais surtout il avait honteusement envie de sentir à nouveau cette proximité qu'il s'interdisait par principe.

— Puis-je ?

— Pardon ?

— Puis-je prendre le pot derrière vous ?

— Ha ! Je vous en prie.

Lysandre sortit de ses pensées et s'occupa de sa cliente. La vieille dame cherchait un cache-pot pour son basilic. Elle lui raconta qu'elle avait reçu un basilic de sa belle-fille qui avait cru lui offrir de la coriandre vietnamienne pour honorer ses origines. Malgré cette erreur dont elle se moquait gentiment elle lui confia qu'elle comptait prendre grand soin de la plante aromatique qu'elle détestait pourtant dans son assiette. Lysandre s'amusa avec elle de la bêtise innocente de la belle-fille et lui montra un joli cache-pot coloré qui plut beaucoup à la grand-mère. Elle lui rappelait la sienne, de grand-mère. Pleine de répartie et un peu bougon, mais toujours un sourire tendre sur son visage ridé par la connaissance.

Il se sentit seul quand la cliente quitta la boutique... Solitude qui ne dura pas. Une chevelure brune attira ses yeux dans le coin de la porte et voilà qu'un bien beau jeune homme fit son apparition, se dandinant d'un pied à l'autre comme un enfant qu'on aurait réprimandé.

— Est- ce que je dérange ?

— Entre. C'est un magasin, la clientèle est toujours la bienvenue. Même la clientèle un peu agaçante comme toi.

Achilles n'était pas du genre à se vexer pour si peu. Il avança en souriant mais ne leva pas le regard. Lysandre se sentait d'humeur à le charrier un peu.

— C'est la première fois que je te vois aussi calme. Serait-ce l'effet de ma super tisane ?

— J'ai une question.

Enfin. Lysandre déglutit avant de répondre avec quelques précautions.

— Je t'écoute.

— Est-ce que tu crois qu'une tisane peut vraiment calmer les gens ?

Se moquait-il de lui ? Il avait l'air sombre, sérieux. Lysandre se sentit soudainement tout petit. Il remonta ses lunettes d'un geste nerveux et sans savoir comment répondre il murmura :

— Je crois que ou...

— Est-ce qu'une tisane pourrait tuer des gens ?

Cette fois, il vit une lueur derrière l'ombre sur son visage. Achilles avait levé les yeux et le regardait fixement. Lysandre n'aurait su dire s'il ressemblait à la biche apeurée ou au chasseur cruel. Songeait-il encore à ces histoires de tueur en série ? Le meurtrier empoisonnait bien ses victimes. Ou alors... Il se souvint du bandage sur le bras d'Achilles, et des nombreuses cicatrices qu'il y avait vues la première fois qu'il était allé chez lui. Pris de panique, il voulut esquiver la question en faisant jouer son humour pour l'heure bien peu approprié.

— Les plantes peuvent faire beaucoup de choses. Ma tisane a-t-elle été efficace au point que tu te poses la question ? Même si j'ai dû dormir dans le salon, je ne suis pas rancunier au point de vouloir te tuer !

— Tu pourrais. Je ne t'en voudrais pas.

Il marqua une pause en avançant. Sa main était crispée contre sa hanche. Lysandre sentit un frisson courir le long de sa colonne vertébrale et son instinct l'empressa de reculer ; il refusa. Droit comme un tronc de bouleau, il ferma cependant les yeux, son courage ayant bien une limite. Achilles était tout près, il pouvait sentir l'odeur fraîche de sa peau et s'il fermait les doigts il attraperait sans doute l'ourlet de son sweatshirt.

— Je crois bien que de toutes les fleurs toxiques, tu es la plus dangereuse.

Il posa ses lèvres sur les siennes. Lysandre se sentit fondre sous ses mots, sous son geste. Une main ferme agrippa sa nuque, l'autre bloquait son poignet dans un étau indestructible. Cela lui faisait presque mal. Le baiser n'avait rien à voir avec celui de la veille. Dans ses lèvres qui épousaient les siennes il goûtait au désespoir, dans cette langue qui lui faisait tourner la tête il sentait de l'empressement... Et malgré ces émotions accablantes il ne souhaitait pas mettre fin à leur contact. Achilles le poussa à l'intérieur du petit local contre l'établi, il lui mordit la lèvre. Un goût de sang se mêla à celui de la passion. Lysandre peinait à reprendre son souffle. Leur étreinte prit fin quand le bruit sourd de quelque-chose qui tombait le fit sursauter. La cloche de l'entrée tinta quelques secondes plus tard.

— Tu as un client.

— Je... Oui, okay. Je reviens.

Lysandre titubait. Il se cogna contre le coin d'une étagère. Son « client » n'était finalement qu'un livreur qui lui fit signer un recommandé et jamais Lysandre n'avait signé aussi laidement un papier. Le postier lui jeta un regard désapprobateur, et lui conseilla éhontément de boire un café pour camoufler son ivresse. Il lui fit même la morale sur l'alcool au travail et finit sa tirade par un nom de psychologue qui « pourrait l'aider comme il avait aidé son collègue Georges ». Et Lysandre n'en eut rien à faire. Il l'écouta parler en hochant la tête brutalement et claqua la porte derrière lui. Après hésitation, il finit par verrouiller pour ne plus être dérangé. Il était dix-sept heures, il n'avait certainement pas le droit de fermer la boutique. Il ignora ce fait évident en retournant à grandes enjambées dans le local. Il croisa son reflet dans le miroir miniature posé sur la caisse et retint un rictus : il avait effectivement l'air d'avoir vidé une bouteille ou deux.

— Le client a trouvé tout ce qu'il voulait ?

Achilles constata le petit papier jaune dans la main du fleuriste et ricana.

— Je vais devoir partir.

— Il se fait tard. Tu devrais te reposer.

— Je pense que tu n'as pas vraiment compris.

Il se rapprocha plus doucement cette fois. Il avait de nouveau l'air de faire son âge. Une petite larme scintilla sur ses cils.

— J'ai obtenu mon diplôme. Mon père m'envoie travailler dans une firme à l'étranger. Il souhaite que je me spécialise dans le droit international. Il veut que je puisse être un avocat au savoir quasi exhaustif, je cite, pour maximiser mes chances de réussir dans le métier.

— Ha...

Lysandre était de nouveau en colère. Il avait dit ça sur un ton nonchalant, comme s'il parlait du beau temps. Et ce, après l'avoir embrassé deux fois comme si sa vie en dépendait.

— Bah écoute, bon voyage.

Il était vexé. Non, outré. Il regrettait de s'être autant impliqué dans cette relation sans queue ni tête.

— Je n'ai pas envie de partir, tu sais. Je n'ai juste pas le choix. Je suis mineur et techniquement sans le sou.

Il avait oublié. Il avait purement et simplement oublié que le garçon n'était... Qu'un garçon de dix-sept ans. Il se détendit un peu.

— Tu reviendras pour les vacances ?

— Ma famille part avec moi, donc... Je ne sais pas si je le pourrai.

— Et Camille ?

Ça y était. Il avait posé la question. Jusque-là presque taboue, la fiancée d'Achilles avait à peine été mentionnée dans leurs échanges. De dire son nom soudainement avec haine et dédain, c'était quelquechose qu'aucun des deux amis n'auraient attendu. Mais il avait posé la question. Lysandre attendait la réponse sans vouloir l'entendre. Il voulait effacer la dernière heure, revenir à l'instant tranquille où la vieille dame lui expliquait une anecdote sur le basilic et son cousin coriandre.

— Elle va nous suivre. Mon père a pensé que ce déménagement et l'approche de mon anniversaire seraient le cadre parfait pour authentifier notre union.

Il voulait le faire taire. Bien des façons de le forcer au silence auraient pu fonctionner. La seule qui lui chatouilla l'esprit fut de l'embrasser encore. Mais avant qu'il ne puisse mettre son plan à exécution Achilles reprit la parole.

— Je me marie dans un mois et demi.

Et il n'était bien évidemment pas convié au vin d'honneur. Dommage, il aurait fort apprécié de noyer l'épouse dans le champagne. Que pouvait-il y faire ? Pourquoi y faire quelque-chose ? C'était là la suite logique pour Achilles, qui ne lui avait jamais rien caché de tout cela. Lysandre avait toujours su pour ses fiançailles, il avait également toujours soutenu Achilles lors de ses longues sessions d'examens. Il était énervé contre lui plus que contre la situation. Car il avait toujours su mais n'en avait rien fait. Et désormais il ne pouvait qu'observer la fin de l'histoire de loin.

— Tu ne vas pas m'oublier, pas vrai ?

Son cœur se brisa quand Achilles prononça ces mots. Décidément, lui qui n'avait ressenti la douleur d'une perte qu'une seule fois, il commençait déjà à la trouver bien trop familière. Il ne voulait pas le laisser partir. Son âme hurlait, se déchirait et tournait à la tempête, des lambeaux d'espoir tombaient comme de la pluie sur les restes pourris de son amour qui n'avait pas eu le temps d'éclore. Une pluie bien réelle se mit elle aussi à tomber. Achilles effleura ses doigts. Il avait les mains froides. Lysandre répondit dans un souffle douloureux.

— Je ne vais pas t'oublier.

— Tu as un jour dit que les fleurs ne sont pas un beau cadeau. Qu'elles ne sont pas éternelles. Qu'elles finissent par tomber poussière.

Il recula vers la porte du magasin, l'ouvrit, se planta sur le porche mal isolé et les gouttes roulèrent aux côtés de ses larmes sur ses joues rondes.

— Le souvenir d'une fleur comme tu l'es ne mourra jamais. Ne fanera jamais. Je me souviendrai de ton parfum.

Il avança encore dans la rue qui commençait à se vider de la foule, échappant à l'averse. Lysandre voulut tendre le bras, lui crier de revenir.

— Tu peux garder mon parapluie. Je te le donne.

Il monta sur son vélo et partit sans rien ajouter. Aucun mot n'aurait pu être plus impactant pour Lysandre qui tomba à genoux et s'écorcha le bras contre le comptoir. Il nageait en plein brouillard. Tout était allé beaucoup trop vite. Ils auraient mérité plus de temps. Comme la toute première fois, il disparut sous la pluie. Comme la fleur squelette qu'il aimait tant. En cet instant, il la détestait plus que tout, cette fleur synonyme de malheur.

PARTIE II

DANS LA FLEUR

DE L'ÂGE

Dix ans plus tard...

Hazel Nazo

CHAPITRE 7 : Vol à l'étalage.

Il attendait depuis trois heures. Ce n'était rien comparé à la femme en face de lui qui était là depuis le début de la matinée avec sa poussette ; et son bébé qu'elle avait dû allaiter trois fois déjà et changer sur les chaises en métal au dossier inconfortable. Les administrations étaient mal faites. Lysandre avait dû se déplacer pour témoigner d'un vol à l'étalage. Le chapardeur avait attrapé un bouquet et décampé comme une gazelle poursuivie par un lion. Même si Lysandre n'en avait pas eu grand-chose à faire ; il n'était clairement pas le lion ; un client avait appelé la police, et il avait bien dû se plier au règlement pour sauver les apparences. Après tout il était gérant et propriétaire de la boutique. Pour ce genre d'évènements très ponctuels mais très ennuyeux, il aimait la présence du vieux patron.

Paix à son âme, il l'avait quitté cinq ans plus tôt. Avant de partir en retraite, il avait négocié avec Lysandre pour qu'il lui rachète la boutique. Honnête et reconnaissant, l'offre de vente proposée par le patron avait été une blague aux yeux des notaires. Il avait hérité de la boutique sans même avoir à demander un prêt. Le patron n'avait tenu qu'un court mois à la retraite. Il n'avait pas supporté la solitude et l'éloignement de son métier de cœur et était mort dans son sommeil. Lysandre s'était rendu aux funérailles. Il lui avait préparé un très joli bouquet mais n'avait pas pleuré. Chose amusante, en considérant qu'après tant d'heures perdues dans la salle d'attente il avait envie d'éclater en larmes et sanglots.

Comment le temps pouvait-il passer aussi lentement ? Il se faisait des devinettes à lui-même : la plante sur le bureau de l'accueil était-elle une vraie succulente ou une fausse dans un joli cache-pot ? Les feuilles qui luisaient sous l'éclairage jaune semblaient briller de vie mais la tige avait un angle peu naturel. Il finit par en conclure que c'était une très belle imitation dans un pot en terre cuite bien réel. Comble de l'ennui, alors qu'il était parti pour un cinquième café au lait de la machine à disposition des visiteurs, il réalisa qu'il n'avait plus de monnaie. En le voyant fouiller dans son sac à dos la maman en face de lui proposa une pièce avec un sourire de compréhension mais il refusa aimablement : le café n'était vraiment pas bon, en réalité. Ce fut enfin le tour de sa compagne d'infortune. Elle courut presque jusqu'à l'agent qui tenait son dossier. Lysandre se demandait bien ce qui avait pu l'amener dans le commissariat. Il espérait que ce n'était rien de grave.

Une heure plus tard, ce fut son tour. On le fit s'installer dans un bureau avec une jeune recrue qui lui demanda de décrire la scène ; et il le fit pour la troisième fois de la journée, alors qu'elle écrivait mot pour mot sur son clavier les éléments de ce qu'elle nomma « l'attaque ». Elle lui demanda même de décrire le bouquet avec exactitude, comme s'ils allaient pouvoir le retrouver. Elle lui demanda aussi de patienter encore pour aller chercher le document dans une imprimante qui était apparemment en dehors de son bureau et il soupira en jetant la tête en arrière… Il la releva trop fort et se fit mal à la nuque. En se retournant vivement il se fit également mal en bas du dos. Il avait vu passer une silhouette haute à la chevelure foncée… Mais c'était surtout le son d'une voix qu'il connaissait qui lui avait fait relever la tête.

Il voulut se lever pour suivre l'homme en question mais la policière revint avec son justificatif de dépôt de plainte et lui demanda de signer avant de partir. Elle le raccompagna le long du couloir et lui indiqua la porte de sortie avant de faire demi-tour ; sans doute pour discuter avec ses collègues avant le prochain cas à taper lentement sur un clavier. Lysandre était d'humeur irritable et en devenait méchant. Il n'avait pas changé. Il avait toujours des lunettes rondes, une petite barbe de trois jours depuis dix ans, les yeux doux mais le caractère froid. Il oublia la tête brune qu'il avait cru apercevoir dans le commissariat.

Il avait fermé boutique pour la journée, ayant prévu l'attente pour déposer sa plainte. Sur le chemin du retour il s'arrêta pour acheter de quoi manger. Un sac en papier dans une main et un café bien meilleur que ceux qu'il avait eus à boire dans l'autre, il monta les marches conduisant à son appartement de poupée. Il eut un petit soupir en forçant sur la poignée pour ouvrir la porte. Le salon devenait trop petit pour les cartons qu'il remplissait en rentrant le soir, mais il avait bientôt terminé.

Dans deux semaines il quitterait ce lieu qui avait été sa maison pendant plus de douze ans. Il avait réalisé que finalement avoir quelque-chose de plus confortable mais surtout plus moderne lui ferait faire quelques économies ; et si les fleurs se vendaient bien, il ne roulait pas non plus sur l'or. Il n'avait pas de télévision, alors pour se distraire il avait pris l'habitude de brancher son téléphone portable sur la radio et écouter ce qui y passait. La musique de la chaîne qui se lança en premier était quelque part entre le classique et l'opéra, il aimait cette ambiance riche en sonorités mais légère à écouter.

Quelques flash infos venaient couper la playlist, il ne les écoutait que d'une oreille. Des décès, des gens recherchés, un enlèvement… Une histoire de meurtres à domicile se répétait, des jeunes femmes étaient visées. Il ne se sentait pas particulièrement en danger, mais sans doute était-il tout de même un peu dégoûté. L'être humain était décidément une créature vile et détestable. L'intelligence issue de l'évolution des Hommes l'avait mené à devenir la pire des créatures. Lysandre s'incluait dans cette description ; il n'était pas nécessairement une bonne personne, bien qu'il ne soit pas un criminel. Parfois même il se croyait capable de tuer, quand il était vraiment en colère.

Cette histoire lui rappela une courte conversation qu'il avait eue il y avait de cela bien des années, avec une personne bien particulière… Coïncidence ironique, alors que les informations laissaient place à une sonate, quelqu'un toqua à la porte. Il n'attendait pas de visite. Un voisin avait-il besoin de quelque-chose ? Le couple du deuxième étage lui demandait souvent un peu de sucre ou des mouchoirs, et il n'avait jamais refusé de leur en offrir s'il en avait. Lysandre était assez solitaire, mais pas égoïste. Hélas il n'avait pas fait de courses depuis un certain temps et craignait de ne pas pouvoir les aider.

Il ouvrit la porte en se plaquant un sourire conventionnel sur le visage. Son sourire tomba presque instantanément et il se mit à trembler. Pas de tueur en série devant sa porte. Simplement un homme d'un mètre quatre-vingt-cinq avec des cheveux bruns légèrement ondulés et une voix grave qui parla en soufflant, victime des escaliers :

— Bonjour. Ravi de te revoir.

Lysandre avait retenu sa respiration. Quand il s'en rendit compte il inspira bruyamment et finit par avaler sa salive de travers. Une toux brutale secoua ses épaules déjà frissonnantes. Il ne réussit pas à tutoyer l'individu qui lui faisait face ; son apparence plus mature le mettait mal à l'aise :

— Bonsoir. Puis-je connaître la raison de votre visite ?

Tout était trop étrange. Il ne l'avait pas vu depuis dix ans. Dix longues années à oublier son image. Pourtant en à peine dix secondes il l'avait reconnu.

— Ne me vouvoie pas. Ça me fait me sentir plus vieux que je ne le suis. Je voulais passer à la boutique mais elle était fermée. J'ai un service à te demander.

— Un service ?

Il le revoyait après dix ans, sans lui avoir transmis la moindre nouvelle tout ce temps, et il lui demandait un service ?

— Je peux entrer ?

Il s'écarta pour le laisser passer, et le suivit du regard quand il s'installa sur le canapé. Il visionna silencieusement dans son esprit ce soir où il l'avait ramené de l'hôpital et lui avait proposé un café. En secouant la tête il chassa ces images fantômes et prit place face à lui, les fesses posées sur un carton.

— Quand êtes-vous... Es-tu revenu ? Je pensais que tu vivais à l'étranger.

— C'était le cas. Nous sommes revenus dans la région avec ma femme, pour le travail.

Sa femme. Lysandre se rappelait vaguement d'une fiancée... Justine ? Non, ce n'était pas ce nom. Il ne parvenait pas à revenir dessus. L'éclat doré d'une alliance sur son annulaire gauche acheva de raviver sa mémoire ; et de raviver une colère depuis longtemps enfouie, qui n'avait jamais eu lieu d'être.

— Comment va Camille ?

— Elle va bien. Elle s'occupe de la maison, elle n'a pas voulu reprendre un emploi. C'est pour mon travail que nous avons dû nous déplacer. Je suis sur un cas très particulier.

Il était devenu avocat, normalement. Pourquoi un avocat aurait-il besoin de faire tout ce trajet ? Ou avait-il suivi un client particulièrement important ?

— En quoi pourrais-je t'aider pour un procès ? Je ne crois pas avoir de connaissance en la matière ? Ou as-tu besoin de sucre ou de mouchoirs toi aussi ?

— Pardon ?

Évidemment, il ne comprit pas l'ironie. Lysandre soupira en se frottant le visage. Il n'avait pas pu finir son sandwich, et le parfum musqué d'Achilles avait envahi la pièce. Il sentait une migraine maligne pointer le bout de son nez.

— Un procès ? Je ne prépare pas un procès. Je ne suis plus exactement dans cette branche.

— Et alors ? Es-tu devenu botaniste ? Si non, je ne sais pas en quoi je peux t'aider.

— Tu pourrais commencer par me proposer à boire pour me sauver de la déshydratation. Ces escaliers sont bien traîtres.

Quelle audace que de lui faire la leçon ! Lysandre faillit se vexer, se ravisa. Ils étaient deux adultes. Il se leva sans rien dire et lui servit un verre d'eau aromatisée. Achilles l'accepta avec un rictus fier et il se retint de lui vider le contenu du verre sur les genoux.

— Je fais partie de la brigade d'enquête de la police, désormais. La brigade criminelle.

— La police ?

Il n'avait donc pas rêvé ces cheveux bruns, dans l'après-midi. Ses parents avaient accepté qu'il se lance dans une filière aussi dangereuse et moins bien rémunérée ?

— Oui. Je préférais ça à mes procès et mes clients irrespectueux. Mais je suis sur une enquête un peu compliquée…

— Je pense que tu n'as pas le droit de parler de tout ça à un civil. Et si j'étais le criminel que tu recherches ?

— Et si c'était parce que je te soupçonne que je suis venu ?

— Dans ce cas, reviens avec un mandat.

Ils se toisaient l'un l'autre, Lysandre laissait finalement son agacement prendre le dessus. Achilles d'autre part semblait s'amuser comme un fou. Il n'avait pas perdu son rictus et même, on pouvait constater une pointe d'excitation s'entendre dans ses paroles. La dynamique entre eux était trop différente.

— Je ne te soupçonne pas. Mais je te fais confiance. Et aussi…

Il se pencha en avant pour poser son verre, et en profita pour souffler tout près de son oreille :

— Maintenant, je fais toujours ce que je veux.

Il se redressa en croisant les jambes ; Lysandre remarqua que son costume lui allait particulièrement bien.

— Et personne ne viendra me réprimander là-dessus.

— Que veux-tu, alors ?

— Notre tueur utilise du poison. Je crois que tu t'y connais un peu sur la question.

— Je ne suis pas un expert en chimie, crois-le ou non. Moi, je ne connais que les plantes.

— Ça sera suffisant. Pourrais-tu me partager tes connaissances en la matière ?

Il sortit son téléphone portable pour lui montrer une photo de jolies fleurs bleu acier rassemblées sur une tige d'un vert profond, que Lysandre reconnut directement. Cependant, frustré de l'attitude du policier et prêt à se venger, il hocha négativement la tête :

— Là, comme ça, je ne vois pas.

— Ça m'étonnerait.

— Si je te le dis. Alors, je te semble suspect maintenant ?

Achilles se leva. Lysandre fit de même. Il avait réussi à le tendre, son sourire avait cédé place à une contraction évidente de la mâchoire.

— Regarde encore. Tu connais cette plante. Je sais que tu la connais.

— Pourquoi en es-tu persuadé ?

Il rangea son téléphone... Et attrapa son épaule pour le tirer vers lui. Lysandre bloqua son avant-bras avec le sien et serra lui aussi les dents. Jamais ils ne s'étaient battus. Pas de disputes entre eux, leurs discussions étaient toujours des leçons apprises de l'un ou l'autre, et Lysandre avait toujours ressenti une forme de respect lié à ce qu'il pouvait connaître et transmettre. Alors ce contact brutal, il ne s'y serait jamais attendu, et cela blessait un peu sa fierté. Achilles cracha presque sa réponse :

— Je ne vais pas laisser tomber si facilement. Je te l'ai dit, je fais ce que je veux. Et j'aurai aussi ce que je veux.

— Lâche-moi, tout de suite.

Il se confrontèrent encore une longue minute avant de mutuellement relâcher l'autre. Lysandre reprit sa respiration qu'il avait oubliée. Il était sur la défensive. Achilles parla plus professionnellement cette fois :

— Je te laisse ma carte ici. Appelle-moi si tu changes d'avis. En attendant, je n'ai d'autre choix que de te mettre dans la liste des suspects. Ton refus de coopérer en sera la raison.

— Tu crois sérieusement que j'ai tué quelqu'un ?

Achilles épousseta sa veste blazer, et poussa la porte sans effort :

— Ce que je crois, c'est que tu vas me rappeler tôt ou tard. Je le sais.

Il quitta l'appartement.

Hazel Nazo

CHAPITRE 8 : Fausse plante.

Il n'avait pas appelé. Il avait tenu bon. Cela ferait deux semaines dans trois heures. Il s'était occupé autrement, le plus possible, pour ne pas finir par y repenser. Il avait prévu son déménagement, déménagé, défait ses cartons, plié des mètres de papier en origami et refait à neuf toute la vitrine de sa boutique. Il avait également contacté ses parents à travers une lettre un peu impersonnelle, et il avait installé un système d'alarme et de vidéosurveillance dans les locaux du magasin. Il ne voulait pas avoir affaire à un énième voleur ; et une autre journée dans une salle d'attente. Il avait épuisé toutes ses ressources, il n'avait plus rien à cocher sur la liste de choses à faire. Les trois heures restantes, il les passerait à fixer la carte de visite qu'il n'avait pas eu le courage de jeter.

Pourquoi ne voulait-il pas simplement répondre à Achilles ? Au début, il justifiait son mutisme en prétextant une forme de vengeance. L'attitude trop familière et trop égoïste du jeune homme ; plus si jeune ; n'était pas à son goût. Après tant de temps sans aucune nouvelle, il aurait apprécié quelques excuses, quelques interrogations sur son quotidien, quelques descriptions de ces dix dernières années pour rattraper le temps perdu. Mais il avait beau se le répéter, il savait que s'il était honnête c'était la peur qui le poussait à ne pas le recontacter.

Il craignait qu'après ces histoires d'enquête, une fois leurs retrouvailles brèves passées, il ne redevienne qu'un souvenir pour son ancien ami. Il était revenu lui demander son aide, mais n'avait pas manifesté l'envie de reprendre réellement contact avec lui. Lysandre avait admirablement réussi à tout oublier de cette amitié jusqu'à très récemment, c'était une chute aux enfers que de redécouvrir son jeune ami comme il apparaissait aujourd'hui. Fier, sûr de lui, presque violent, terriblement hautain. Malgré cela les sentiments qu'il avait gardés pour lui tout ce temps existaient encore et il avait pitié de lui-même.

Adulte de trente-cinq ans, il n'avait pas pu tenir une relation amoureuse. Il avait connu quelques aventures, mais les demoiselles avaient toujours fini par en avoir assez de son indifférence ; et lui ne supportait pas leur présence étouffante. Il s'était résolu à ne vivre que des aventures qui ne mèneraient à rien, juste pour l'adrénaline du moment. Il croyait sincèrement ne pas être fait pour tomber amoureux. En revoyant Achilles, il avait bien dû accepter qu'il s'était fourvoyé : il était capable d'aimer. Il mourrait d'envie d'entendre de nouveau sa voix, de se battre verbalement comme ils avaient pu le faire, de le pousser à bout jusqu'à ce qu'il le rapproche contre lui encore... Il n'était qu'un amoureux transi qui avait un coup de foudre sur un garçon populaire. Vivant sa romance seul, espérant seul un dénouement allant dans son sens... Encore une heure trente et ça ferait deux semaines. Une heure vingt-neuf. Une heure vingt-huit. Il appuya sur le bouton vert.

— Je savais que tu m'appellerais.

— Je ne sais pas quelle est ta plante. Mais si tu me donnes plus de détails je peux peut-être trouver.

— Tu as déménagé, non ? Envoie-moi ta nouvelle adresse. Retrouve-moi en bas de chez toi dans une demi-heure.

Il raccrocha, sûr que la réponse serait positive. Lysandre trébucha sur lui-même en mettant ses baskets. Il s'autorisa un coup d'œil dans le miroir au-dessus du lavabo pour coiffer rapidement ses cheveux clairs. Un coup de chiffon sur ses lunettes et une écharpe autour du cou plus tard, il était en bas des escaliers à se demander ce qu'il faisait là. Il s'en voulait de ne pas avoir tenu le coup. Il était impatient, aussi. Une Volvo noir brillant se gara sur le trottoir d'en face. Sans prendre la peine d'en sortir, Achilles lui fit signe de traverser.

— Monte. On va aller dans un endroit plus calme.

Il ne refusa pas et s'installa sur le siège passager. La voiture sentait la cire pour le cuir et le sapin. Un petit diffuseur accroché sur la climatisation parfumait également l'habitacle d'une odeur de vanille très artificielle. Achilles portait un jean bleu et un tee-shirt à manches longues qu'il avait relevées sur ses bras. Lysandre revit son tatouage qu'il avait oublié. Il ne put pas revoir ses cicatrices... Puisqu'un bandage semblait les couvrir. Quand avait-il vu la peau de ce bras pour la dernière fois ? Il fut incapable de s'en souvenir.

Achilles roulait vite. Il respectait à peine les limitations de vitesse. Pourtant il semblait maîtriser parfaitement son véhicule, ce qui rendait sa conduite dangereuse agréable aux passagers. Lysandre aurait pu s'endormir sur le trajet si les grognements mécontents de son conducteur ne l'avaient pas tiré de ses songes toutes les cinq minutes. Ils finirent par se garer dans un parking souterrain presque vide. Achilles coupa le contact, les lumières s'éteignirent. Ils restèrent silencieux. Ce fut Lysandre qui prit la parole.

— Donc... Tu veux me partager plus d'indices ? Cette plante, vous l'avez trouvée sur le lieu du crime ?

— Sur les lieux des crimes. Il s'agit d'un criminel qui semble avoir un rituel. Il dépose cette fleur dans la bouche des victimes.

— Pourtant elles ne les avalent pas. Vous avez retrouvé de traces de poison dans les autopsies ?

— Bien évidemment.

— Mais attends une seconde…

Lysandre sortit de sa torpeur. La police avait des enquêteurs, des moyens, des professionnels… L'un d'entre eux avait forcément pu identifier le poison et la fleur. Il ne s'agissait pas de quelque-chose de si inconnu que seul un individu extrêmement renseigné aurait pu reconnaître. Il ne vivait pas dans un film, et il ne s'agissait pas des codes de l'arme nucléaire. Et de ce fait, il n'était pas indispensable.

— Nous savons de quelle fleur il s'agit. Le poison semble être administré par voie orale, sans doute en tisane. Ou une décoction.

— Pourquoi m'avoir demandé ?

Il avait été dupé. Il avait cru avoir de l'importance et surtout avoir une forme de pouvoir. Il avait pensé être celui qui prenait les décisions, puisqu'Achilles avait besoin de lui. Il se rendait compte que ça n'avait été qu'un leurre.

— Pourquoi ?

Il détacha sa ceinture. Verrouilla la portière. Lysandre tira la poignée ; il ne se passa rien.

— Je voulais une excuse pour te revoir. Ce n'était pas facile de justifier ma visite à un vieil ami à une heure aussi tardive…

Achilles était tout près maintenant. Le poids de son corps reposait contre le torse de Lysandre. Il posa la main sur sa joue, caressa sa lèvre inférieure avec son pouce. Dans la panique, Lysandre apprécia tout de même la douceur de sa peau. La main contre sa joue glissa derrière son oreille et une autre se posa sur sa cuisse. La pointe de son nez rencontra l'arrête de celui d'Achilles. Il se souvint du jour où il était parti. Les sensations qu'il avait ressenties à ce moment précis revinrent tendre ses muscles.

— Tu aurais pu attendre et passer à la boutique. Tu n'avais pas besoin d'excuse pour ça.

— Je ne pouvais plus attendre…

Son corps tout entier s'électrisa. La chaleur qui monta en lui le rendit plus téméraire, ses bras se refermèrent autour du cou d'Achilles tandis que sa bouche s'ouvrait au vice. Leurs gestes semblaient familiers, naturels. Achilles avait toujours les mains froides quand il les posa sur sa peau, sous son tee-shirt. Le contraste avec la brûlure de ses baisers révélait un fantasme masochiste chez Lysandre qui plaqua sa paume contre les mains d'Achilles, lui intimant sans parler de continuer. Avide de plus de contact, il allait lui rendre ses caresses quand la morsure métallique de l'alliance sur son doigt atteignit ses côtes. Il le repoussa maladroitement et tira sur son tee-shirt froissé.

— Arrête. Tu es un homme marié, tu ne peux plus jouer à l'insouciant.

Achilles ouvrit de grands yeux innocents, avant de les plisser.

— Je suis un homme marié, oui.

— Eh bien, tu ne peux pas tromper ton épouse. Ça s'appelle être un connard. Je ne contribuerai pas à ça.

— Et donc tu te dédouanes de toute responsabilité ?

— Tu m'as embrassé. Tu es fautif.

— De ce que j'en ai compris, tu ne m'as pas dit non.

Il le savait. Il s'était laissé porter par la chose. Il regrettait. Bien qu'il n'appréciât pas Camille, et qu'il en fût jaloux, il ne tolèrerait pas l'adultère. Elle ne méritait sans doute pas ça.

— Lysandre...

C'était la première fois qu'il entendait son prénom prononcé avec tant d'envie. Son estomac s'en retourna. Ce n'était pas du dégoût, mais un désir si puissant qu'il s'en tortillait les tripes. Il maintint la distance entre eux.

— Tu ne peux décemment pas faire ça à la femme que tu aimes.

— Je ne l'aime pas.

— Tu…

— Non. Je ne l'aime pas et elle le sait.

Elle le sait. Il l'avait dit comme une évidence. En avait-il discuté avec elle ? Et même en laissant ces histoires de couple de côté, pourquoi avait-il cette attitude envers lui ? Dans son souvenir, ils ne s'étaient pas quittés sur ce genre de relation. Il y avait eu un baiser, deux, mais il ne s'agissait que des débordements d'un jeune homme rebelle qui découvrait la vie. Ils n'avaient pas partagé de relation romantique, Lysandre se l'interdisait malgré ce qu'il pouvait ressentir. Était-ce là encore une nouvelle facette d'Achilles ? En plus de son attitude détestable, allait-il lui donner de faux espoirs et jouer avec son cœur ? Il n'avait plus l'excuse de l'âge et ses envies de découvertes. Le

Achilles qu'il avait connu plus jeune n'était pas exactement comme ça.

— Si tu es revenu prendre contact juste pour t'amuser, je ne suis pas la personne qu'il te faut. Nous étions des amis, auparavant. Tu es un inconnu pour moi aujourd'hui.

— Des amis ? Un inconnu ?

Il lui fit peur. Il avait serré sa main si fort qu'il sentit un os se déplacer. Achilles faisait vraisemblablement encore beaucoup de sport, même si ce n'était pas le moment de s'en faire la réflexion. Il essaya de libérer ses doigts sans succès.

— Pour toi, nous étions juste amis ?

— Je ne vois pas de quoi il pourrait s'agir autrement. Tu étais fiancé.

— Tu es décidément d'une cruauté que je ne soupçonnais pas.

— Qu'est-ce que tu essaies de dire, au juste ?

— Tu étais tout mon monde, à l'époque. Je ne me sentais vivant qu'avec toi. Tu étais tout ce que j'avais toujours attendu.

Achilles renifla en libérant sa poigne. Il se cala dans le dossier du siège, le visage tourné vers l'extérieur. Lysandre avait cependant déjà pu voir ses yeux larmoyants. Il le retrouva, ce jeune homme qui venait l'embêter au travail et qui le forçait à sortir. Ce jeune homme dont il s'était épris sans s'en rendre compte et qu'il avait eu tant de mal à laisser partir. Ce jeune homme qui même après dix ans faisait battre son cœur. Sa fleur squelette. La déclaration inattendue lui fit mal.

— Tu étais tout mon monde. Je pensais que tu le savais.

Les roues crissèrent en frôlant le trottoir. Lysandre se fit tout petit sur son siège alors qu'Achilles coupait le contact.

— La portière est déverrouillée. Tu peux y aller.

— Je...

Il hésita seulement une demi-seconde mais dans sa tête la réflexion qui le mena à répondre lui sembla prendre dix minutes.

— Je n'en ai pas envie.

Sa colère avait eu le temps de redescendre pendant le trajet. Il avait pu reposer son esprit et prendre le temps de se souvenir. Se souvenir de la douleur mais aussi de la douceur de leurs instants partagés. Des yeux avides de comprendre qui se concentraient sur sa bouche quand il expliquait les secrets des plantes, des mêmes yeux qui brillaient quand ils débattaient sur la vie et ses fardeaux. Et après cette introspection, il n'avait plus envie de partir. Achilles serrait les dents. Et les poings. Ses phalanges imploraient sa pitié, pâles comme le visage inquiet de Lysandre. Finalement, il libéra le volant en soupirant.

— Il faudrait savoir ce que tu veux. Tu es le plus âgé ici, tu es censé être celui qui prend des décisions.

— Ça ne marchera plus avec moi. Tu es majeur et vacciné.

— Effectivement.

Il redémarra la voiture.

— Attends, on va où ?

— J'aimerais beaucoup te montrer ma nouvelle demeure. On vient de finir de défaire les cartons.

— Tu ne peux pas…

— Je ne vais pas te manger… Sauf si tu le demandes. Et Camille est absente.

Sensible au rictus satisfait d'Achilles, il se laissa conduire. Il était d'une faiblesse affligeante. Ils retournèrent au même parking, celui où Lysandre avait dit qu'ils n'étaient que des amis. Celui où il avait compris que depuis tant d'années il n'était pas le seul qui avait dû souffrir de son départ. Mais ce qu'il comprenait surtout, et c'était cette partie qui faisait le plus mal, c'était que là où lui avait tenté d'oublier tout de cette histoire, Achilles l'avait conservée dans sa mémoire, l'avait chérie comme un miracle, et avait toujours eu pour objectif de le retrouver.

Il s'en voulait de n'avoir pas entretenu le passé jusqu'à le revoir. Ses sentiments n'avaient pas perdu en puissance. Comme une fleur qui fane en hiver et revient plus chatoyante au printemps, ils venaient d'éclore à nouveau. Quand ils sortirent de la voiture, Achilles attrapa sa main. Lysandre ne le repoussa pas mais il fut surpris, cette attitude beaucoup plus candide contrastait avec ce qu'il venait de vivre dans l'habitacle de la Volvo, sur le parking. Il ne comprenait pas tout, se demandait si cela valait le coup de comprendre.

— Bienvenue.

L'endroit ne ressemblait pas tout à fait à son ancien appartement. La façade entre bois et pierres grises avait un côté moderne tout en se fondant dans le paysage sans prétention. Les vitres immenses laissaient entrevoir une part du mobilier des habitants, un mélange de meubles en bois rustiques et d'étagères tout droit sorties d'un célèbre magasin suédois alliant pratique et esthétique. Lysandre ne fut ni ébloui ni surpris par les pièces vastes et parfaitement rangées ; il aurait été déçu du contraire. Désordre et Achilles ne fonctionnaient ensemble que si le désordre était dans sa tête. Ce fut quand il remarqua le petit arbre à côté de la télévision grand écran qu'il eut un hoquet.

— Le caoutchouc… ?

— Tu dis ?

— Tu as gardé le caoutchouc ?

— Non.

Cette fois le choc fut total. Lysandre referma la bouche qu'il avait ouvert dans l'incompréhension. Achilles traversa le séjour pour caresser doucement les feuilles de l'arbuste.

— Tu ne te souviens sans doute pas mais nous avions eu une discussion un jour sur le pouvoir de parler à ses plantes. Tu avais dit que tu n'étais pas fou. Et j'avais répondu que je parlais à mon caoutchouc.

— Je me souviens...

— Vraiment ? Je pensais que nous n'étions que des amis sans importance. Pourquoi retenir un détail sans intérêt comme celui-ci ?

Lysandre aurait pu lui tirer la langue. Ou faire un geste bien précis avec son majeur. Plutôt que ces réactions puériles il préféra tourner le dos à son hôte pour observer la cuisine.

— J'ai beaucoup parlé au caoutchouc. De toi, de nos aventures... Puis ensuite de mes aventures à l'étranger. De mes doutes. De toi, encore, presque chaque jour. Il a fini par mourir. Souvent je me demande si ce n'est pas moi qui l'ai tué. A force de le noyer dans mes peines, il a fini par rendre l'âme. J'ai repris cet arbre chez un fleuriste intemporel. C'est un faux qui m'a coûté trois fois le prix d'un vrai. Mais au moins, il ne pourra pas mourir. Et tant mieux... Parce que maintenant que je t'ai retrouvé il va avoir droit à beaucoup d'autres histoires.

— Vraiment ? Quelles histoires ? Nous ne sommes plus les mêmes qu'avant.

— Tu n'as pas changé, Lysandre. Pas du tout.

Lui, en revanche... Achilles était différent. Lysandre retrouvait dans ses traits sa sensibilité, il sentait l'empreinte de son âme acidulée derrière ses propos assurés. Mais son attitude était déstabilisante et presque désagréable.

— De toutes les histoires que je voudrais lui raconter... Je pense que je commencerais par celle-ci.

Il attrapa sa taille, Lysandre le repoussa fermement, un regard suffit pour le faire céder de nouveau. Il tomba dans ses bras. Pas de baiser, pas de gestes déplacés, juste une étreinte si puissante qu'il crut en perdre des vertèbres. Il n'aurait jamais cru le serrer ainsi dans ses bras. Sans penser à sa situation, sans penser à son épouse, sans penser à ses responsabilités ou son inquiétude. Un câlin comme celui-ci, les humains n'en expérimentaient que peu dans une vie. Il s'agissait du premier dans la sienne. Il ouvrit les yeux, le nez dans le cou d'Achilles, sur la pointe des pieds. Sur l'immense baie vitrée, la pluie commençait à peindre sa toile. Sous cette pluie, il ne le verrait pas disparaitre. Il agrippa ses épaules pour l'empêcher de fuir, et Achilles lui répondit avec des mots :

— Tu m'as manqué aussi. Beaucoup.

CHAPITRE 9 : Rose avec des épines.

Le bouquet n'était pas très équilibré. Trop de verdure, un mauvais choix de couleurs, et le papier était déchiré autour des tiges. Lysandre avait fait un ouvrage bien laid. Il avait déjà raté quelques commandes, Ça avait été des leçons qui lui avaient montré comment progressé. Mais pour ce bouquet c'était en vain. Ce n'était pas le manque de pratique ou un besoin de connaissances supérieures qui lui avaient fait faire quelque-chose de peu glorieux. Tout n'était qu'une conséquence de sa nuit sans sommeil et de ses pensées éparpillées. Les feuilles d'automne qui tournoyaient jusqu'à s'échouer sur l'asphalte illustraient ce qui se passait dans sa tête mal coiffée. Il avait oublié de passer un coup de brosse dans ses cheveux trop longs, et sa barbe avait maintenant trois jours.

Depuis sa visite chez Achilles, il n'avait pas eu de nouvelles. Son ami l'avait déposé dans la soirée après quelques sujets de conversation vite épuisés, à savoir leurs emplois respectifs, les petites choses du quotidiens. Des sujets que l'on garde pour de simples connaissances. Bien loin de la passion dont ils avaient pu faire preuve, cette discussion avait été fade et impersonnelle.

Quand Lysandre se piqua avec une épine de la rose qu'il était en train de glisser au milieu des épis de blés, il accepta sa défaite et abandonna les plantes sur l'établi. Il lui restait encore cinq bonnes heures de travail, et il n'était capable de rien. Les clients qui suivirent son échec eurent droit à un traitement déplorable, il ne fut ni aimable ni avenant, et il n'aurait pas été surpris si quelqu'un lui en avait fait la remarque. Son air bougon devait faire peur, personne ne s'y risqua. Il continua à agir comme un vieux grognon jusqu'à ce qu'une cliente pour le coup vieille et grognon s'en plaigne en reniflant :

— Vous êtes plus sec encore que les fleurs sous la cloche. Je ne la prendrai pas, finalement.

— Très bien. De toute façon, elle ne rentrait pas dans vos cabas.

— Jeune homme, je vous ai connu plus lumineux !

— Je vous demande pardon ?

Il daigna enfin lever les yeux. La dame n'était pas si âgée, et maintenant il s'en rendait compte alors qu'elle le fixait tranquillement. Il connaissait ce regard. Cette dame lui avait une fois dit de se méfier de la foudre.

— Excusez-moi. J'ai été incorrect. Vous avez bien le droit d'être mécontente de mon attitude.

— J'ai le droit, bien sûr ! Et je vais le prendre ! Je vous avais pourtant dit de faire attention à l'orage !

Il s'agissait bien de la boulangère. La boulangerie, Lysandre ne l'avait plus retrouvée dans la ville. Impossible de retourner goûter l'un des croissants. Il avait dans son cœur gardé l'image de la devanture éclairée quand tout le reste était fermé depuis bien longtemps. L'endroit chaleureux qui cependant lui avait à l'époque laissé une certaine amertume, les remarques de la boulangère avait entaché le confort de ce refuge. Il n'aimait pas vraiment avoir à y refaire face.

— Vous n'écoutez que quand cela vous arrange, vous les jeunes. Et vous ne grandissez que quand cela vous avantage !

— Je vais vous emballer la cloche. C'est un piètre cadeau pour excuser ma maladresse.

— Je ne la prendrai pas, je vous l'ai dit. Voyez, comme vous faites exemple de mon propos !

Elle tapota le bout de sa canne sur le sol. Elle ne s'aidait absolument pas de ladite canne pour marcher, Lysandre se dit qu'elle se donnait simplement un genre. Il accompagna la dame jusqu'à la porte en réitérant ses excuses.

— Excusez-vous vous-même, au lieu de chercher à ce que je vous excuse !

Elle tapa encore la canne sur le carrelage puis sortit un mouchoir. En reniflant encore, elle lui lança une dernière remarque :

— N'oubliez pas si simplement que les roses ont des épines. Et vous aurez beau les couper, elles ont déjà poussé une fois. Elles pourront le refaire.

Elle bouscula une autre personne qui cherchait à rentrer. Lysandre faillit lui claquer la porte au visage en la reconnaissant elle aussi. Le destin n'avait décidément jamais assez de divertissement.

— Bonjour. Je viens vous voir pour une demande un peu particulière.

— Bonjour, vous désirez ?

— Vous faire passer un message.

Elle fit lentement le tour de la boutique, laissant traîner ses doigts sur toutes les fleurs, titillant la sensibilité de Lysandre qui crissait des dents.

— Mon époux voudrait un caoutchouc.

— Je n'en ai plus. J'ai arrêté d'en récupérer pour cette boutique, les caoutchoucs ne se vendaient pas très bien.

— Oh. Dans ce cas, je voudrais simplement un bouquet de vos fleurs les plus laides.

— Excusez-moi ?

— Vos fleurs les plus laides. Celles que vous alliez jeter. J'en voudrais un bouquet, s'il vous plait.

Lysandre n'avait pas l'énergie pour protester ou argumenter. Il souhaitait qu'elle quitte la boutique le plus vite possible. Surprenant mais vrai, ce bouquet, il le réussit à la perfection. Il paraissait presque joli, mais l'odeur qui s'en dégageait rappelait un pot à compost. Elle le récupéra, le regarda longtemps en souriant, et lui tendit deux billets sans compter.

— Gardez la monnaie. En fait... Gardez tout, voulez-vous ?

Elle lui rendit violemment le bouquet, quelques pétales churent sur le carrelage et elle les écrasa en se rapprochant encore jusqu'à pouvoir lui murmurer, sifflant comme un serpent :

— Vous avez déjà tout pris, de toute façon.

Elle fit demi-tour sans regarder derrière elle. Lysandre reprit une grande inspiration : il avait oublié de respirer. Ce que Camille venait de faire était purement méchant, sans autre description. Mais malgré lui il ne pouvait s'empêcher de penser qu'elle avait autant de charisme que son époux.

Achilles détestait les heures supplémentaires. C'était un fait, que ses collègues avaient gardé en tête, qui donnait une bonne raison de plaisanter sur le sujet. Personne ne le lui avait jamais demandé, mais sans avoir posé la question tous savaient qu'Achilles détestait les heures supplémentaires. Pourtant, il ne rechignait pas à travailler plus longtemps, ou à rentrer plus tard ; au contraire il aimait passer du temps en-dehors de chez lui. Le soulagement que cela lui apportait de ne pas avoir à faire la conversation à sa femme valait bien toutes les heures supplémentaires du monde. Mais il ne les aimait pas par principe, parce que personne ne les aimait. Donc, lorsque quelqu'un lui demandait s'il pouvait rester encore un peu pour clôturer un dossier, il répondait toujours en soupirant et avec une moue mécontente.

Il était bon acteur, et ce depuis toujours. Il avait convaincu avec brio ses parents le jour de son mariage, il avait même réussi à verser quelques larmes pour parfaire le tableau. Il savait se jouer des gens qui l'entouraient, aussi bien sa famille que ses collègues ou encore ses amis. Il n'avait pour l'instant rencontré que deux personnes qui voyaient derrière le masque.

La première, sa charmante épouse, qui n'avait jamais cru en son amour. Camille avait à l'époque tout intérêt à accepter cette relation amoureuse factice mise en place par des parents avides de plus de relations professionnelles. Encore jeune dans sa façon de penser, elle s'était prise au jeu de la relation amoureuse innocente et destinée, où elle était le parfait accessoire pour un homme dont elle pouvait être fière et vanter les mérites. Cela lui avait suffi, un temps. Elle ne réclamait pas davantage. Bien sûr au début, Achilles avait voulu s'impliquer dans leur histoire. Il était jeune aussi, ses choix étaient à peine les siens, il ne savait pas comment agir correctement et n'avait jamais connu l'insouciance des autres adolescents. Il avait apporté son lot de mensonges dans des rendez-vous galants qui ressemblaient à des photos de magazines. Roses rouges, bijoux sur coussins de velours, gastronomie et costumes trois pièces, ils faisaient se retourner les visages envieux des autres couples sur leur passage.

D'apparence c'était toujours le cas. Achilles conviait sa femme à ses galas d'entreprise, elle venait avec des robes de créateurs et de jolis talons aiguilles se pendre au bras de son mari chef de brigade. Ils avaient également consumé leur mariage, souvenir peu agréable qu'Achilles tentait d'oublier. Elle le lui rappelait parfois, comme pour le séduire, mais l'un comme l'autre savaient que plus rien ne pourrait se passer entre eux. Heureusement pour le parfait tableau qu'ils peignaient, leur nuit de noces n'avait évidemment pas eu de spectateurs. Leurs baisers étaient fades, leurs mains étaient froides, et leur étreinte avait été dictée par les verres de champagne avalés goulûment pour ne pas avoir à trop y penser. Hormis quelques écarts lors de soirées bien arrosées, le couple n'avait plus de rapport intime. Personne n'eut pu s'en douter en les voyant se retrouver après le travail, se poser des baisers sur les joues ou le coin des lèvres.

Sa femme était une femme extraordinaire. Belle comme à l'aube de sa jeunesse, elle gagnait en charisme avec les années. Utilisant les marques du temps comme atout, une odeur de vanille épicée accompagnant toujours ses pas, elle était l'exemple d'une femme mûre et accomplie. Elle était cultivée, savait participer à toutes les conversations en apportant un peu de son savoir, et elle savait ce qu'elle voulait. Elle l'avait toujours su. Achilles ne la détestait pas vraiment. Il l'admirait même un peu, lui avait déjà rapporté. Mais il ne l'aimait pas. Elle était un beau camouflage, mais l'idée d'être condamné à finir ses jours avec elle lui donnait la nausée. Il se sentait également coupable, elle qui aurait mérité tellement mieux. Mais ce qu'elle voulait, c'était garder son rôle de femme dévouée ; il ne pouvait pas s'échapper. Tout avait été plus compliqué après sa rencontre avec Lysandre... La deuxième personne capable de voir derrière le masque.

Lysandre n'était pas particulièrement intuitif, mais Achilles avait laissé tomber ses talents d'acteur en sa présence. Lysandre était un adulte très basique. Seulement plus âgé de quelques années, un pied dans un monde sérieux mais un sourire restant ancré dans l'enfance, il était ironique et trop prudent, parfois désagréable sans que cela ne soit insupportable. Le jeune Achilles avait ressenti quelque-chose qu'il n'avait jamais ressenti avant : une sensation de liberté, une forme de renouveau. Et autre chose qu'il définissait à l'époque comme de l'amour... Après dix longues années sans pouvoir le voir, lui parler, pleurant le soir de ne plus se rappeler avec exactitude de son image, il avait réalisé que l'amour n'était pas le terme exact. C'était plus fort, plus imprévisible, loin de toute raison, de toute logique.

Il avait pensé à une forme d'obsession. Depuis l'enfance il avait eu beaucoup de période où il se prenait de fascination pour un sujet, une ambiance, un objet... Ses parents n'avaient jamais prêté attention à ces passions qui l'enfermaient dans sa petite bulle. Des phases, juste des éléments qui devaient lui donner l'impression d'être quelqu'un. Lysandre n'était pas une de ses obsessions. Ce qu'il ressentait pour lui était permanent, et la tendresse qui enveloppait son cœur quand il le voyait parler de ce qu'il aimait suffisait à lui rappeler qu'il ne lui souhaitait que du bien. Il soupira en rejetant la tête en arrière. L'heure avançait, mais pas son travail. Il décida de s'arrêter là pour le moment. Son rapport complet pouvait bien attendre un autre jour, l'enquête n'avançait pas de toute façon. Le tueur au poison donnait du fil à retordre à son équipe… Il sourit en enfilant son manteau en laine. Un message de Camille lui demandait ce qu'il voulait manger au dîner. Il n'y répondit pas. Ce ne fut que lorsqu'il passa le pas de la porte d'entrée qu'il se décida :

— Je vais commander quelque-chose. Je n'ai pas envie de manger ce qu'on a dans les placards.

— Bonjour, chéri.

Il retira ses chaussures en souriant. Sourire qui ne quitta pas ses lèvres lorsqu'il s'installa dans le canapé et lança la musique à l'aide d'une petite télécommande.

— Comment était ta journée ?

— Comme d'habitude. Des meurtres, des assauts, des témoins qui ne savent plus ce qu'ils ont vraiment vu. Et la machine à café était en maintenance.

— Est-ce que tu veux un café maintenant ?

— Je veux bien.

Elle enfila ses mules en peluche pour marcher sur le carrelage de la cuisine, sa robe de chambre satinée flottant derrière elle comme la traîne d'une reine. L'odeur douce et chaleureuse du café embauma l'espace. Le bruit de la machine semblait parfaitement s'harmoniser avec la musique classique qui défilait sur le disque. Camille revint s'installer sur un fauteuil et posa la tasse fumante sur la table basse.

— Il sent différemment. Tu as changé de marque ?

— Je l'ai acheté dans une épicerie en vrac en sortant cet après-midi.

— Je vois.

Ils restèrent ensuite sans rien dire. Achilles ne commanda pas à manger, finalement. Il n'avait pas faim. Si sa femme voulait manger, elle prendrait sa carte bancaire dans son sac sans le lui demander et s'achèterait quelque-chose. Cela fonctionnait de la sorte, dans leur foyer. Il travaillait, elle gardait la maison et se permettait d'utiliser son argent. Un vieux cliché qui marchait bien entre eux.

— Je suis aussi passée acheter des fleurs.

Des fleurs ? Leur maison n'avait que peu de décoration, encore moins de verdure. Il ne lui offrait plus de fleurs depuis des années... Depuis qu'une certaine personne avait mentionné les bouquets comme étant les pires cadeaux à offrir. Achilles n'en était toujours pas convaincu, et il voulait le couvrir de fleurs pour le lui prouver. Mais hors de question de gaspiller les précieux végétaux pour Camille.

— Où les as-tu posées ? Je n'ai pas vu de fleurs.

— Je ne les ai pas prises, finalement. Le bouquet était laid. Il sentait les fruits pourris. Et le fleuriste était médiocre.

Elle attendait sa réaction, il le savait. Il reposa doucement sa tasse après une autre gorgée, prit le temps d'inspirer.

—   Je ne pensais pas que tu aurais l'audace de lui rendre visite.

—   Il n'avait plus de caoutchouc.

—   Je suis fatigué. Tu as de la chance.

Il s'approcha d'elle, posa une main sur le dossier du fauteuil, son corps se pencha au-dessus du sien. Elle attrapa son cou de ses deux bras, planta son regard dans le sien. De son autre main, il releva son menton pour mieux la voir.

—   Je suis fatigué, mais si je ne l'étais pas, j'aurais eu envie de te tuer.

—   Il n'a rien que je ne possède pas. Je n'ai jamais vu quelqu'un d'aussi fade et aussi peu intéressant.

Achilles se crispa, sa poigne se resserra. Il était conscient de la tentative de Camille pour le pousser à sortir de ses gonds. Elle le provoquait constamment, parce qu'elle savait qu'il ne pouvait pas partir. Elle savait aussi que la seule tension qui pouvait exister entre eux était celle qu'elle créait en cherchant à l'énerver. La seule chose qu'ils partageaient était une haine à peine masquée qui faisait circuler cette énergie si spécifique entre eux. Comme le reste de leur vie, c'était un jeu.

— Il est tellement plus que des apparences. Bien sûr, qu'en saurais-tu, toi qui ne vois que le miroir sans regarder au-delà.

— Oh, chéri...

Elle avança encore le menton, ses lèvres à quelques centimètres des siennes.

— J'ai réussi à voir derrière ton visage d'ange. Je peux voir dans ses yeux innocents. Il ne comprendrait jamais qui tu es. Tu perds ton temps.

— Tu es trop sûre de toi. Il comprend tout ce que je ne dis pas.

— Si tu le penses.

Elle souffla sur son visage avant de se défaire de sa main sur sa mâchoire. Le café était froid. Le disque était fini. Il était temps d'aller se coucher. Sans gêne aucune elle laissa tomber sa robe de chambre, dévoilant son corps tout en courbes qu'une nuisette émeraude peinait à couvrir. Achilles la regarda à peine. Elle se déhancha jusqu'à la porte de leur chambre à coucher. Avant d'y entrer elle le relança :

— Je suppose que tu as un rendez-vous, ce soir.

— Un imprévu, bien sûr. Bonne nuit.

— Bien sûr. J'espère que personne ne te posera un lapin.

— Ça te plairait beaucoup trop.

Elle claqua la porte. Elle aimait claquer les portes, un moyen pour elle d'avoir le dernier mot. Elle gagnait toujours leurs joutes orales, il la laissait gagner. Cette fois elle avait raison. Il avait besoin de le revoir. De vérifier si l'attitude de son épouse avait eu un impact. De vérifier si la flamme qui le consumait brûlait encore chez lui aussi. Mais avant ça… Il se changea dans le salon, devant les grandes fenêtres. Personne n'empruntait cette rue, et il n'avait pas honte de lui-même.

Nu dans la cuisine, il s'autorisa un verre de vin qui ne passa pas si bien derrière le goût amer de son expresso. Il se vêtit de vêtements sombres, simples, un bonnet et des gants en faux cuir. Hors de question d'abîmer sa paire de gants habituelle. Il ouvrit le garage pour en tirer une petite bicyclette rouge. Il avait un petit bout de chemin à faire, un long travail à exécuter. Et ensuite... Ensuite, bien que le vrai paradis lui soit interdit, il irait retrouver son ange à lui.

CHAPITRE 10 : Pluie de pétales.

Il se réveilla en sueur. Il n'avait pas fait de cauchemar, il s'était simplement empêtré dans les draps et avait fini par avoir trop chaud. Quelque-chose l'avait tiré du sommeil. Un bruit lointain, sans doute. Lysandre ne parviendrait pas à retourner dormir, aussi préféra-t-il se lever pour plier du papier. Son téléphone était posé sur la table neuve de la salle à manger, proche de la fin avec son dernier pourcent de batterie. Pas de notification, pas d'alerte, tout allait bien. Il avait encore du mal à s'habituer à son nouveau logement : les grandes pièces et les meubles encastrés le gênaient un peu. L'appartement était beau, refait à neuf dans un vieil immeuble. Il était confortable, plus lumineux que l'ancien. Lysandre avait simplement des petites habitudes, et il n'aimait pas perturber son quotidien.

Il avait appris que son ancien immeuble allait être démoli pour construire une école sur trois étages. La plupart des appartements étaient inoccupés, et les derniers résidents avaient été déplacés dans des maisons de lotissements construites l'année d'avant spécialement pour recréer des quartiers résidentiels en périphérie. Si Lysandre avait attendu quelques semaines de plus il aurait bénéficié d'une de ses maisons en compensation. Il ne s'en plaignait pas vraiment, tout aurait simplement été plus simple. Il se servit un verre d'eau mais n'eut pas le temps de s'asseoir, quelqu'un toqua à la porte. Maintenant qu'il était bien réveillé, il se souvint que c'était un son similaire qui l'avait tiré du sommeil. A cette heure, il n'y avait que deux options. La police ou un voisin sénile... Ou peut-être une troisième option qu'il ne voulait pas trop espérer. Il n'y avait pas de judas sur les portes alors il lui fallut ouvrir pour découvrir son visiteur. Deux options étaient correctes. Il s'agissait, très techniquement, de la police. Et aussi de l'option à laquelle il ne voulait pas croire. Achilles lui sourit, un bras contre le cadre de porte.

— Je peux ?

— Tu es déjà là de toute façon.

Il avait l'air épuisé. Ses cheveux bruns s'accordaient à la couleur de ses cernes. Il avait aussi l'air satisfait. Lysandre ne comprit pas son expression. Il lui apporta un verre d'eau.

— Je n'ai pas soif, merci.

— Je le laisse ici quand même. Tu auras peut-être soif dans cinq minutes. Je ne veux pas avoir à me relever.

Achilles le regarda de haut en bas. Lysandre se rendit alors compte de son apparence, comme à chaque fois qu'il le regardait de la sorte. Il portait un pantalon en coton détendu qui tombait sur ses hanches, un tee-shirt promotionnel d'un supermarché un peu tâché qui tombait aussi sur son épaule, ses cheveux étaient un nid d'oiseau et il n'avait pas encore mis ses lunettes.

— Tu as quelque-chose, là.

Il frotta le coin de sa bouche avec une énergie soudaine. Il avait bavé dans son sommeil.

— Je ne savais pas que les fleurs pouvaient dormir profondément.

— Il existe des fleurs qui dorment. Ou qui se reposent. Elles se ferment la nuit pour se protéger des agressions. D'ailleurs une étude scientifique aurait prouvé que les plantes ont besoin de repos au même titre que les autres organismes vivants. La calathéa par exemple se…

— Tu ressembles encore à une violette.

Lysandre ne finit pas son histoire. Il tortilla ses cheveux entre ses doigts.

— Pourquoi es-tu venu ?

— Tu me manquais. J'aime te voir. Nous avons du temps à rattraper.

— Tu inventes des excuses.

Achilles préféra se lever pour réponse, et lui attrapa le poignet.

— Je pensais t'emmener faire une petite sortie nocturne... Ou peut-être une sortie matinale ? Je connais un bel endroit.

— Sortir maintenant ? Tu ne travailles pas dans quelques heures ?

— Oh. J'arriverai plus tard. Peu importe.

— Achilles, tu...

— Tu es beau quand tu parles. Pas quand tu protestes.

Lysandre se vexa. Il ne retira pourtant pas sa main de celle de son ami. Une fois dehors il le poussa malgré tout.

— Pourquoi je te suivrais, d'ailleurs ? Je ne sais pas où nous allons. Nous ne nous connaissons plus vraiment.

— Je suis un membre des forces de l'ordre. Tu ne me fais pas confiance ?

— Désolé, cela ne suffit pas à me convaincre.

Achilles reprit son bras, l'attira à lui. Lorsqu'il le tenait contre lui, il le dépassait d'une bonne tête. Il fourra son nez dans ses cheveux, descendit lentement le long de sa nuque, son cou, rejoignit son lobe d'oreille qu'il effleura d'un baiser. Il s'amusa de son pouls qui s'accélérait, n'en dit pas mot, un autre baiser caressa sa peau. S'il l'avait voulu, il aurait pu le posséder entièrement, tout de suite, sans avoir à demander la permission. Pas parce qu'il l'aurait fait de force, mais parce que Lysandre s'était totalement laissé aller à ses gestes sensuels. L'odeur de son épiderme et la chaleur de son sang pulsant dans ses artères manifestaient une attirance sans barrière. Ça et la main qui avait fini par se glisser sur le creux de ses reins pour le maintenir contre lui.

Achilles céda enfin à un baiser plus intense, il lui mordit la lèvre et dansa avec sa langue. Lysandre menait la danse, maître de chacun de leurs mouvements, y compris de légers mouvements de jambes qui finirent par mener son partenaire dos contre le mur du parking. Achilles se mit à penser qu'il avait eu tort, et que s'il y en avait un qui pouvait posséder l'autre, c'était bien Lysandre qui finirait par le faire sien. Il voulait sentir chaque petite cellule de son être, poser son empreinte sur le moindre millimètre de son corps, et de son âme. Ivre sans alcool, addict sans drogue, il attrapa si fort ses hanches qu'il y planta les ongles, sans que Lysandre ne se plaigne de la douleur.

Ce qui semblait être une chauve-souris vola au-dessus d'eux et disparut derrière une des poutres bétonnées. Lysandre recula. Bien qu'Achilles ne puisse pas mettre ses cheveux ébouriffés sur le compte de leur passion, il pouvait considérer que ses joues roses étaient bel et bien une conséquence directe de ce qui venait de se passer. Lysandre était trop cruel, tous deux savaient ce qu'ils désiraient. Ce que leurs corps maintenant frustrés réclamaient. Et puisqu'être un homme avait quelques désavantages... Ils prirent un long instant pour se calmer, penser à autre chose. Quand finalement la tension fut redescendue, que leurs souffles furent plus réguliers, ils se remirent en route vers la Volvo noire. Lysandre ajouta simplement :

— Je suis convaincu, maintenant.

Encore un qui aimait avoir le dernier mot…

Le vrombissement d'un moteur était une douce berceuse aux oreilles d'un homme fatigué. Lysandre se retenait de fermer les yeux, secouant régulièrement la tête et cherchant à s'occuper en regardant par la fenêtre. Bien qu'Achilles eût mentionné une balade sous les étoiles, le petit rayon de soleil qui perçait à l'horizon lui faisait croire qu'il ferait jour lorsqu'ils atteindraient leur destination. Il avait l'impression qu'ils roulaient depuis déjà une bonne heure, la ville et ses lumières disparaissaient peu à peu derrière eux. Avait-il eu raison de le suivre ? Achilles n'était plus du tout celui qu'il avait rencontré dix ans auparavant. D'adolescent curieux et naïf il était devenu un homme froid et insolent, sûrement un peu trop sûr de lui. Lysandre se doutait pourtant qu'il ne s'agissait que d'apparences, d'un masque forgé pendant des années pour faire face à la vie d'adulte qui ne semblait pas lui laisser de répit. Il aurait cependant souhaité que le jeune homme devienne quelqu'un de plus doux, de plus simple, de plus... Heureux ?

Il ne connaissait pas la définition exacte de ce mot. Lysandre ne se considérait pas malheureux. Sa grand-mère avait pour habitude de le réprimander quand il utilisait des mots forts comme « malheur » ou « désespoir », elle lui rappelait qu'il avait un toit, à manger dans son assiette et une famille aimante à ses côtés et devait voir tout ça comme son petit bonheur à lui. Il s'excusait à chaque fois. Plus vieux, il avait compris qu'en réalité le bonheur ne se mesure pas, et n'existe sans doute pas pour tous. Il n'avait pas de souvenir extrêmement heureux, ou rien qu'il ressente comme tel. Il n'avait pas non plus de souvenir extrêmement malheureux, même le décès de sa bien-aimée grand-mère n'était qu'un souvenir un peu amer qui pouvait le rendre nostalgique, mais pas malheureux.

Maintenant qu'il y songeait pour de bon, Achilles ne lui avait jamais paru heureux. Quelques fois il avait l'air joyeux, content, soulagé… Malgré cela Lysandre n'arrivait pas à complètement oublier les bandages qui couvraient constamment son bras. Il tourna la tête vers son conducteur, et admira silencieusement son profil. Il était beau. Il avait toujours été particulièrement beau. Une beauté universelle, comme le dessin de ce que les gens nommeraient « idéal ». Achilles dut sentir le poids de son regard, puisqu'il tourna également le sien après un dernier coup d'œil sur la route.

— Regarde où tu vas, c'est dangereux !

— Je sais ce que je fais. C'est peut-être encore plus dangereux de te laisser réfléchir seul dans ton coin. A quoi tu penses ?

« A toi ». Lysandre se sentit rougir un peu.

— A mon lit douillet. Ma nuit de sommeil. Où nous emmènes-tu ?

— On y arrive bientôt. Je ne sais pas si on sera rentré à temps pour le travail, ceci dit.

Lysandre avait oublié le travail. Il fit semblant d'être agacé, mais en réalité il n'avait pas la tête à discuter avec une clientèle de plus en plus compliquée, ni à planter les boutures. Il ne l'avouerait pas à voix haute, se l'avouait à peine, mais voilà qu'il ressentait la même chose qu'à l'époque : passer la journée avec Achilles en ignorant l'existence de sa fiancée, en ignorant ses responsabilités, en ayant l'impression d'être spécial... Peut-être que c'était pour lui ce qui se rapprochait le plus du bonheur.

— Oh, nous ne sommes plus très loin !

— Vraiment ?

— Regarde, là-bas, tu peux déjà les voir un peu.

Il les voyait. Des nuages roses cachés derrière une forêt de verdure. Ils se garèrent sur un parking dont la barrière était cassée, et Achilles tendit son écharpe à Lysandre qui l'enroula autour de ses épaules comme un châle, ignorant le rire moqueur de son ami. Ils marchèrent vers le rose, et finalement Achilles sourit en pointant du doigt une allée de cerisiers qui venaient de fleurir. C'était le début de la saison. Il n'y avait pas de vent, les pétales restaient bien accrochés à leur fleur. C'était beau. Il n'y avait pas beaucoup d'arbres roses, seulement quelques-uns qui se suivaient le long d'un muret en pierre couvert de mousse. Au pied du muret d'autres fleurs avaient élu domicile, plus envahissantes et moins éphémères que les fleurs de cerisier.

— Comment tu connais cet endroit ?

— Je suis simplement passé devant en voiture. J'ai vu que les bourgeons étaient sur le point de s'ouvrir. Et je me suis dit que tu avais peut-être moins l'occasion de voir ce genre de fleurs en ville… ça te plait ?

Retour à la candeur, son visage ouvert attendait une réponse avec impatience, les yeux brillants. Lysandre s'attendrit automatiquement et lui offrit un beau sourire en répondant avec chaleur :

— C'est magnifique. Merci.

Achilles ne le fit pas, mais il aurait pu sautiller de joie en cet instant. Il choisit plutôt d'attraper le poignet de Lysandre et le tirer à sa suite pour suivre le petit sentier. Le mur usé par le temps était irrégulier, et au bout du chemin il arrivait environ aux épaules d'Achilles. Lysandre, plus petit, ne pouvait pas voir de l'autre côté.

— La personne qui habite derrière le mur doit avoir une jolie vue depuis chez elle.

— Oh... Les personnes qui habitent derrière le mur ne profitent pas de la vue... Ou de très haut, si on veut y croire.

Il fit signe à Lysandre d'avancer encore, et il put enfin voir par-dessus le muret. Il s'agissait d'un cimetière. Un très joli cimetière, avec de belles sépultures. Achilles hésita un court instant, puis finit par le dire :

— Tu veux aller y faire un tour ? Je sais que c'est un peu bizarre...

— Non, ce n'est pas spécialement bizarre. J'aimais faire un tour au cimetière quand j'étais plus jeune...

— En l'An quarante ?

— Je ne te permets pas.

Ils franchirent le muret non sans difficulté, Achilles tirant sur le bras de Lysandre pour l'aider à passer... Seulement pour arriver en face du portail qui leur aurait permis de rentrer sans risquer de se blesser. L'un comme l'autre ne le mentionnèrent pas, pour ne pas ajouter au ridicule de la situation.

Les tombes étaient pour la plupart entretenues, mais quelques-unes d'entre elles semblaient à l'abandon. Lysandre se souvenait avoir lu quelque part que les municipalités pensaient à réutiliser les espaces des tombes trop vieilles ou qui n'accueillaient plus de visiteur. Il avait vu un panneau à l'entrée d'un cimetière informant la population de ce choix, précisant qu'il fallait se présenter en mairie pour justifier de son identité et de sa volonté à visiter les tombes, le cas contraire les sépultures seraient retirées pour faire de la place aux « nouveaux arrivants ».

Lysandre n'aimait pas l'idée qu'on puisse si facilement effacer la présence de quelqu'un sur cette terre, même si cette décision faisait sens. Son attention fut capturée par une tombe qui semblait très ancienne. Le dessus de la pierre était fissuré, et de cette fissure s'échappaient quelques jeunes pousses qui se battaient avec la mousse déjà bien installée. La croix immense qui surplombait l'épitaphe avait perdu une branche, mais elle restait imposante et magnifiquement sculptée. Le soleil passait à travers les motifs de cette croix pour dessiner juste aux pieds des promeneurs une rosace abstraite. C'était un très joli lieu de recueillement, et un bel hommage à la personne qui y dormait éternellement. Un pétale qui devait être moins résistant que ses confrères tomba pour se poser au centre de cette rosace, tirant Lysandre de sa contemplation.

— Je n'aimerais pas être enterré, personnellement.

— Pourquoi donc ? Tu n'aimerais pas qu'on t'apporte de jolis bouquets ?

L'ironie gentille d'Achilles le fit sourire.

— Déjà, non. Ensuite... Je pense que c'est quelque part plus facile de disparaitre tout simplement, dès le début. Et puis nos proches auront un attachement étrange à une tombe, alors que si je choisis la crémation ils pourront penser à moi partout dans le monde sans se sentir obligé de visiter un lieu pour ma mémoire.

— Je vois. Je pense que j'aimerais une tombe, personnellement. Peut-être justement pour que mes proches se sentent obligés de venir me rendre visite.

— C'est un peu égoïste ?

— Je suis égoïste, on me l'a toujours dit. Tu viendrais me rendre visite, à ma tombe ?

Lysandre s'arrêta dans le chemin. Leur discussion jusque-là légère venait de prendre une tournure qui ne lui plaisait pas.

— Je ne veux pas vraiment penser à ta mort, si tu veux bien.

— Pourquoi, tu as peur de la mort ?

Lysandre ne répondit pas. Simplement parce qu'il ne savait pas. Il lui fallait y réfléchir. Mais de but en blanc, comme ça, la première réponse qui lui venait était un non. Il n'avait pas peur de mourir, ni de la mort. En l'occurrence, il avait juste eu un nœud dans l'estomac à l'idée qu'Achilles puisse partir de ce monde avant lui. Ne recevant pas de réponse, le jeune homme reprit la parole :

— Moi, j'en ai peur. J'en ai toujours eu peur. Même quand je voulais jouer avec elle j'en avais peur. Mais depuis que je te connais c'est encore pire. Parce que la simple idée de savoir que tu pourrais ne plus exister me donne envie de tuer la faucheuse elle-même pour m'assurer que tu vivras aussi longtemps que je vivrai.

— Tu parles beaucoup, pour un jeune homme qui n'y connait rien.

Lysandre, gêné par la déclaration soudaine, répondit sans réfléchir. Ce ne fut que lorsqu'il constata le sourcil relevé d'Achilles qu'il réalisa.

— Je ne suis plus un jeune homme qui n'y connait rien.

— Je sais. Pardon.

Achilles ne semblait pas l'avoir pris à cœur. Mais pour alléger l'atmosphère devenue trop lourde, il décida de changer de sujet.

— Je me demande ce qu'ils feront des pierres tombales qu'ils vont retirer pour réutiliser les espaces.

— Je suppose qu'ils vont les jeter, les détruire… Tu savais qu'à l'époque les pierres tombales non utilisées étaient redistribuées pour d'autres corps de métiers ?

— Comment ça ?

— Je sais qu'à l'époque, on pouvait réutiliser la pierre, qui était généralement de qualité… Les boulangeries récupéraient une partie. C'était utilisé comme planche ou plan de travail en général, je crois.

— C'est un peu… Bizarre. Glauque, même. Et que tu aies ce genre d'infos c'est encore plus bizarre.

— Je voulais être boulanger, avant… Je ne te l'avais pas dit ? J'avais fait des recherches sur l'histoire de la boulangerie, c'était mon obsession pendant un certain temps. J'avais fini par trouver des anecdotes et infos loufoques du genre...

Lysandre se souvenait vaguement d'une discussion sur ce rêve de devenir boulanger. Il fouilla dans sa mémoire... Ce fameux soir lui revint en tête et lui fit presque aussi mal qu'à l'époque. Achilles blessé dans son salon, qui lui racontait ses petits projets tout en légèreté alors que Lysandre retenait ses larmes dans la cuisine. Leur premier baiser, inattendu et puissant, qui avait chamboulé toute leur relation. Puis le lendemain, le départ d'Achilles, son cœur en miette et sa confiance brisée. L'averse. Le parapluie qu'il avait gardé. Il se sentit nostalgique, et ne sut quoi répondre. Ils reprirent leur promenade, en silence cette fois. Le cimetière n'était pas bien grand, ils eurent vite fait le tour. Il ne leur restait plus qu'à rentrer ; tous deux trainaient des pieds à cette idée.

— J'aimerais rester là avec toi. Là ou ailleurs. Un peu comme dans une autre réalité.

Achilles fut si surpris de cet aveu qu'il trébucha sur lui-même, perdant toute sa prestance en un coup de pied. Il se rattrapa et après une profonde inspiration il murmura :

— Ça pourrait être la réalité, la seule réalité.

— Ne sois pas ridicule.

Il l'était, en effet. Ridicule. Il reprit contenance et ouvrit la portière. Il était ridicule et probablement très amoureux, aussi.

CHAPITRE 11 : Sécateur.

Achilles le déposa chez lui. Il lui avait proposé de l'emmener directement à la boutique mais Lysandre avait décidé de ne pas ouvrir, aujourd'hui. Il allait s'occuper de quelque paperasse qu'il lui restait à finaliser, puis il prendrait du temps pour se reposer. C'était là ce qu'il avait dit à Achilles. Il avait en réalité surtout besoin de temps pour réfléchir à tout ce qui se passait dans sa vie, soudainement. Le retour de son ancien ami, les surprises, les étreintes... Il en rougissait d'avance.

— J'y vais, alors.

— Repose-toi bien.

— Oui. Euh...

— Oui ?

Achilles haussa un sourcil, la main sur la portière. Il la retira, son bras se posa sur le dossier du siège passager. Lysandre se lança.

— Tu veux quand même descendre pour prendre le petit-déjeuner ici ? Sinon tu vas aller au travail l'estomac vide...

— Je passerai chercher un café sur le chemin.

— Certes, mais...

Lysandre voulait passer plus de temps avec lui. Il avait peur à chaque départ de revoir la pluie tomber, de le revoir disparaitre.

— Réserve-moi ta soirée. Je serai en bas de chez toi à huit heures trente exactement.

Lysandre acquiesça, et poussa la porte. Quand la voiture tourna à l'angle de la rue il exprima enfin sa joie avec un sourire jusqu'aux oreilles. Dans sa tête actuellement il avait seize ans, et se préparait déjà pour un rendez-vous. Lui qui n'avait jamais vraiment eu à s'appliquer sur son apparence, naturellement populaire dans sa jeunesse et pourtant si peu intéressé par les amourettes, il sentait l'adrénaline et l'envie de plaire lui courir le long du dos en un frisson. Il alluma la radio en prenant sa douche, entendit à peine les nouvelles concernant de nouveaux meurtres et conseillant aux jeunes gens de rester en sécurité le soir. Il n'écouta pas plus les derniers hits de la musique de l'année lorsqu'il se planta devant son miroir pour coiffer ses cheveux encore humides. Il était dix heures trop tôt pour déjà se préparer. Bien peu lui en importait. Après avoir enfilé la seule chemise qu'il possédait encore dans son placard, une jolie flanelle vert forêt qui faisait ressortir la pointe d'ambre de ses yeux noisette, il arrêta son choix sur un jean noir droit, ses baskets les plus propres, et il posa soigneusement ses lunettes dans leur étui. Hors de question de passer la soirée à les remonter sur son nez.

En prenant son téléphone pour regarder l'heure, il constata deux choses : il était toujours trop tôt pour la première ; il lui restait moins de dix pourcents de batterie pour la seconde. Et en cherchant son chargeur il réalisa avec horreur qu'il l'avait oublié à la boutique. Dans le bus, un groupe de lycéennes complimentèrent entre elles son apparence, et il eut un rictus en se souvenant que c'était quelque-chose d'habituel à l'époque, quand il n'avait d'yeux que pour les plantes. Ses camarades de classe lui faisaient les yeux doux dès qu'il passait la main dans ses cheveux, et il les ignorait sans le savoir. Qui eut cru qu'un jour sa priorité serait de plaire aux beaux yeux d'un policier insolent.

Il perdit son rictus en se découvrant une ride dans la vitre du bus. Il oubliait parfois qu'il avait bien ses trente ans... Il faillit louper son arrêt. Il eut préféré le louper quand il vit qui attendait devant la porte de la boutique. Camille portait un tailleur pantalon incroyable, rayé verticalement de multiples couleurs vives sur fond blanc. Un habit que seule une femme sûre d'elle pouvait porter.

— Vous n'ouvrez pas, aujourd'hui ?

— Exceptionnellement, non. Quelque-chose de personnel.

— Comme par exemple passer la nuit avec un homme marié ?

— Passer la soirée avec un ami, oui. N'exagérons rien.

Lysandre avait répondu avec humeur, mais il savait qu'il était bel et bien coupable. Et cet ami, il l'avait embrassé, plus d'une fois.

— Un ami... Dont vous semblez bien proche.

— Je crois que vous pouvez en discuter directement avec lui.

— C'est avec vous que je veux en discuter.

Lysandre se permit de passer derrière elle pour ouvrir les portes. Il continua de l'ignorer quand il rentra pour attraper le chargeur derrière la caisse. Il ne put plus faire semblant quand elle le rattrapa alors qu'il fermait les portes.

— Invitez-moi à boire un café. Ce serait dommage de gâcher votre jolie tenue et n'aller nulle part.

— Je ne vais pas nulle part.

— Nous verrons ça.

Camille le regardait avec des grands yeux sombres, de beaux cils courbés et son petit nez était froncé par son sourire moqueur. Il céda à sa demande, et lui indiqua de mener la marche. Elle lui désigna un café célèbre qui faisait presque face à la fleuristerie. Sans un mot, ils s'y rendirent et Lysandre paya pour leurs deux commandes. Plutôt que la terrasse ensoleillée Camille préféra un petit fauteuil dans un coin de la salle.

— Que voulez-vous savoir exactement ?

— Mon époux m'a parlé de vous. Je sais qui vous êtes. Un ami de longue date, dirait-il...

— Et donc ?

Il ne souhaitait pas se justifier. Mais il était malgré tout prêt à se battre.

— Je vais être claire. Vous connaissez mon existence, vous savez qu'Achilles est marié. Vous savez aussi qu'il ne passe que peu de temps avec sa femme, entre le boulot et ses petites sorties avec vous. Je ne sais pas à quoi vous vous amusez, mais je ne vais pas vous laisser ruiner ce que j'ai construit.

— Je ne compte rien ruiner. Ceci-dit... Je ne suis pas venu le chercher. Il est venu me retrouver. Peut-être que vous ne ciblez pas bien la source du problème ici ?

— Qu'est-ce que vous sous-entendez ?

Son masque flanchait. Il avait réussi à l'irriter. Le pire dans tout cela c'était qu'elle avait tous les droits de venir réclamer des explications... Mais il ne voulait pas perdre, pas cette fois, pas encore.

— Disons simplement qu'un homme épanoui dans son couple n'a pas besoin de sortir le soir voir d'autres personnes plutôt que retrouver sa femme...

— Vous ne le connaissez pas. Vous ne savez rien de lui.

« Je sais qu'il ne t'aime pas ». Lysandre se mordit la lèvre. Il ne pouvait décemment pas dire ça, il dépasserait les limites.

— Peut-être que vous avez raison. Je compte apprendre à le connaître beaucoup plus.

Elle but une gorgée de sa boisson ; un latte au lait d'amande avec un sirop non sucré à la cannelle, s'il se souvenait bien. Elle respira lentement, son visage reprit l'expression charmante que Lysandre lui connaissait déjà.

— Très bien. Continuez à faire ce que vous faites. Continuez à croire que vous l'avez récupéré. Mais moi je sais que ce n'est qu'éphémère. Il est comme moi. Il doit garder son rôle de parfait petit fils à papa qui réussit à duper tout le monde avec sa vie de série télé.

— Ce pourrait être la première série télé où le méchant l'emporte, alors...

Lysandre avait répondu en gloussant, presque fier de lui. Mais la réaction de Camille ne fut pas celle escomptée. Elle se leva, finit sa tasse, et presque euphorique elle rétorqua mystérieusement :

— C'est là une chose dont je suis totalement persuadée.

Elle tourna les talons, mais ne s'empêcha pas d'ajouter un dernier mot :

— Vous pouvez remettre votre tablier et vos lunettes : il ne viendra pas ce soir.

Lysandre était rentré à pied. Il avait besoin de prendre l'air. Sa rencontre avec Camille, bien qu'elle l'eût surpris, n'était pas la cause de sa réflexion. C'était un autre élément qui pesait dans la balance. Depuis le retour d'Achilles dans sa vie, il ne cessait de se remettre en question, de se demander si c'était vraiment le bon choix de le laisser revenir si près de lui. Déjà à l'époque il s'en était voulu plus d'une fois de fréquenter le jeune homme, sans arrêt rappelé à sa condition d'aîné. Il se blâmait de ne pas avoir été sage comme il avait toujours cherché à l'être. Achilles était aussi une des rares personnes à être parvenu à éveiller son intérêt, lui qui ne pensait qu'à ses plantes lors de sa propre adolescence et n'en avait que faire des relations amicales ou amoureuses. Et malgré cela, il avait cédé, il y a dix ans comme il y a quelques semaines. La proximité qu'ils avaient perdue se réinstallait naturellement ; quand Achilles ne lui imposait pas sa nouvelle attitude un peu trop égoïste.

Une nouvelle forme de relation se tissait, une relation plus charnelle, plus passionnée... Moins dans le contrôle. Et il avait beau savoir que cela allait contre ses principes, il ne pouvait nier son attirance, l'effet que leurs baisers avaient sur lui, et l'envie presque douloureuse de sentir ses mains dans sa nuque ou le long de son dos. Leur promenade du matin lui paraissait déjà si lointaine ! Cet instant suspendu dans le temps, tableau similaire à celui peint par chacune de leurs rencontres depuis son retour. Lysandre avait voulu s'autoriser à rêver et ressentir, Camille l'avait réveillé avec une gifle imaginaire. Au fond elle avait raison. Ce qu'ils faisaient, c'était une forme de tromperie. Peu importe les sentiments qu'Achilles lui portait, elle restait son épouse. Et elle ne semblait pas encline à se laisser marcher dessus sans broncher.

Lysandre l'admirait tout en la détestant ; un conflit entre son objectivité et sa jalousie candide. Lorsqu'il atteignit son chez-lui, il referma la porte à clef puis retira ses chaussures et sa chemise. Il savait. Il avait été prévenu. Pourtant, il n'en eut pas moins mal lorsqu'il entendit son téléphone sonner. Il répondit à la troisième sonnerie.

— Lysandre ?

— Je t'écoute.

Si Achilles entendit le petit tremblement dans sa voix, il ne le lui fit par remarquer

— Pour ce soir, je ne serai pas libre directement après le boulot et...

— C'est noté. Pas de problème. Bon courage.

Achilles avait sans doute compris avec cette réponse que quelque-chose n'allait pas. Il voulut s'en inquiéter davantage et inspira pour commencer sa phrase... Lysandre avait déjà pris sa décision. Il y avait réfléchi tout le reste de l'après-midi.

— Achilles... Je pense que c'est mieux si nous ne reportons pas cette sortie.

— Pourquoi, tu es fatigué ?

— Non...

Il allait perdre son courage, et flancher. Il devait se presser de lui expliquer.

— Non. Mais quand tu es parti il y a dix ans, j'ai perdu un ami. Je m'étais fait à ton absence, je gardais des souvenirs agréables de toi, et de nos petites aventures. Tu es revenu et... Les choses ne sont plus comme avant. Quand je te vois, mon cœur se serre, et quand tu repars même si je sais que tu n'es plus aussi loin, tu me sembles toujours autant inaccessible. Tu as construit ta vie pendant dix ans, j'ai avancé dans la mienne.

— Je ne comprends pas bien ?

À son intonation, Lysandre comprit qu'il était blessé. Sa gorge se noua, il toussota au téléphone. Il s'en sortait bien. Il communiquait correctement. Il devait terminer cette conversation. Seulement après il pourrait se résoudre à de nouveau oublier Achilles. Peut-être que cette fois serait plus facile, s'il créait un élément de rupture de leur lien. Ils n'avaient besoin que de ça, Achilles comme lui : une réelle rupture.

— Je pense que pour toi comme pour moi, nous devons arrêter de nous voir. Bien sûr je ne compte pas t'ignorer si on se croise dans la rue... Mais nous devrions ne rester que d'anciens camarades. Aujourd'hui, tu n'as pas de place pour moi dans ta vie bien ficelée. Et dans la mienne...

— Non.

— Tu ne peux pas dire le contraire ce n'est pas sain, et...

— Non. Lysandre, non, s'il te plaît, non.

Il ne se fâchait pas. Il ne lui donnait pas un ordre. Il le suppliait, il mettait toute sa détresse dans ses mots. Lysandre tremblait un peu. Achilles allait passer au-dessus. Il avait grandi et mûri. Même si l'ancien Achilles venait pointer le bout de son nez de temps en temps... Il n'était qu'un infime bout de sa nouvelle personnalité. Donc il allait passer au-dessus, au bout d'un moment. Lysandre reprit.

— Merci d'avoir essayé et d'être revenu vers moi.

— Je peux pas, s'il te plaît...

— Arrête. On ne joue plus aux insouciants ici. On n'en est plus à ce stade.

— Lysandre, rends-moi mon parapluie.

— Quoi ?

Avait-il perdu la tête ? Ou alors, tellement en colère contre lui, la seule parade rancunière qui lui était venu était de ramener ce vieux parapluie sur le tapis ?

— Rends-moi mon parapluie. Ramène-moi mon parapluie, j'en ai besoin.

— Ne sois pas bête.

— Lysandre, tu ne...

— J'ai dit ce que j'avais à dire. Bonne continuation, j'étais content de te revoir.

« Je t'aime ». C'étaient là les mots qu'il aurait voulu lui dire avant de raccrocher. Des mots qui auraient eu peu de valeur en cet instant, après sa tirade sur la toxicité de leur relation. Mais il les pensait si fort, ces trois mots, qu'ils lui brûlaient la langue. Il ne les avait jamais pensés avec autant de clarté, mais cela lui rappela le souvenir du soir où il avait pour la première fois deviné ces mots derrière un pincement au cœur. Il revoyait Achilles tenter de couvrir son bras, il sentait une main sur sa joue, une réflexion soufflée contre sa peau... La première fois qu'il avait compris pourquoi il souffrait de leur amitié. Le soir où il avait embrassé un ange.

Il avala sa salive et posa son téléphone sur la table, avant de se laisser tomber sur la chaise en bois. Il prit sa tête entre ses mains, se forçant à prendre de longues inspirations pour calmer ses nerfs. Il ne releva la tête qu'après de longues minutes, et il ferma les yeux presque aussitôt, des larmes chaudes roulant sur ses joues, jusqu'à son cou. Elles ne faisaient finalement que reproduire l'image des gouttes de pluie qui coulaient sur la fenêtre de la cuisine, lentement. Il serra ses bras autour de ses propres épaules pour ne pas suffoquer : il comprenait enfin pourquoi Achilles lui avait demandé son parapluie. Ironiquement, presque une attaque personnelle, alors que disparaissait une fois de plus sa fleur squelette... La pluie tombait sur la ville qui s'endormait.

CHAPITRE 12 : Dans les ronces.

Une entaille. Un soupir. Aucune larme. Une autre lame. Achilles était perdu dans ses gestes très mesurés, comme s'il peignait les détails d'un tableau, le moindre coup de pinceau à côté et l'œuvre était bonne à jeter. Il laissa tomber dans le lavabo le rasoir démonté qu'il ne pourrait plus utiliser, et regarda avec satisfaction le filet carmin qui coulait le long de son bras jusqu'à son coude. Avant que les gouttes de sang ne viennent s'échouer sur le sol il tendit le bras au-dessus du lavabo, sans allumer le robinet. Il se sentit un peu mieux. A peine mieux. Il regrettait déjà.

Pourtant, il se sentit plus vivant que la demi-heure précédente. Le fluide vital qui s'échappait de sa plaie semblait emporter avec lui le trop plein d'émotions qui avait noyé son cerveau. Achilles n'aimait pas cette manie. Il était dépendant de sa propre souffrance, satisfait de punitions qu'il s'infligeait lui-même. Il avait pourtant toujours eu un problème avec l'autorité. Lors de sa première année dans la police, il avait dû passer par quelques réunions et avertissements pour insubordination, et avec ses parents il avait toujours fonctionné à l'inverse de ce qu'ils voulaient de lui, comme pour se venger. Sa fierté était son plus grand atout. Seulement voilà : même lorsqu'il protestait ou allait contre ses supérieurs, il finissait par devoir se plier aux règles. Depuis l'enfance, à force de faire semblant et de dessiner une image dont il n'aimait pas les couleurs, il avait fini par vouloir en modifier la teinte. Le rouge qu'il voyait quand il se blessait lui donnait l'impression de reprendre le contrôle.

Il savait exactement où appuyer, où déchirer la peau. Il connaissait son corps et sa résistance. Aussi ne dépassait-il jamais la limite, se satisfaisant de l'adrénaline qui se libérait quand il ne faisait que la frôler. Dans ces instants qui survenaient sans s'annoncer, il respirait plus librement. Il s'en voulait parfois, au moment de couvrir les entailles. Cependant il détestait les voir s'affadir et disparaître, il paniquait à l'idée de ne plus avoir le contrôle sur ses plaies. Il se sentait parfois si insignifiant, si détestable, que le seul moyen de ne pas se haïr à en mourir était de se haïr à en souffrir. Une fois la blessure infligée, il se détestait un peu moins. Il en aimait le design, la couleur et le sens. Alors il n'avait jamais cherché à s'arrêter. Il maîtrisait la situation, il ne se mettait pas en danger.

Il était conscient que cette pratique était destructrice, et résultait d'un traumatisme quelconque. Un jour, peut-être, autre chose lui permettrait de se sentir vivant. Il se l'était toujours dit pour se rassurer... Lysandre était cette autre chose. Il ne dépendait pas de lui pour vivre, non. Avant lui il vivait, après lui il avait vécu... Comme un zombie. Sans réfléchir, sans émotion, il avançait sur le chemin plein de panneaux lui indiquant la direction à suivre. Lysandre était un chemin broussailleux sans indication, qui donnait du challenge à son instinct. Il était persuadé que leurs âmes devaient évoluer ensemble, et que les années où ils avaient été des inconnus n'étaient pas planifiées dans leur destin initial ; comme une erreur dans l'espace-temps.

Quand il avait pu revenir, sa première pensée avait été pour lui. Avait-il changé ? Avait-il rencontré quelqu'un ? Achilles voulait le revoir, peu importe sa situation. Il aurait accepté de le voir en tant qu'ami, il aurait même accepté de n'être qu'un client à la fleuristerie. Il ne pouvait en revanche pas accepter de rester aussi loin de lui. La chance étant parfois de son côté, Lysandre était seul, et toujours dans la boutique. Il n'avait pas pu retenir son soulagement… Ni ses pulsions charnelles. Achilles était quelqu'un de tactile, et expressif. Il savait qu'il pouvait parfois être un peu « trop » entreprenant. Était-ce la raison pour laquelle Lysandre lui avait dit tout ça, au téléphone ?

Achilles, se souvenant de leur dernière rencontre, réfuta cette idée. C'était probablement encore cette histoire d'adultère qui lui prenait la tête. Lysandre était un homme discret et honnête ; il avait plusieurs fois mentionné la chose. Achilles comprenait son point de vue mais il se trompait : Camille et lui n'étaient pas un couple. Ils étaient mariés par tradition, lui comme elle ne souhaitait pas plus d'attention que la fausse amourette qu'ils jouaient devant leurs cercles de connaissances. Sa femme n'était pas contre ses relations amoureuses, elle n'en avait cure. Elle avait surtout peur que ses efforts pour construire une vie enviable soient réduits à néant si Achilles n'était pas plus prudent, c'était pourquoi elle lui mettait des bâtons dans les roues. Elle serait la risée de sa famille si on apprenait que son parfait mariage s'effondrait, à cause d'un autre homme en plus de ça !

Les mots de Lysandre raisonnaient encore dans ses oreilles, ce coup de téléphone avait ruiné sa soirée. Il en voulait terriblement à son épouse, à son emploi qui lui prenait trop de temps, et à lui-même pour ne pas avoir réussi à le convaincre. Il avait essayé pourtant, jouant pitoyablement le tout pour le tout en mentionnant le parapluie, espérant que Lysandre se déplace pour le lui rendre et qu'il puisse lui dire les choses en face. Qu'il puisse l'embrasser, le récupérer, l'enfermer dans son amour pour ne plus jamais avoir à le laisser partir. Cela n'avait pas fonctionné. Il était dévasté.

Calmement, il entreprit de soigner son bras. Il avait appris à recoudre les plaies superficielles après leur mariage, les allers-retours à l'hôpital n'étaient plus possibles ; sans oublier qu'il devait tenir sa réputation : personne ne devait savoir. Il fit cinq points qui n'étaient pas très esthétiques mais feraient l'affaire. Son épouse n'allait pas tarder à rentrer. Il ne lui ferait pas le plaisir de l'accueillir en étant dans cet état. Une inspiration. Un reniflement. Toujours pas de larmes. Il était prêt.

Camille avait profité du reste de son après-midi. Elle avait d'abord fait un détour chez un fleuriste, un de ceux qui ne volaient pas son mari, pour acheter un cache pot qu'elle avait repéré dans la vitrine. Il était d'un très beau bleu qui lui rappelait sa fleur favorite, une fleur qu'elle ne trouverait pas en boutique. Elle regrettait de ne pas en avoir directement à la maison ; le cache pot servirait pour son orchidée. Elle avait ensuite décidé de prendre un autre café, à emporter cette fois, et avait constaté l'intérêt que lui portait le jeune barista. Elle ne put plus l'ignorer quand il lui offrit une pâtisserie « cadeau de la maison », et s'amusa à le charmer avec classe, sans non plus lui donner de faux espoirs. Lorsqu'elle découvrit son numéro de téléphone griffonné sur le gobelet, elle lui adressa son plus beau sourire en levant sa main gauche, son alliance captant la lumière des lampes du plafond. Elle sortit en accentuant sa démarche souple, son roulement de hanches aurait fait pâlir une danseuse exotique.

Camille n'avait que peu d'intérêt pour les amourettes. Parfois elle en était presque déçue, elle aurait aimé pouvoir profiter en se vengeant de son époux, se trouver un amant qui la couvrirait de compliments et de cadeaux. Elle ne se serait même pas sentie coupable, avec la considération qu'Achilles lui adressait elle pouvait bien se permettre de chercher satisfaction ailleurs. Simplement, elle n'était pas attirée par une vie frivole. Pas plus qu'elle ne l'était par l'érotisme en règle générale. Même aux côtés d'Achilles elle n'avait jamais ressenti ce besoin de contact physique. Pour elle, un couple marié devait avoir des relations intimes. C'était la règle. Elle ne s'était jamais posé la question de savoir si elle le voulait ou pas.

Il lui arrivait parfois de trouver des hommes attirants, y compris son mari. Mais elle ne rêvait pas de nuits torrides en leur compagnie. Ce qu'elle aimait, ce qui lui donnait des frissons, c'étaient les sensations fortes. Les disputes, le débat, les discussions sujettes à polémiques … Elle aimait réfléchir, analyser, et gagner. Ses instants préférés étaient les joutes verbales qu'ils échangeaient avec Achilles. Leur mariage avait au moins ça pour lui ; il était empreint de conflits, comme tout bon ménage.

Elle rentra en y songeant, la petite rencontre du café l'ayant tout de même amusée. Cependant lorsqu'elle ouvrit la porte, elle sut qu'elle ne rirait plus ce soir-là. Achilles était dos à elle, assis sur une des chaises autour de la table de la salle à manger. Il portait encore sa chemise d'uniforme, ses cheveux étaient trempés. Camille le trouva beau, avec le coton de ses vêtements qui laissait transparaître le dessin de ses muscles. Il avait dû rentrer sous l'averse. Mais ce qui lui avait retiré le sourire satisfait qu'elle arborait depuis sa rencontre avec Lysandre, c'était la petite boîte blanche posée sur le coin de la table.

— Je suis rentrée.

Il ne lui répondit pas, il finit calmement de coller un dernier bout de sparadrap sur la bande de gaze qui pensait à son bras. Camille s'approcha doucement, posa son sac à main sur une autre chaise.

— Je vais t'aider à finir.

— Non, c'est bon.

Il remit son matériel dans la boîte, et ramassa l'aiguille courbée et les compresses qu'il avait souillées. Camille avait tellement de fois vu la couleur de son sang, pourtant elle restait surprise du carmin profond qui tachait les pansements immaculés. Elle détestait voir le sang. Il revint et posa doucement la main sur son épaule. Elle savait qu'il voulait simplement lui dire que, comme toujours, il allait bien. Elle savait aussi qu'il mentait probablement.

Elle se tourna pour le voir, il n'évita pas son regard. Ses paupières inférieures étaient enflées, ses joues étaient roses sur un visage bien trop pâle. Il avait un faux sourire sur ses lèvres gercées, elle devina qu'il les avait mordues sans délicatesse. Ils n'allaient pas en parler. Achilles n'en parlait jamais.

— Tu ressors ce soir, mon chéri ?

— Ce soir… Non.

— Non ?

Il sortait presque tous les soirs. Elle savait qu'il n'irait pas voir son fleuriste, mais espérait au moins sa sortie habituelle. Elle aurait préféré qu'il ressorte quand même.

— Tu dis toujours que tu dois absolument ressortir. Donc vas-y.

— Je ne sors pas. Je suis fatigué.

Son ton était plat, pas une intonation. Elle n'allait pas insister, ce ne serait pas correct. Elle avait gagné dans tous les cas. Elle haussa les épaules et ouvrit le frigidaire. Il se rassit sur sa chaise. Quand elle finit par aller se coucher après un souper devant un film, il était encore là, penché au-dessus de la table, les yeux fixés sur la pluie qui imbibait le linge qu'ils avaient oublié de dépendre.

Hazel Nazo

PARTIE III

LE FRUIT DU DESTIN

CHAPITRE 13 : Violette et pluie.

Il regardait la pluie à travers les six petits carreaux de sa fenêtre. Son appartement étant situé au dernier étage de son immeuble du centre-ville, il avait une vue plutôt satisfaisante sur les autres habitations en contrebas et les passants qui s'empressaient de rejoindre l'abri le plus proche, qu'il s'agisse de la toile colorée d'une boulangerie ou le rebord courbé des bâtiments environnants. Il n'avait d'abord pas pour intention de se perdre dans la brume pluvieuse mais il n'avait pu s'empêcher d'entendre le fracas des gouttes s'écrasant sur ses vitres fragiles. L'orchestre tempétueux d'une averse que les murs solides des immeubles atténuent, c'était là un genre de musique qui le faisait craindre autant que rêver. Le soir tombait en même temps que la pluie et les lampadaires s'allumaient un à un, en canon, comme guidés par le rythme soutenu du ciel en larmes.

Lysandre avait souvent eu l'image d'un nuage qui pleure, pour expliquer la pluie qui s'échouait sur son petit poncho d'enfant. Sa grand-mère avait confirmé cette image en lui confiant comme un secret que le ciel aussi pouvait être triste de tous les malheurs qu'il était contraint d'observer sans arrêt. Alors même si cette vision candide était bien trop fantasque pour un adulte de son âge il préférait la conserver dans un coin de son esprit. Les phares des voitures et les enseignes des boutiques formaient une rivière de gemmes précieuses exposant des couleurs chatoyantes, un assortiment parfait avec l'asphalte scintillant de milles diamants liquides. La ville était un véritable bijou pour qui savait en apprécier les teintes artificielles. Même un fleuriste amoureux de ses plantes comme lui savait que jamais une forêt tropicale n'eut pu offrir un panel équivalent de nuances.

Lysandre s'attarda longtemps sur les lumières mais il finit par changer de perspective pour suivre la course effrénée des gouttes sur la fenêtre. Il choisit sa favorite et l'encouragea mentalement à parvenir au rebord en bois peint avant ses concurrentes ; le pourcentage de ses défaites surpassa de loin celui des victoires. C'était un jeu divertissant dont il ne se lassait pas, et il en était de même pour le spectacle de son et lumières qu'offrait une ville sous l'orage. Il en était presque ému, mais cela durait rarement. Ses pensées finirent par s'évader et la pluie devint alors un simple prétexte pour réfléchir sans s'en sentir embarrassé. Achilles… Achilles lui manquait.

Il essayait de se convaincre que sa décision était la bonne, qu'il ne regrettait pas, mais il lui manquait. Il se trouvait ridicule. Lui qui était parvenu à l'oublier au bout de presque dix ans, il était reparti pour une décennie à imaginer sa silhouette au pied de son lit, à le voir dans chaque client qui faisait sonner la cloche de la porte de son magasin.

Il avait été misérable la première année qui avait suivi le départ de son ami. Il n'avait pas compris, tout était allé beaucoup trop vite, il avait eu du mal à y croire. Il avait peu dormi, avait mangé par obligation et travaillé après les heures d'ouverture, replantant les boutures et préparant des bouquets que personne ne serait venu récupérer. Quand le matin venait il les défaisait tous et remettait les fleurs dans leurs seaux. Il avait tourné en rond sans pleurer, sans rien ressentir. Les deux années d'encore après, il avait été une bombe à retardement. Le souvenir d'Achilles avait hanté la boutique, il avait vu son empreinte dans chaque goutte de pluie et avait deviné le spectre de sa présence à ses côtés. Il lui était même arrivé d'attendre sa venue le soir, planté sur le trottoir à la recherche d'une bicyclette rouge qui n'existait plus. Il se souvint d'avoir versé beaucoup de larmes durant cette période. Il avait pleuré en travaillant, en buvant son café, en faisant ses courses… Il avait souffert de son absence. Pourtant il n'avait que peu vécu avec sa présence, mais Achilles était devenu un élément essentiel de son quotidien en seulement quelques mois. Il avait souffert de cette rupture plus qu'il n'aurait dû en souffrir et ça aussi il avait peiné à le comprendre.

Les cinq années suivantes il les avait passées à oublier tout de lui. Il avait gagné en responsabilités dans la boutique, avait prévu un déménagement, avait appris à faire du latte art... Et il avait rencontré une femme pleine de joie de vivre. Elle était douce et solaire, belle dans la simplicité... Leur relation avait duré deux mois. Une autre personne était entrée dans sa vie... Un mois et demi. Une dernière, enfin, qui était une ancienne camarade de classe dont Lysandre ne se souvenait absolument pas mais qui l'avait reconnu d'un regard. Elle le complimentait beaucoup, surtout en face des autres. Elle lui reprochait parfois aussi de ne pas faire d'effort, déçue qu'il lui manque les muscles ou la coupe de cheveux à la mode qu'elle considérait comme la cerise sur le gâteau. Elle le comparaît sans arrêt à une rose, et Lysandre rétorquait souvent dans sa tête qu'on l'apparentait plutôt à une violette... « On » étant la voix d'Achilles qu'il ne nommait plus. Elle l'avait laissé tomber au bout d'un mois seulement, lui reprochant son manque d'effort dans leur relation. Évidemment il n'avait pas pu réfuter la chose.

Il avait alors fait sa vie seul les deux dernières années, apprenant à se connaître lui-même et vivant le quotidien sans y ajouter de remous. Il avait réussi à ignorer le parapluie bleu qui trainait dans son entrée. Cette fois il sentait que cela serait bien plus complexe. Il sentait encore l'odeur de son parfum vanillé, la chaleur de ses mains et la hâte de ses baisers. Achilles l'avait entièrement envoûté, corps et âme. Lysandre s'éloigna de la fenêtre pour finir de ranger sa table basse. Il avait entamé un petit tas d'origami mais n'avait plus le cœur à l'ouvrage. Son téléphone se mit à vibrer alors qu'il était dans l'autre pièce, il trébucha contre le coin du lit et se fit mal au petit orteil. Il boita jusqu'au salon, et ne reprit pas son souffle pour décrocher.

— Allô, bonjour ?

Pas de réponse. Il éloigna le téléphone de son oreille pour connaître l'identité de son interlocuteur… Numéro inconnu. Il allait raccrocher, presque vexé d'avoir décroché pour un spam, de s'être mutilé le doigt de pied pour un spam même, quand une voix claire répondit finalement à son salut.

— Retrouvez-moi au même café où nous nous sommes vus la dernière fois, d'ici une demi-heure.

— Camille.

— Ne soyez pas désagréable. C'est un cadeau que je vous fais.

Elle avait déjà raccroché.

Camille savait que Lysandre allait hésiter. Par conséquent elle savait d'avance qu'il allait être en retard. Elle n'aurait pour autant pas cru à un retard de plus d'une heure, et commençait à s'impatienter. Son café était froid, elle avait mal aux pieds. Elle avait choisi de porter des chaussures dans lesquelles elle se sentait puissante, et quoi de mieux pour cette énergie que ses escarpins rouge sang à talons aiguilles. Elle avait opté pour une robe-chemise prune arrivant mi-cuisse qu'elle portait avec des bas en nylon qui s'arrêtaient juste en-dessous de l'ourlet de son vêtement, sexy et provocateur, parfaitement calculé. Elle souhaitait que son apparence transcrive son état d'esprit. Elle était confiante, fière et déterminée. Cependant plus elle regardait l'aiguille de sa montre courir sur son poignet, plus cette dernière qualité s'amenuisait.

Bientôt de sa détermination il ne resterait plus que des regrets. Elle allait se lever, déçue, lorsqu'un jeune homme franchit le palier du café avec un parapluie dans une main. Il ne pleuvait pas, même si le soleil avait décidé de ne pas les honorer de sa présence. Camille sourit pour elle-même, et se réinstalla discrètement. Lysandre la remarqua en quelques secondes, elle avait aussi su que cela arriverait ; elle avait tout fait pour.

Il commanda quelque-chose de simple, et elle ne put s'empêcher de critiquer mentalement son choix banal. Il était banal. Sa beauté était banale, son attitude aussi, même son métier l'était. Lysandre était un homme si banal... Alors pourquoi Achilles lui portait-il autant d'intérêt ? Pourquoi lui trouvait-elle elle-même une certaine valeur ? Elle avait du mal à comprendre. Quand il tira la chaise et s'assit face à elle, elle eut une impression qui semblait être une réponse à cette question existentielle.

— Bonjour. Je suis en retard.

Elle s'était concentrée sur ses yeux noisette, oscillant entre un caramel brûlé, un éclat de praline et le vert d'un lac. Il ne s'était pas excusé de l'impolitesse de son retard ; elle savait qu'il était malgré tout un peu désolé. Dans ses yeux colorés elle devinait la douceur chaleureuse de son âme et le froid automnale de ses paroles, dans un curieux mélange qui lui donnait l'impression d'être en train de boire non pas un café amer, mais un chocolat chaud épicé, posée sur un tronc froid au bord d'une rivière, avec la pluie en musique d'ambiance. Une expérience à la fois réconfortante et inconfortable. C'était probablement l'écart si évident entre son attitude désagréable et son aura délicate qui faisait tout son charme.

La toute première fois que Camille l'avait rencontré, elle l'avait trouvé beau. Elle avait joué ses meilleurs tours pour gagner un sourire, un clin d'œil, un autre cœur qu'elle hanterait au cours de sa vie… Elle se souvenait encore des réponses sèches et du total manque de professionnalisme du fleuriste. Elle était un peu rancunière. Surtout que ledit fleuriste avait fini par voler un cœur, lui aussi, et pas des moindres.

Lysandre était devenu un rival, sans qu'il ne le sache. Elle avait compris avant qu'il ne le comprenne lui-même les sentiments d'Achilles envers sa personne, elle lui en avait voulu. Elle avait longtemps réfléchi avant de le rappeler, détestant perdre la face et laisser un autre qu'elle gagner. En pesant le pour et le contre elle s'était dit qu'elle ne perdrait pas vraiment en prenant l'initiative de le rappeler. Il était temps qu'Achilles se reprenne en main, et elle aussi. Aujourd'hui, elle remettait de l'ordre dans sa propre vie en revenant en arrière ; pas un échec, mais une petite correction. Elle fit disparaitre son petit sourire avant de répondre.

— Peu importe. Vous me devez un café.

— Techniquement vous m'en devez un. Je ne comptais pas vraiment sortir, aujourd'hui.

— Malgré tout vous êtes là. Je vous manquais ?

Il fronça le nez. Elle ricana en buvant une gorgée de son latte.

— Sachez que je ne regrette absolument pas ce que je vous ai dit la dernière fois.

— Je suis vraiment ravi d'avoir accepté votre invitation.

Il fit mine de se lever, bien qu'il n'y pensât pas sérieusement. Camille reprit calmement :

— Je ne regrette pas, mais j'aurais dû penser les choses autrement. Je ne vous apprécie pas.

— De plus en plus content d'être venu.

— Laissez-moi terminer. Couper les ponts avec mon ép… Avec Achilles n'était probablement pas la solution la plus judicieuse.

— Là, je suis perdu. Vous ne vouliez plus que nous nous fréquentions, c'est chose faite. Et désormais vous me reprochez le choix que vous m'avez fait faire ?

— Comme vous le dites si bien, c'était un choix. Vous m'avez presque déçue en le prenant.

Ce n'était pas de la déception que Lysandre lisait sur son visage, mais plutôt de l'amusement. Il contint le geste obscène qui lui démangeait le majeur, se contentant d'un regard accusateur.

— Et donc ? C'était un test pour vérifier si j'avais assez de valeur pour être un de ses amis ?

— J'aurais préféré, il ne m'aurait pas fallu aller jusque-là pour décréter que non, vous n'avez pas assez de valeur pour être son ami. En revanche…

C'était le moment pour elle de briller. Elle passa une main dans ses cheveux, remit une mèche derrière son oreille pour dévoiler sa superbe parure en argent en forme de poignards. Elle décroisa les jambes, se pencha en avant juste assez pour mettre en valeur la forme de son décolleté.

— En revanche, vous êtes apparemment suffisant pour être sa raison de vivre. Mon époux a des goûts bien particuliers.

Il recracha son café par le nez. Cela sembla douloureux. Fière de son petit effet, Camille lui désigna sans les lui offrir les serviettes en papier qui étaient posées sur le coin de la table. Il les attrapa en masquant son visage d'une main. Le col de sa chemise était désormais moucheté ; cela aurait donné des idées révolutionnaires aux étudiants en école de mode. Elle n'attendait pas de réponse. Elle ne le laissa pas lui en donner une, elle ne souhaitait pas élaborer sous peine de ruiner sa phrase de frappe.

— Vous lui manquez. Il ne sort plus, et est d'une humeur détestable. Je vous en tiens pour responsable : faites en sorte qu'il redevienne plus facile à vivre.

Elle épousseta sa manche qui avait effleuré la table collante, se leva souplement et se dirigea vers la porte automatique avec un large sourire. Elle avait laissé l'addition sur la table ; son café plein de suppléments coûtait plus cher qu'un cocktail dans une boîte de nuit. Lysandre la regarda s'éloigner, des petites larmes montant dans ses yeux qu'il avait gardés grand ouverts depuis le choc de cet aveu. Il ne pleuvait pas, ce jour-là, l'averse ne viendrait pas le noyer sous d'autres peines, et il s'était trimballé le parapluie pour rien.

CHAPITRE 14 : Le printemps.

Il posa le gobelet sur le bord du bureau, son partenaire le repoussa un peu pour ne qu'il ne tombe pas. Ils étaient penchés sur leur enquête depuis le début de matinée, et l'heure de rentrer était déjà passée depuis longtemps. Achilles avait rempli le dossier de ses recherches, ses connaissances sur la plante utilisée pour les meurtres, les points communs entre les victimes. Il avait ficelé un dossier presque parfait... A ceci près qu'il n'y avait aucun suspect.

— Tu t'en sors, Achilles, avec la liste ?

Son collègue était un jeune enquêteur. Il sortait à peine de formation. L'enquête étant particulière et captivante, il avait insisté pour en faire partie. Achilles avait accepté, après tout ils ne seraient pas trop de deux.

— Pas vraiment. Il n'y a aucun indice, pas une personne que les victimes connaissaient toutes.

— Peut-être qu'on devrait encore une fois tout repasser au cas où ?

— Si tu veux, Lucas, mais je ne pense pas que ça nous aide. Et j'aimerais partir ; je déteste les heures supplémentaires.

Le meurtrier avait présumément fait quatre victimes. Les victimes étaient toutes des femmes, entre vingt et trente ans. Elles étaient de toutes nationalités, pas de point commun sur le plan physique. Trois des quatre jeunes femmes étaient mariées, aucune n'avait d'enfant. La dernière était gérante d'un bar dansant au centre-ville, au-dessus duquel elle habitait. Leurs activités professionnelles variaient, la première par exemple était sans emploi, la seconde travaillait au secrétariat d'une université, la troisième vendait des créations via internet... Elles ne participaient pas toutes à une activité commune : entre yoga, jogging le dimanche matin ou encore leçons de piano, même leurs passe-temps étaient différents. La méthode pour l'assassinat était cependant toujours la même. Les femmes avaient été retrouvées sur leurs trajets habituels, indice que le criminel connaissait leurs emplois du temps. Elles avaient une fleur bleue dans la bouche, et dans les autopsies on retrouvait les traces du poison qui avait été ingéré. Le goût de la plante était connu pour être amer et désagréable, une personne saine d'esprit n'aurait jamais délibérément bu une infusion de cette fleur.

Lucas avait rassemblé des informations sur les potentiels ex-conjoints des victimes, leurs collègues ou leurs amis... Rien de commun non plus. Il était impossible de savoir qui serait la prochaine victime ou de deviner une identité pour le criminel. Leur seule piste était la fleur bleue... Ce qui n'était pas vraiment un avantage pour Achilles.

— Cette fleur, elle ne pousse pas partout, et elle n'est pas non plus évidente à trouver et cueillir en se promenant dans les parcs. Le meurtrier doit avoir accès à cette plante d'une façon ou d'une autre. Peut-être qu'on devrait dresser une liste des jardins botaniques, fleuristes et parcs de la région, et leur payer une visite ?

Achilles tiqua. Bien sûr, l'idée était raisonnable... Mais pas à son goût. Il ne protesta pas pourtant, confiant : il pourrait toujours trouver une raison pour justifier quelques trouvailles qui ne seraient pas dans son intérêt...

— Je te laisse le faire, alors. Je vais rentrer pour ce soir.

— Ah oui, ta femme t'attend sans doute à la maison.

Il attrapa sa veste en lui souhaitant une bonne soirée. Il était encore une fois trop tard pour faire un détour par la boutique, et il ne voulait pas aller sonner chez lui sans son accord. Il ne voulait pas le froisser encore une fois en agissant d'une façon qui lui déplairait. Il devait d'abord comprendre pourquoi il voulait s'éloigner. Ensuite... Un sourire malsain tordit sa bouche. Il ferma la portière de sa voiture et alluma l'autoradio : ensuite, bien évidemment, il lui montrerait à quel point il lui avait manqué, et comme il lui en voulait... Il démarra.

La route était vide de monde, certains lampadaires étaient déjà éteints pour la soirée. Il roula en respectant les limitations. Il avait menti : il n'était pas pressé de rentrer chez lui. Il ne se rendit pas compte lorsque le feu passa au vert et resta longtemps sur place. En redémarrant, il s'assura que personne ne traversait la rue... Son cœur rata un battement quand il vit la silhouette d'un homme sur le côté gauche de la route. Un homme relativement grand, avec des cheveux clairs en bataille, qui n'était pas rasé de près, et qui nettoyait ses lunettes avec un coin de tee-shirt vert. Il se gara rapidement sur une place en créneau. Lysandre ne l'avait pas remarqué, il avait un casque sur les oreilles. Il frottait son œil en nettoyant ses verres. Achilles décida de suivre ce que lui dictait son instinct. Il traversa la route en quelques enjambées et attrapa doucement sa main... Lysandre se retourna brusquement, tira sur son poignet et bloqua son visage de son autre bras.

— Vous me lâchez tout de suite.

Il découvrit ensuite le visage surpris et moqueur d'Achilles qui avait paré son autre bras avec sa main gauche.

— Achilles ?

— Bonsoir, jolie fleur.

— Lâche-moi quand même.

Il libéra sa main. Lysandre baissa les yeux, mais ne prit pas la fuite. Il attendit un peu, ne souhaitant pas être le premier à s'expliquer.

— Je ne voulais pas te faire peur. Je ne pensais vraiment pas te croiser, encore moins de nuit et dans le coin.

— En fait... Je me suis endormi à la boutique, pendant que je faisais les comptes. Et les bus ne circulent plus après minuit et demi. Puis je me suis pris un moucheron dans l'œil et ensuite j'ai mis les doigts sur mes lunettes en oubliant que je les portais et…

— Je peux te déposer ?

Il se tut. Et hésita. Mais accepta en hochant la tête. Il faisait frisquet, les rues n'étaient pas sécurisées, et il avait réellement cru se faire agresser juste à l'instant. Achilles admirait cependant ses réflexes et son courage ; il n'aurait jamais cru que sa fleur puisse avoir des épines. Il lui ouvrit la portière et alluma les ampoules dans l'habitacle.

— Achilles... Je suis désolé, pour l'autre fois.

— Pourquoi, tu regrettes ?

— Non, mais... Oui. Je pensais ce que je disais. Sauf que je ne pensais pas que tu me manquerais autant.

Achilles n'en croyait pas ses oreilles. Si facilement ? Il le regagnait si facilement ? Il voulut renchérir, mais il n'en eu plus cœur. Lysandre avait l'air épuisé. Il avait les ongles rongés, les yeux fatigués. C'était visible à des kilomètres, il avait aussi souffert des jours suivant leur discussion au téléphone.

— Je ne t'en veux pas. Je ne peux pas t'en vouloir. Mais alors ?

— Alors... J'aimerais qu'on oublie cette conversation. Tu es mon ami. Je veux continuer à te voir.

— Et pour Camille ?

Lysandre se ferma. Il lui intima de démarrer. Achilles savait que sa remarque ne lui plairait pas. Il fut de nouveau surpris.

— Pour Camille... Entre elle et moi, les choses sont dites. Vous vivez ensemble et c'est là l'étendu de votre relation. Le mariage n'est qu'un papier. Elle sait que je suis là, je sais qu'elle ne compte pas partir. Mais nous avons un compromis. Elle est au courant et accepte, c'est suffisant... Non ?

Si. Achilles avait essayé de lui faire comprendre ça depuis le début. Il jubilait. Il le déposa devant son immeuble et fit le tour pour lui ouvrir de nouveau la porte. Lysandre le remercia et se faufila... La portière se ferma et il fut soudain adossé dessus, le corps d'Achilles lui bloquant le passage. Une main froide se glissa dans sa nuque.

— Je ne l'ai pas dit mais tu m'as manqué, aussi...

Il l'embrassa doucement mais longtemps. Lysandre regretta la fin du baiser. Achilles éloigna son visage pour le regarder. Il le voyait soudain très flou. Avait-il lui aussi quelque chose dans l'œil ? Il cligna des paupières. Lysandre attrapa son épaule, serra son muscle entre ses doigts.

— Achilles ? Tu saignes !

Il porta la main à son nez, remarqua effectivement la couleur carmin qu'il affectionnait tant. Il eut un petit rire. Puis il s'effondra sur le bitume.

Il y avait peu de choses plus agréable qu'une légère brise de printemps lorsqu'on avait chaud. Peu de choses mais pas aucune autre. Une main qui caressait ses cheveux, l'odeur délicate d'un thé qui infusait, le contact doux du coton de l'oreiller... Ces choses pouvaient également concourir dans la liste. Lysandre se souvenait des attentions de sa grand-mère quand il tombait malade. Elle usait de ses mystérieux pouvoirs de sorcière des jardins pour lui préparer des remèdes fleuris, en lui massant les tempes et lui racontant des histoires. Ces moments où il était en souffrance était ironiquement aussi certains de ses plus précieux souvenirs. La douceur et la tendresse de ces soins lui avaient réchauffé le cœur et lui avaient donné le sentiment d'être aimé et chéri, et c'était ce que les enfants recherchaient. Aussi, lorsqu'Achilles était tombé devant lui, il avait automatiquement reproduit ces gestes imprimés dans son esprit.

La plus grande difficulté avait été de porter ; ou plutôt trainer en soufflant ; son ami jusqu'à l'appartement. Il bénit les ascenseurs. Ensuite, il avait presque pris plaisir à préparer sa tisane et ajuster les coussins derrière sa nuque. Il n'avait jamais vraiment aimé prendre soin des autres, n'avait jamais manifesté comme tant d'enfant la volonté d'avoir un animal de compagnie ou une petite sœur. Ce n'était pas de l'égoïsme en soi, si ses parents étaient malades ou blessés il allait les aider sans aucune plainte. Il n'avait juste pas cette fibre en lui... C'est du moins ce qu'il avait toujours cru : s'occuper du jeune homme lui prouva le contraire, puisqu'il avait véritablement envie de bien faire et qu'Achilles fût le plus confortablement installé possible. Il gardait une main sur ses cheveux, pendant que de l'autre il essorait un torchon humide pour le passer sur son front. Il avait pris sa température et il n'y avait rien d'alarmant. Il avait également compté environ cinq fois son pouls, comme si soudainement son cœur allait changer de rythme. Rien à signaler. Lysandre en était venu à conclure que c'était un gros coup de fatigue. Il attendait donc son réveil pour le réprimander et lui rappeler de prendre soin de lui, comme aurait dû le faire tout bon ami.

Achilles dormait si paisiblement, les paupières closes, la courbe de ses cils vers le haut. Lysandre avait remarqué en l'observant quelques cils roux au milieu du brun sombre. C'était comme un reflet de soleil. Il avait déjà remarqué des reflets similaires dans son iris. Il trouvait cela beau. Il avait aussi dessiné une carte de ses grains de beauté, peu nombreux en réalité. Un derrière l'oreille, un autre dans le cou, un autre encore sur la clavicule... Il n'était pas allé plus loin. Le temps n'existait plus alors qu'il redécouvrait les traits d'Achilles qui ne fronçait plus les sourcils. Dans le sommeil il était tranquille, la peau lisse et la bouche tombante. Naturel. Lysandre n'en restait pas moins inquiet et puisque les pensées intrusives étaient de petits parasites fourbes, il fut arraché à sa paisible admiration par une idée absolument terrifiante : s'il n'avait pas pu sentir sa poitrine se soulever à chaque inspiration, il aurait tout aussi bien pu être mort. L'immobilité de son visage fut soudain terrifiante, la pâleur de sa peau lui donna des sueurs froides. Lysandre voulait le secouer, le réveiller pour effacer cette vision d'horreur.

Il retira sa main de ses mèches noires, et frotta son visage en reprenant contenance : il ne pouvait pas le tirer brutalement d'un repos dont il avait besoin. Sans le vouloir il l'avait pourtant fait. La rupture de leur contact sembla déranger l'endormi, qui ouvrit les yeux brusquement et se redressa trop rapidement. Il porta la main à son crâne, grimaça.

— Doucement. Tu viens de te réveiller, ne pousse pas comme ça ton corps.

— Tu m'as ramené ici ? Tu ne t'es pas fait mal ?

Lysandre lui tendit le torchon afin qu'il puisse tamponner son front luisant, et mélangea sa tasse de tisane au miel.

— J'ai failli tomber aussi en te portant. Tu n'as mal nulle part, toi ? Je n'ai pas vu de blessure ou quoi mais...

— Ça va. Juste une petite migraine. Où est la voiture ?

La voiture... Lysandre l'avait garée sur un meilleur emplacement. Piètre conducteur, il n'avait pas pu faire de miracle et la Volvo avait été garée de travers sur une place de parking derrière l'immeuble.

— Elle est garée derrière... C'est sécurisé.

— Merci.

Achilles s'assit plus normalement sur le canapé. Il but une gorgée de la tisane.

— Tu as mis quoi dedans ?

— Du poison.

Lysandre s'était trouvé drôle. Achilles ne rit pas. Pire même, il posa la tasse sur la table.

— Je plaisantais, hein... C'est du thym et de la camomille.

— Je sais. Pardon. Mon enquête me prend la tête.

Il se souvint enfin que la raison de son retour était une enquête sur un empoisonneur particulièrement minutieux. Il ne s'excusa pas de sa bévue, mais ne renchérit pas. Achille le fit à sa place.

— J'hésite à transmettre l'enquête à un collègue. Mon dossier est nickel, mais sans aucun suspect à y ajouter c'est juste un exposé sur un nouveau Jack l'Eventreur.

— Jack le fleuriste. Beaucoup moins terrifiant.

— Ce n'est toujours pas drôle.

— Rabat-joie.

Devenir enquêteur était un choix étrange. Surtout quand son rêve était d'être boulanger. La différence entre ces deux métiers était trop grande.

— Je peux te poser une question indiscrète ?

— Je viens de faire une sieste de huit heures sur ton canapé. Je pense que nous sommes suffisamment proches pour ça, oui.

Il ne releva pas le cynisme de son ami.

— Tu es allé contre ce que voulait ton père en joignant la police plutôt que le tribunal. Pourquoi ne pas être allé encore plus loin pour réaliser ton rêve ? Ou est- ce que tu as juste changé d'avis ?

— Quel rêve ?

Il lui en avait reparlé récemment. Lysandre fut surpris, presque déçu. Achilles lui adressa une grimace qu'il reçut comme un clin d'œil.

— Ce n'est pas un rêve. C'est un objectif. Au moment où j'ai décidé d'aller contre l'avis de mes parents, j'étais déjà marié. Et adulte. Je ne pouvais pas juste faire ce que je voulais, nous avons un rythme de vie qui demande un bon salaire. Et Camille ne travaille pas. Je suis bien payé avec ce travail, et mes études ont quand même servi à quelque-chose. En plus je finançais les études d'Artémis, je le lui avais promis. Ce n'était juste pas le bon moment pour tout plaquer et faire ce que je voulais vraiment. J'ai dû réfléchir à plein de choses. Je devais être raisonnable.

Cette présence d'esprit secoua un peu Lysandre. Il ne voyait pas Achilles aussi réfléchi. La maturité dont il avait dû faire preuve était admirable. Il hocha la tête.

— Je compte bien goûter tes viennoiseries un jour.

— Peut-être pas besoin d'attendre que j'aie ma boulangerie ?

Achilles chercha quelque-chose sur son téléphone. Il tourna l'écran vers Lysandre, lui présentant un calendrier.

— Si tu es disponible le samedi soir... Ha.

Il reprit son téléphone avec lui. Lysandre comprit son hésitation. Il était temps pour eux de rediscuter de leur petit conflit.

— Lysandre... Je voulais vraiment venir, l'autre soir.

— Je sais.

— J'ai eu un vrai empêchement. Quelque-chose que je ne pouvais pas contrôler. Il y a eu une nouvelle victime, qui n'a pas été rendue publique. Nous avons été appelés en urgence.

— Je vois. Tu n'y pouvais rien. Je ne t'en voulais pas.

— Non ?

— Non.

C'était la vérité. Il ne lui en voulait pas. Et Camille l'avait prévenu. Il ne savait simplement pas s'il devait croire à l'histoire d'Achilles, après les menaces subtiles de la jeune femme. Dans sa tête, c'était elle qui l'avait persuadé d'annuler leur rendez-vous. Qu'est-ce que le travail avait à voir là-dedans ?

— Peu importe la raison. Je ne t'en voulais pas. Mais depuis ton retour tout a été très étrange. Tu es comme avant mais pas vraiment. Je sais que tu as vieilli. Je ne comprends simplement plus comment tu penses.

— Comme avant. Je reste moi. J'ai juste appris de nouvelles choses. Ecoute, je sais que ça te dérange, ma vie d'homme marié, mon travail... Je voulais te le dire au téléphone, je vais te le dire maintenant. Tu ne comprends pas à quel point tu es important. Depuis dix ans, à chaque averse je pense à toi. A chaque fleur sur le trottoir, chaque bouquet reçu, je pense à toi. Même si tu décides réellement de couper les ponts, je penserai à toi dans ces moments-là. Vraiment,

Sous la pluie

Lysandre, tu peux garder mon parapluie. Parce qu'au final c'est toi qui me protèges de la pluie depuis tout ce temps.

Le côté romantique de la déclaration le fit serrer les dents. C'était si cliché. Si satisfaisant à entendre. Lysandre avait cessé de respirer pendant la tirade. Il ne sut pas quoi répondre, et honnêtement il savait qu'il ne pourrait rien répondre d'aussi sincère. Il s'appuya sur le coussin du canapé. Posa son front contre l'épaule d'Achilles, ferma les yeux. Il se résolut malgré tout à lui murmurer une réponse.

— Moi aussi, je t'aime.

Il sentit ses bras se refermer autour de sa taille, le serrer contre lui. Il enfouit plus encore son visage dans le creux de son cou. Achilles embrassa le sommet de son crâne. Lysandre ajouta dans un souffle, chatouillant la clavicule du jeune homme :

— Mais pour moi, toi... Tu es la pluie.

CHAPITRE 15 : La fleur poison.

Achilles était content d'être tombé. Ce n'était pas une façon très saine de penser, mais sans son malaise il n'aurait pas pu passer tout ce temps avec Lysandre. Après leur étreinte réparatrice ils avaient repris une conversation plus légère, parlant de travail, de fleurs, de musiques... Le goût de Lysandre pour les musiques sans paroles avait amusé Achilles : cela lui allait si bien !

Ils avaient reparlé de natation, Achilles avait arrêté mais se gardait en forme avec de longues séances de musculation. Lysandre mentionna l'envie d'aller nager, mais son aversion des bassins publiques était plus forte que cette envie. Il lui rappela aussi sa peur de l'eau et de ses profondeurs. Achilles se mit donc en tête de faire creuser une piscine derrière sa maison actuelle, et de lui apprendre à nager plus confortablement. Ils parlèrent de leurs familles, aussi, la discussion fut moins amusante.

— Tes parents doivent t'en vouloir d'être parti.

— Ils se sont fâchés. Mais j'ai évolué suffisamment vite à leur goût dans la brigade pour qu'ils puissent encore se vanter auprès de leurs amis. Donc ils ont fini par accepter l'idée que je ne suive pas la carrière de rêve qu'ils avaient prévue. Ce sont les parents de Camille qui ont fait la tête. Ils ont eu l'impression d'y perdre au change, ce n'était pas ce qu'on leur avait promis de base.

— Et Camille, elle en pense quoi ?

Achilles but une autre gorgée de tisane, Lysandre se retint de tendre le bras pour essuyer la goutte qui coulait sur son menton.

— Elle n'a pas réagi. Elle n'est pas si proche de ses parents, sa mère la faisait garder quand elle était petite et au final, ils se voient peu. La plus touchée par ce choix a été ma sœur.

— Artémis ?

— Oui. Elle a finalement abandonné ses études de mode. Elle a rencontré quelqu'un, le fils d'un professeur il me semble. Tout et allé vite de son côté, mais elle semble heureuse. Elle m'en veut encore d'être revenu vivre ici. Nous n'avions pourtant pas l'occasion de nous voir souvent. Nous ne sommes plus aussi proches... Nous discutons de temps en temps, internet aide pas mal.

Achilles effaça d'un geste l'air concerné de Lysandre qui se souvenait de la façon dont il avait parlé de sa sœur par le passé. Les gens changent, grandissent et évoluent différemment : Achilles avait dû se sentir bien seul sans même sa sœur à ses côtés. Il n'eut pas grand-chose à répondre lorsque le jeune homme le questionna sur sa famille, il lui décrivit simplement les lettres monotones qu'il envoyait à sa mère. S'il ne prenait pas de leurs nouvelles, ses parents ne viendraient jamais vers lui. Bien que ce sujet fût quelque part déprimant, ces quelques nouvelles informations qu'ils apprenaient sur l'un et l'autre donnaient un goût moins amer à leurs retrouvailles. C'était si agréable que l'heure fila sans qu'ils ne s'en aperçoivent et Achilles dut partir un peu en urgence.

Il avait trois appels manqués, sur les trois un était du boulot. D'où l'urgence. Une autre tentative de meurtre avait eu lieu. Une tentative, oui, la victime avait été retrouvée inconsciente devant la porte de son domicile par des voisins. Elle avait été transportée aux urgences et était actuellement en salle de réveil après une intervention laborieuse. Achilles était frustré de cette perte de temps considérable, mais il devait se rendre à l'hôpital et rencontrer les docteurs.

Il ne prit pas le temps de finir sa deuxième tisane ; il accepta cependant le petit gâteau industriel que lui tendait Lysandre et partit à contrecœur. Il faillit éclater de rire en découvrant sa voiture stationnée entre deux places, de travers et un seul rétroviseur rabattu. Il perdit un temps monstrueux à sortir de la place, les autres voitures ayant dû se garer plus ou moins correctement autour de la sienne. Il arriva à l'hôpital en même temps que son collègue.

Lucas avait pris tout le dossier dans ses bras, les feuilles débordaient de la pochette. Achilles devina qu'il était penché dessus avant de recevoir l'appel. Il le salua sobrement et ils attendirent devant l'accueil, une bonne demi-heure. Achilles n'aimait pas les hôpitaux, il se sentait sur les nerfs et avait la nausée. Le petit brownie offert par Lysandre n'avait pas suffi à lui rendre son énergie.

Lucas lui ramena sans lui proposer au préalable un café, qu'il but sans y songer. Quelqu'un les accompagna finalement dans les couloirs aux portes colorées. Ils passèrent devant une bonne vingtaine de portes, croisèrent trois brancards et sept infirmiers et aides-soignants. Achilles avait également compté ses pas : deux cent douze, deux cent treize, deux cent quatorze... Leur escorte toqua sur une des portes, une vieille dame leur ouvrit en essuyant son visage. La doctoresse était vraisemblablement épuisée. Lucas remarqua qu'Achilles était ailleurs, aussi toussota-t-il avant de commencer son interrogatoire.

— Bonjour, officier Dupuy. Vous avez bien été prévenue de notre venue ?

— Tout à fait. Vous pouvez entrer.

Achilles inclina la tête et se présenta à son tour en serrant la main du médecin.

— Officier Tillman, enchanté.

— Je vous ai tout consigné dans un dossier spécial. La patiente a été victime d'un empoisonnement par voie orale.

— Nous vous écoutons.

Il s'agissait bien d'un empoisonnement. Le poison semblait avoir été administré sous forme de boisson, que la victime avait bu chez elle. Elle avait ensuite eu des convulsions et s'était effondrée sur son porche alors qu'elle sortait de chez elle pour appeler au secours. Une fleur avait été retrouvée dans sa main. Achilles fronça les sourcils et jeta un regard à son collègue : un bleuet à laquelle il manquait quelques pétales était conservé dans un sac plastique. En regardant de plus près les analyses, le poison dont il était question était une forte dose de médicaments qui avait rendu la victime inconsciente. Achilles faillit éclater de rire. Evidemment, c'était une pâle imitation. L'habituel poison n'épargnait personne, agissant si rapidement qu'il était presque impossible de ne serait-ce que prétendre à sauver la personne qui l'avait ingéré.

Il garda une expression professionnelle en écoutant la médecin leur expliquer, et s'exprima à peine lorsque Lucas demanda à interroger la victime. La jeune femme était dans une chambre individuelle avec sa mère. Après bien peu de questions, elle céda. Achilles fut déçu de ce manque de résistance. Elle avait elle-même pris les médicaments, inconsolable depuis la mort soudaine de sa meilleure amie. Meilleure amie qui elle était une vraie victime du tueur en série. La jeune femme participait au même cours de yoga, et elles avaient très vite découvert leurs atomes crochus en discutant entre deux séances. Quand soudainement son amie n'était plus venue aux cours, elle s'était posé des questions. Les deux femmes étaient proches, mais la famille de la victime n'en savait apparemment rien. Elle n'avait donc pas été avertie directement du décès de sa camarade...

Elle avait appris la mise en scène qui avait enjolivé son meurtre et avait cherché à reproduire cette étrange manie du criminel afin disait-elle de « comprendre ce qu'elle avait pu ressentir ce jour-là ». La douleur de perdre un proche liée à quelques difficultés personnelles avaient réduit à néant son envie de continuer à avancer, et elle avait décidé après quelques verres de continuer à accompagner son amie sur le trajet. Achilles, mal à l'aise, évita de regarder la patiente qui pleurait à chaudes larmes dans les bras de sa mère. Lucas nota en quelques pattes de mouche les informations, et ils quittèrent la chambre avec un salut neutre.

— Je suis presque soulagé que ça ne soit pas une autre victime. Quelle pauvre fille. J'espère que le suivi psychologique suffira à l'aider.

— Sans doute. Un deuil, ce n'est jamais facile.

— C'est quand même terrifiant, d'en arriver à de tels extrêmes. Se faire du mal de la sorte, je ne comprendrai jamais.

— Ton travail ce n'est pas de comprendre.

Il était rare qu'Achilles hausse le ton. La remarque du jeune enquêteur était déplacée, et ignorante. Achilles savait que parfois le fait de réaliser que plus jamais on ne pourrait dire à une personne que l'on aime tout ce que l'on aurait aimé lui dire pouvait rendre fou, rendre illogique.

Lucas se fit tout petit suite à la remarque de son supérieur, surpris par le ton agacé qu'il avait pris pour la lui faire. Il attendit quelques autres minutes avant d'être certain que sa colère s'était apaisée pour lui exposer la suite de sa pensée.

— J'ai rassemblé des noms d'endroits où la fleur est susceptible de pousser. J'ai également prévu de demander un mandat pour visiter ces lieux, y compris les serres privées dotées de thermostat.

— Tu ne t'es pas ennuyé.

Il songea brièvement qu'il lui faudrait trouver de bonnes excuses pour la suite de l'enquête.

— J'ai passé la soirée là-bas. Tu ne m'as pas donné de nouvelles après l'autre nuit.

— Effectivement, j'ai passé la journée à me reposer.

Et à profiter de la présence de Lysandre qui était bien de retour dans sa vie. Achilles était impatient d'être à leur prochaine rencontre. Mais pour ce soir, il lui fallait surtout rentrer et se reposer pour de vrai : il lui fallait toute sa tête pour reprendre sérieusement son travail...

Sous la pluie

Elle avait oublié son sac de sport. Elle ne se souvenait plus où elle l'avait laissé, le garçon de l'accueil n'avait pas pu l'éclairer à ce sujet. Elle aurait pu simplement prévoir une autre tenue, et assister à son cours de yoga comme tous les mardis. Sauf qu'elle avait envie de porter du rose, aujourd'hui, et de ce fait se refusait totalement de porter son pantalon bleu. Elle n'apprendrait pas à aligner chakras ce début de semaine. Elle hésita à aller courir pour se défouler. Camille bougeait beaucoup. Elle faisait du sport, un jogging tous les deux matins, elle allait faire du lèche-vitrine seule ou entres copines, et elle prenait des rendez-vous à droite ou à gauche pour prendre soin de sa peau, ses cheveux, ses ongles… Elle se considérait comme une femme occupée.

Le soir, elle était souvent dehors également, dansant le tango avec des inconnus ou buvant des cocktails aux terrasses des bars réputés. Elle ne passait finalement que peu de temps à la maison, par conséquent elle n'était pas une femme au foyer. C'était une chose qui ne lui avait jamais fait envie ;

d'être une femme au foyer. Elle ne désirait pas être mère, malgré la pression sociale qu'elle recevait à ce sujet. Leurs connaissances attendaient impatiemment une grande annonce du couple merveilleux, se demandant si peut-être ils auraient du mal à concevoir ; et se délectant secrètement des rumeurs, espérant qu'elles soient fondées pour enfin leur trouver un défaut. Camille et Achilles savaient répondre à ce genre de réclamations, s'appuyant sur le travail particulièrement prenant du mari pour justifier leur réticence à fonder une famille. En réalité l'un comme l'autre n'avait pas la fibre parentale, il aurait été bien trop égoïste de faire un enfant s'ils ne savaient pas s'en occuper... Les antécédents familiaux parlaient pour eux.

Camille avait beaucoup sacrifié pour incarner cette femme libre en plein contrôle de sa vie de couple... Elle ne sacrifierait pas un enfant qui n'avait jamais demandé à venir au monde. Elle posait ses limites là où cela devenait injuste pour autrui... Enfin, elle s'y efforçait. Parmi toutes ses activités, l'une d'entre elles étaient pour le moins singulière, et allait peut-être à l'encontre de ce principe. Camille s'était découvert une nouvelle échappatoire quand ses émotions trop fortes venaient polluer son quotidien. Elle avait découvert cette nouvelle capacité en allant à son cours de piano.

Elle adorait jouer de la musique, avec une nette préférence pour la guitare acoustique... Un instrument que ses parents n'avaient jamais considéré à sa juste valeur. Elle avait donc, aussi loin qu'elle se souvienne, joué du piano pour sa famille. Achilles ne lui avait jamais demandé de lui jouer un petit morceau pour le dîner comme avaient pu le faire ses parents, elle lui en était reconnaissante. Ils n'avaient pas de piano dans leur maison. L'ennui de ne pas avoir d'emploi lui avait fait reprendre des leçons en déménageant, elle avait trouvé un studio adorable caché dans une ruelle sombre, avec une vieille musicienne pleine de rides et de raideurs qui se retenait sans doute de leur taper sur les doigts lorsque l'accord sonnait faux. En allant à sa leçon, elle avait rencontré quelqu'un. Une autre élève à peine plus jeune qu'elle, avec qui elle avait discuté entre deux passages. Elle était rentrée avec des idées plein la tête. Elle ne pouvait pas en parler à son époux, elle avait aussi le droit à ses secrets. Surtout que ce dernier en avait bien assez pour contrebalancer.

Il sortait tous les soirs de la semaine après le dîner, et si elle soupçonnait d'abord des visites nocturnes au petit fleuriste, elle avait fini par en douter. Elle l'avait suivi une fois… Son secret était quelque-chose de particulier, peut-être même un peu dangereux. Un secret qui allait devenir le sien également, sans même qu'il en soit mis au courant. Elle était chanceuse, c'était un de ses plus beaux atouts. Ça et son sourire d'actrice. Elle enfila ses baskets, et passa finalement son leggings bleu ciel. Elle allait faire un jogging, puis elle irait se divertir autrement, avec cette nouvelle échappatoire qui n'appartenait qu'à elle.

CHAPITRE 16 : Cake de fantômes.

Lysandre avait reçu un nouvel arrivage. Cela faisait des années qu'il négociait avec les fournisseurs, faisait des allers et retours pour voir des serres en dehors de la ville, revenait déçu ou démotivé… Mais finalement il avait dégoté un lot de ces plantes qu'il attendait depuis tout ce temps. Il avait passé la matinée à porter des pots de bonsaï du camion à son établi. Les bonsaïs étaient la star des décorations minimalistes. Il avait eu beaucoup de demande ces derniers mois, et lui-même n'en avait jamais vu, ou entretenu. Il s'était beaucoup renseigné, il trouvait ces arbres miniatures vraiment passionnants. Il les mettrait en vente dans la semaine, il lui fallait d'abord leur prévoir un petit coin dans la boutique qui n'était pas extensible.

Il avait songé à cesser la vente de caoutchouc, qui n'avaient pas une grande clientèle… Il s'en était un peu voulu par la suite, se souvenant de son petit caoutchouc tout fragile qui avait trouvé un foyer. Et pas des moindres… Achilles venait de rentrer dans la boutique. Lysandre le savait parce qu'il avait senti son odeur de vanille, et entendu son soupir. Il se trouva bien niais de reconnaître jusqu'à ses soupirs.

— Vous désirez ?

— Vous.

Ha. Il rougit et retira ses lunettes pour les essuyer nerveusement avec le coin de son tablier troué.

— Au lieu de dire des bêtises, tu devrais regarder l'heure. Tu es beaucoup trop en avance.

Ils s'étaient donné rendez-vous pour dans trois heures. Lysandre avait prévu de fermer la boutique un peu plus tôt ce samedi, exceptionnellement. La dernière fois ils s'étaient séparés trop rapidement pour fixer une nouvelle date de rendez-vous. Achilles ayant mentionné un samedi, Lysandre avait pris des initiatives de son côté pour bloquer sa fin d'après-midi, plus impatient de revoir sa fleur squelette que de gagner de l'argent. Il ne perdrait normalement pas trop en chiffre d'affaires en fermant deux heures en avance... En tout cas, il espérait que ses bonsaïs allaient compenser cette perte.

Achilles avait accepté avec enthousiasme de se retrouver le week-end, encore plus excité lorsqu'il avait appris leur destination. Lysandre avait fait des recherches. Il avait initialement prévu de se contenter d'un café chez lui ; ou plus si affinités. Après réflexion il s'était souvenu des instants si spéciaux qu'ils avaient partagé lors de leur dernière sortie au cimetière... Il voulait quelque-chose d'aussi doux et singulier, pour être sûr de s'en souvenir, pour être sûr qu'il ne vivrait cette sortie qu'avec lui. Il avait trouvé la solution à ce casse-tête en repensant à sa grand-mère. Cela faisait bien longtemps qu'il n'avait pas visité sa sépulture... La fée des jardins avait été enterrée dans un petit cimetière de village très mignon, minuscule comparé à ceux des villes. Lysandre se souvenait vaguement avoir vu une tombe amusante ; si c'était adéquat d'employer ce terme ; en allant visiter son aïeule. Une autre dame qui devait être la fée des cuisines avait décidé d'inscrire sur son épitaphe la recette de son fameux gâteau aux pommes. Lysandre avait trouvé l'idée originale, et avait même failli verser une larme en voyant les restes d'une part de gâteau posée sur la tombe, sans doute une offrande d'un membre de sa famille à qui ce gâteau manquait terriblement.

À l'instar de son ami, Lysandre appréciait lui aussi les lieux de recueillement débordant de fleurs et de mélancolie. Il avait donc décidé, une fois n'est pas coutume mais deux commençant à le devenir, de se rendre au cimetière pour présenter Achilles à sa chère grand-mère, et de passer le bonjour à la fameuse mamie gâteau. Il comptait sur Achilles pour le trajet en voiture. Il avait aperçu la Volvo garée sur une place en créneau presque en face de la porte.

— Tu es sûr que tu ne peux pas fermer plus tôt ?

— Certain.

— Même si je t'achète genre sept bouquets d'un coup ?

— Encore plus certain. Et je refuserai de te les vendre.

— Ce n'est pas le meilleur service client que j'aie connu.

— En effet !

La voix qui avait répondu n'appartenait pas à Lysandre. Ils se retournèrent simultanément. Un homme d'une trentaine d'années attendait devant le comptoir, l'air pincé. Il portait un costume gris souris, un attaché-case frotté par les voyages, et semblait d'une humeur tout à fait charmante. Lysandre retint une grimace : il ne l'avait pas vu entrer, en pleine discussion avec Achilles.

— Bonjour, que puis-je faire pour vous ?

— Vous auriez pu commencer par me dire bonjour dès mon arrivée.

— Bien sûr, je m'excuse de cette impolitesse. J'étais avec ce monsieur.

— Peu importe. Je viens chercher une commande. Je suis pressé.

Il l'était en effet, assez pour tapoter du pied pendant que Lysandre vérifiait le nom de la commande, prêt à bondir hors de la boutique dès qu'il aurait son bouquet. Lysandre s'échappa dans l'arrière-boutique pour récupérer la création, il entendit en s'éloignant :

— Surtout ne courrez pas trop vite, faudrait pas se tordre une cheville !

Il ne s'en formalisa pas, se sentant encore un peu coupable de ne pas avoir considéré sa clientèle pour une discussion personnelle. Achilles s'en formalisa pour lui.

— Je croyais vraiment que les gens qui aimaient les fleurs étaient de bonnes personnes.

— Pardon ?

— Je ne sais pas, je liais les fleurs à des personnes ayant un bon fond.

Le client ne comprit pas directement que la remarque lui était adressé. Persuadé qu'Achilles insultait le fleuriste, il renifla dédaigneusement.

— Je partage votre déception. Je connais un fleuriste beaucoup plus efficace dans une rue parallèle, ils font aussi salon de thé avec des jus artisanaux. Je vous le conseille.

— C'est vrai ? Ce que je vous conseille, moi, c'est de boire un bon jus de prunes en y allant. Ça vous débouchera peut-être le…

— Voilà votre bouquet, excusez-moi pour l'attente !

Lysandre avait, pour le coup, tordu sa cheville gauche en se précipitant vers le comptoir. Boitillant, il sourit de toutes ses dents en tendant la commande au monsieur qui ne savait plus s'il devait la prendre et partir ou l'ignorer et répondre à Achilles qui affichait un petit air fier. Il arracha presque le bouquet des mains de Lysandre et ne dit pas au revoir, tout comme il n'avait pas dit bonjour lors de son arrivée.

— Est-ce que tu es devenu totalement fou ? Tu sais ce que ça aurait pu me coûter, ton attitude ?

— Rien du tout. Ce monsieur était un vieil aigri. Il se serait plaint à sa femme qui n'aurait rien écouté, et n'a sans doute qu'elle pour se plaindre.

— Ce que ça aurait pu te coûter, alors ? Tu représentes la justice.

— Je suis en repos. Et ce n'est pas une situation juste.

La réaction d'Achilles était violente. Ses yeux étaient sombres, et malgré sa réponse qui sonnait plus espiègle que cruelle il avait un air dangereux sur le visage. Lysandre ne savait pas comment réagir face à cette humeur, il lui sembla pourtant important de lui expliquer son point de vue.

— Je sais que ce n'est pas quelque-chose que tu as eu à apprendre, mais le service client c'est souvent ça : des gens désagréables avec qui tu dois être aimable, parce que ton attitude c'est aussi l'image de ta boutique.

— Tu ne devrais pas avoir à subir la mauvaise humeur des autres. Ne te laisse pas faire.

— Je n'ai pas le choix. C'est mon travail. Et je suis habitué, en soi.

— Mais il ne t'arrive jamais de déraper ? De juste... Craquer ?

Lysandre prit un instant pour réfléchir. Effectivement, à l'époque il était plus sensible aux remarques des clients. Il lui était arrivé plusieurs fois de répondre en oubliant son rôle de vendeur, et de récolter des mauvais avis que le patron écoutait d'une oreille. Il avait eu cette chance de ne pas avoir un manager sur son dos, le patron était bourru et n'avait pas non plus le meilleur service client du monde. En revanche il avait déjà regretté sa propre attitude en introspection. Le souvenir le plus marquant...

— Ça m'est arrivé... Avec Camille, qui m'avait irrité sans que je sache pourquoi. Et avec toi, même.

— Avec moi ?

— Oui... Quand tu es revenu ramener le bouquet, la façon dont je t'ai répondu était sincère et naturelle. Je ne sais pas vraiment, tu m'inspirais quelque-chose de familier et je me suis laissé aller.

— Je n'ai jamais pensé que tu étais impoli. Au contraire. Je suis tombé sous ton charme au moment où tu as commencé à parler. Même si je dois avouer que ton joli minois a beaucoup aidé...

Lysandre ignora le compliment, comme il le faisait toujours. Et il en rougit tout de même, comme il le faisait aussi toujours.

— Vraiment...

Vraiment, il était bien Achilles. Celui qui lui avait ramené un bouquet sur un coup de tête, qui avait impulsivement acheté un arbuste, qui l'avait embrassé sans réfléchir... Quelqu'un qui ne perdait pas de temps à réfléchir avant d'agir. Lysandre aurait voulu le détester pour cela... Il l'admirait. Il l'admira également les trois heures suivantes, du coin de l'œil cette fois, se disant que s'il avait été aussi impulsif que lui, il serait déjà contre le mur en train de l'embrasser comme si sa vie en dépendait.

Le trajet était relativement long. Plus encore lorsque l'on conduisait derrière un tracteur, comme c'était le cas pour les deux amis. Achilles ne s'en était pas encore plaint, contrairement à Lysandre qui avait mentionné la lenteur du véhicule au moins trois fois en une heure. Il était si impatient d'arriver et de lui montrer sa surprise, de voir dans son regard un intérêt nouveau, comme quand plus jeune Lysandre lui parlait de fleurs. Il voulait lui faire plaisir, le voir sourire devant la recette. Il n'aurait pas besoin de goûter au gâteau pour en sentir la douceur, si Achilles souriait sa vie en serait soudain édulcorée.

— Il reste dix kilomètres… On arrivera peut-être avant demain.

— Tu es grincheux. Il fait beau, la route est belle, je conduis… Tu devrais être plus détendu.

— Je le suis. Et je ne suis pas grincheux. Je n'aime pas perdre de temps, c'est tout.

— Chaque seconde que je passe à tes côtés n'est jamais une seconde perdue. On pourrait conduire encore trois autres heures, ça suffirait à me ravir.

— Arrête de dire des bêtises et tourne à droite.

Ils arrivèrent enfin au bout de vingt autres minutes, Achilles se gara sur le parking de terre devant le portail en fer forgé, juste à côté d'une flaque que Lysandre ne remarqua qu'après y avoir posé le pied. Sa basket toute trempée, il ronchonna un peu plus en marchant vers le cimetière. Achilles se retint de rire mais fut incapable de se contenir quand la seconde basket plongea dans une autre flaque. Il en pleurait presque, tandis que Lysandre retenait ses propres larmes de frustration. Cette journée ne ressemblait absolument pas au joli film qu'il s'était tourné dans sa tête.

— Est-ce que tu préfères rentrer ?

— Non. Je veux vraiment te montrer quelque-chose ici.

Lysandre réfléchit au chemin qu'il souhaitait emprunter. Il voulait d'abord aller voir sa grand-mère. Il n'avait jamais parlé d'Achilles à ses parents et n'avait aucune intention de le faire. Le présenter à sa grand-mère était la seule chose qui importait. Elle aurait probablement été la seule qui aurait compris ses sentiments un peu flous. Le long du chemin, il salua de la tête ses voisins enterrés. Il ne savait plus vraiment à quel moment il avait attrapé la main d'Achilles, mais la chaleur dans sa paume lui donnait du courage. Ils n'avaient pas échangé un mot depuis le début de leur promenade, le silence pesait dans la brume qui faisait une couverture aux âmes qui séjournaient dans le cimetière. Il allait probablement pleuvoir.

Lysandre resserra sa prise sur la main d'Achilles, le tirant plus proche de lui. Il s'immobilisa devant une tombe bien entretenue, très simple de design. Des fleurs avaient été plantées en face d'elle, pour remplacer les vases et les bouquets. Il posa un genou au sol, Achilles suivit le mouvement. La terre humide traversa le coton de leurs jeans, ils partagèrent un frisson.

— Bonjour… Granny. Euh…

Il se tourna vers Achilles, qui le regardait tendrement. Lysandre se sentit comme un enfant, vulnérable et perdu. Il hésita avant de se justifier.

— Je ne crois pas vraiment au Paradis, tout ça… Mais J'ai vraiment envie de te présenter à ma grand-mère alors aujourd'hui je vais décider d'y croire, juste cette fois. Ne me juge pas, s'il te plait.

— Jamais. Et moi, je crois aux esprits, alors je serai ravi de rencontrer celui de ta grand-mère.

Lysandre sourit en baissant la tête. Il reprit.

— Granny, je sais que je ne viens pas souvent te voir. Je n'ai toujours pas de voiture. Tu serais ravie de savoir que désormais la boutique est à mon nom. Je continue à faire des boutures, pour éviter de surcommander. J'ai déménagé cette année, mon appartement actuel est plus grand que l'ancien et je m'y perds parfois. Mais je n'y passe pas tant de temps, je suis toujours et encore enfermé avec les fleurs... Et aussi...

Il eut besoin de prendre une inspiration, pour se reconcentrer sur lui-même. C'était étrange de parler face au vide, en monologue, il se sentait un peu ridicule. Il n'allait pas abandonner pour autant, il savait qu'il avait besoin d'exprimer le fond de sa pensée.

— Je suis venu avec quelqu'un. Il s'appelle Achilles et il est plus jeune que moi... Même si là tout de suite on ne dirait pas. Je passe beaucoup de temps avec lui aussi. On ne s'est pas vu pendant longtemps, puis il est revenu. Et je...

Il renifla. Voilà que sa gorge se nouait, sa vision se floutait, il avait un sanglot qui remontait le long de ses cordes vocales.

— Je ne pense pas pouvoir revivre son départ, alors je vais lui faire promettre de ne plus jamais partir. Tu vois, des fois je me considère comme une liane. Une plante parasite qui s'accroche à un hôte et ne vit qu'à travers lui. Je pense que je suis une liane, Granny, mais ça me va. Achilles est…

— Je ne partirai plus jamais. Accroche-toi autant que tu veux, je te serrerai dans mes bras pour être sûr que tu tiennes bon. Tu n'es pas une liane, tu es l'écorce qui protège mon âme.

Il l'avait coupé, en l'enlaçant vivement, lui coupant le souffle qu'il peinait déjà à contrôler. À genoux dans la boue, en face des fleurs qui poussaient sur un fantôme, dans le brouillard et le silence, Lysandre se sentit chez lui. Il laissa couler quelques larmes qu'Achilles rattrapa du bout de l'index en reculant face à lui, une main sur sa taille. Il décida de continuer la conversation, laissant à Lysandre quelques instants pour reprendre contenance.

— Bonjour, je suis Achilles, et je suis un très mauvais ami, relativement mauvais enquêteur, et le plus piètre des pâtissiers de ce monde. Et je suis aussi très amoureux de votre petit fils. Alors je vous promets de ne jamais lui offrir de bouquets qui pourraient faner et le rendre triste, et à la place je m'engage à semer pour lui les graines d'un futur plus heureux. Vous êtes témoin.

Lysandre hoqueta. La déclaration était niaise, ridicule, honnête. Son cœur débordait, il allait exploser. Alors il implosa silencieusement en reprenant la main de son compagnon qui souriait face à la sépulture. Il murmura un au revoir plein de tendresse à sa grand-mère, et il essuya ses dernières larmes avant d'enfin aller visiter la tombe de la fée des cuisines. Achilles eut la réaction escomptée. Il trouva l'idée rafraichissante, et nota la recette sur son téléphone en remerciant à haute voix la dame qui avait inventé ce gâteau aux pommes.

— Je vais la reproduire à la maison. Je dois vraiment réussir à devenir boulanger, et créer ma propre spécialité. Comme ça j'aurais quelque-chose à mettre sur ma tombe.

— J'aimerais y goûter. Tu voulais être, comment disais-tu déjà... Maître croissant, c'est ça ?

— Je le veux toujours. J'y arriverai. Je pense qu'avec de la bonne volonté, et surtout avec l'amour que je porte aux croissants, je devrais y arriver, oui.

— L'amour ?

Lysandre avait trouvé le terme amusant, il regretta d'avoir rebondi dessus. La conversation prit une autre tournure alors que Lysandre concentrait son regard sur le bras bandé d'Achilles.

— Je me souviens à l'époque, quand j'étais vraiment perdu, au fond du gouffre, je cherchais du réconfort dans d'autres choses que ma famille. Il y avait des choses vraiment pas terribles... Puis il y avait les gâteaux. J'ai toujours adoré cette tradition de souffler des bougies pour faire un vœu. Dès que je n'en pouvais plus et que rien d'autre ne fonctionnait, je m'arrangeais pour acheter un goûter sur lequel je mettais systématiquement une bougie. Je pouvais faire un vœu, et le sucre me faisait l'effet d'un câlin. Je ne sais pas si c'est très sain, mais je trouvais mon réconfort dans le goût des desserts. Et j'aimerais vraiment le partager à d'autres. Comme l'a fait cette dame, sur sa tombe. C'est vraiment un beau cadeau à offrir à ceux qui en ont besoin.

— Je ne pensais pas que c'était si profond.

— C'est un peu bête comme histoire, mais j'étais un enfant. Et cette idée m'est restée.

— C'est une belle idée.

Lysandre nota dans un coin de sa tête cette nouvelle information. Peut-être devrait-il lui aussi se mettre à la pâtisserie ? Il n'avait jamais été très dessert… En regardant Achilles démarrer la voiture il se dit, un peu émoustillé, qu'il avait pourtant bien envie d'un goûter.

CHAPITRE 17 : Pétrichor.

La pluie roulait sur la vitre côté passager. Elle courait le long du carreau, chaque goutte concourant pour la victoire. Lysandre misa sur une gouttelette toute petite, minuscule à côté de ses congénères. Elle était toute dernière et ne semblait pas avoir la moindre chance de gagner... Lysandre sourit pour lui-même quand sa goutte disparut en bas de la vitre : il avait trouvé une nouvelle technique très logique pour ne plus jamais perdre à ce jeu solitaire. La pluie ne cessant plus de tomber, de nouvelles gouttes rejoignaient la course ; impossible donc pour son cheval de finir dernier.

Il reprit contact avec la réalité en sentant la main d'Achilles sur son bras. Il lui montra d'un mouvement de menton le tableau de bord, sans quitter la route des yeux. Lysandre comprit qu'il lui demandait d'allumer le chauffage. Le ciel gris clair lui rappelait la couleur métallique de la montre qu'Achilles gardait à son bras droit. Si le tonnerre venait soudainement déchirer le coton des nuages, alors il lui rappellerait sans doute celui des façades de buildings, quand le soleil s'amusait à les peindre de reflets lumineux. Cependant l'orage ne grondait pas, seule la douce mélodie de la pluie sur l'asphalte retentissait dans l'habitacle, produisant un son proche d'une berceuse pour le cerveau fatigué de Lysandre. Il tourna la tête vers le conducteur qui fredonnait un air familier.

— Tu veux faire une pause ?

— Non, j'aime conduire sous la pluie.

— Ça t'aide à réfléchir ?

— Plutôt le contraire. Je dois me concentrer deux fois plus, je n'ai donc pas l'occasion de penser à autre chose.

Lysandre voulut lui demander ce qui lui prenait la tête au point de ne plus vouloir penser. Il ne le fit pas et préféra lancer une boutade.

— Au moins la pluie rince la voiture. Tu devrais la nettoyer de temps en temps, une jolie Volvo comme ça...

— Ça serait vraiment bien si la pluie lavait aussi ton sarcasme.

Lysandre se tourna de nouveau vers la fenêtre, faussement vexé. Il se demandait si Achilles avait pensé à mettre un parapluie dans le coffre. Ils finirent par se garer sur un bas-côté, leur destination n'était pas encore visible à l'horizon.

— Donc tu voulais faire une pause. Il fallait le dire.

Achilles garda le silence. Il serra correctement son frein à main, éteignit le moteur. Lysandre remarqua finalement que la vitre côté conducteur n'était pas totalement close. Elle avait dû mal se fermer lorsqu'ils l'avaient abaissée pour régler le paiement d'ailleurs d'un montant exorbitant de l'autoroute. L'eau ne s'était pas infiltrée dans la voiture. Lysandre avait réalisé cette maladresse en humant l'odeur si spécifique de la pluie entre goudron et espace vert. Les effluves boisés et résineux des arbres le long de la route, mêlés à la vapeur minérale et chaude de la route frappée par l'averse, avaient chatouillé ses sens. Il aurait juré y sentir une subtile odeur de violette... Ou était-ce le capiteux parfum de son compagnon qui ajoutait une note sucrée au pétrichor ?

Achilles avait posé sa tête sur son épaule, son souffle régulier faisait danser les mèches devant les lunettes rondes de Lysandre. Ce dernier les retira et les plia soigneusement pour les ranger dans leur étui. Il hésita avant de poser sa main sur les cheveux ébène d'Achilles, et finit par se résigner. Mais alors qu'il pensait son ami endormi, une poigne sûre d'elle rattrapa sa main et la posa sur sa chevelure.

— Je ne veux pas rentrer.

— Pardon ?

Achilles laissa échapper un long soupir, Lysandre fut soulagé d'avoir retiré ses lunettes qui auraient sinon été recouvertes de buée.

— Je ne veux pas rentrer tout de suite.

— On reste là, alors ?

— Un petit peu, s'il te plait.

Lysandre déboucla sa ceinture. Il ferma les paupières. La journée avait été longue, et chargée d'émotions. Il n'avait pas non plus eu l'occasion de se reposer durant la semaine. La respiration tranquille d'Achilles, la fragrance de la pluie, la mélodie du ciel et son odeur, sa joue contre sa paume, l'expression innocente qu'il lui avait trouvée avant de fermer les yeux...

Lysandre se laissa aller à une quiétude longuement recherchée. Il se sentait en sécurité, dans une bulle de douceur. Il repensa à sa journée. Une pointe de regret le fit froncer les sourcils quand il se rappela qu'il n'avait pas pu embrasser Achilles comme son corps le réclamait. Les rides ainsi dessinées ne s'estompèrent pas lorsqu'il revit en rêve la situation compliquée avec son client de l'après-midi, et la réaction d'Achilles. Il était un peu inquiet de ces sauts d'humeurs, il n'oubliait jamais vraiment ce bandage sur son bras droit, les cicatrices qu'il avait pu y apercevoir il y avait maintenant des années… Il avait peur pour lui, peur que ses réactions émotives lui fassent faire des bêtises.

Il s'endormit troublé, et Achilles fut le premier à se réveiller. Enfin, à se redresser sur son siège. Il n'avait pas réussi à dormir, somnolant entre deux angoisses. Il avait malgré tout pu reposer ses yeux, et se sentait prêt à reprendre la route. La pluie avait profité de leur sieste pour achever son œuvre d'art, chaque brin d'herbe avait l'éclat d'un diamant sous le soleil couchant.

S'ils avaient été chez lui ; et il parlait bien de chez lui, pas la maison qu'il partageait avec Camille ; il aurait préparé un petit déjeuner tardif pour son amant. Dans son imaginaire, sa maison en pierre avait une cuisine petite mais fonctionnelle, avec un four électrique et un four à pain. Il y avait bien sûr une serre dans le jardin et des fleurs en pots dans toute la maison, pour remplacer les bouquets. Dans son imaginaire encore, Lysandre se levait et quittait les draps en coton pour le retrouver nu dans la cuisine et lui poser un baiser sur le coin des lèvres en complimentant le repas. Ils auraient des moyens, mais pas assez pour ne pas s'inquiéter de la prochaine facture. Ils boiraient le café fait dans une machine trop chère pour leurs salaires, et Achilles apprendrait l'art de dessiner dans la mousse de lait pour lui faire la surprise. Dans son imaginaire... Dans son imaginaire il n'était pas détective, et le seul suspect de son enquête n'était pas son épouse.

Achilles s'étira la nuque en grimaçant. Il avait récemment remarqué que l'on venait voler des fleurs... Dans sa serre personnelle. Au départ il s'était fait peur à lui-même. À force de travailler sur son enquête, ne dormant que quelques heures par jour, il survivait plus qu'il ne vivait durant la semaine. Les instants qu'il partageait avec Lysandre étaient des souvenirs lucides au milieu d'un épais brouillard. Il avait composé sa serre pendant des années, mais ces derniers temps il s'en occupait mécaniquement, réfléchissant à son enquête sans vraiment s'y pencher... Mais il avait remarqué des fleurs manquantes lorsqu'il avait replanté celles en pots. Il avait pour objectif de refaire un joli carré de tue-loups, pour surprendre Lysandre. Il prévoyait de lui montrer la serre prochainement, lui montrer le fruit de son long et dur travail et peut-être aussi lancer une conversation qui aurait dû avoir lieu depuis longtemps déjà...

Achilles avait besoin de se confier, de lui en parler. En faisant le deuil de ses fleurs disparues, il avait fait tourner ses méninges à plein régime : le meurtrier utilisait de l'aconit, jusqu'ici les inspections de jardins n'avaient mené à rien. Il aurait pu remarquer le chapardage bien avant, et s'était blâmé pour son manque d'attention. Qui aurait pu connaître l'existence de ce petit jardin secret ? Cela lui avait semblé très improbable que quelqu'un ait pu tomber dessus pas hasard, encore plus un meurtrier en devenir. Il avait donc fait son travail d'enquêteur... Et avait commencé par les gens autour de lui.

Camille sortait chaque jour, rentrait relativement tôt, mais ne lui parlait jamais de ses journées. Il n'avait jamais vraiment porté attention à ce qu'elle faisait de son temps libre, la laissant vivre sa vie comme elle l'entendait. Il avait néanmoins remarqué d'étranges attitudes de sa part, notamment l'importance qu'elle plaçait dans ses sorties nocturnes à lui. Bien que lui ne s'intéressât pas à sa vie, elle se penchait énormément sur la sienne. Il avait pris ça pour de la jalousie maladive, pour au final se rendre compte que c'était différent. Elle voulait connaître son emploi du temps sans aucune raison. Alors il avait commencé à faire de même. Discrètement, il avait fouillé son GPS, son téléphone... Il n'aimait pas particulièrement agir de la sorte avec sa femme, cela allait à l'encontre des règles de base du couple. Il s'était justifié en se disant qu'il devait être prudent, que c'était son métier qui le voulait. Il avait fini par découvrir ce qu'il recherchait. Camille avait entré une localisation dans son GPS. Il avait récupéré les coordonnées géographiques... Bingo : elles l'amenaient à sa chère serre à fleurs toxiques. Simple curiosité, ou nécessité ? Il devait en avoir le cœur net.

Il n'avait pas encore réussi à aborder le sujet, ne voulait pas vraiment y croire, espérait s'être trompé. Il ne pouvait pas s'empêcher d'être méfiant... Il avait peur pour Lysandre. Il connaissait l'aversion que Camille éprouvait envers le fleuriste. Si elle était vraiment coupable, elle était une menace. Il ne voulait pas avoir à protéger l'homme de sa vie de la femme qu'il n'avait pas voulue. Lysandre papillonna des cils, prince charmant sortant de son long sommeil. Ses yeux noisette luisaient de fatigue, sans doute encore plongé dans un monde onirique alors que son corps se réveillait lentement. Il planta son regard endormi dans celui amoureux d'Achilles.

— Désolé, je t'ai réveillé ?

— C'est moi qui devrais être désolé, j'ai dormi trop longtemps. On devrait repartir, sinon on ne sera jamais rentré.

— Ça me va très bien ça, comme programme.

Il lui donna une petite tape sur l'épaule avant de rattacher sa ceinture de sécurité. Achilles conduisit aussi lentement qu'à l'aller, sans l'excuse du tracteur cette fois. Il embrassa Lysandre environ douze fois sur le parking de son immeuble, peu enclin à le laisser rentrer chez lui. Ils finirent par faire un compromis.

— Je dois vraiment rentrer. Demain, la boutique est ouverte le matin. Tu le sais.

— Je pourrais passer te dire bonjour.

— Tu as plein de travail, tu n'arrêtes pas de t'en plaindre. Ne laisse pas ton collègue galérer sans toi, égoïste.

— Oui, je suis égoïste. Alors le weekend prochain ? Chez moi ?

— Je ne sais pas…

— Camille ne sera pas là.

Elle ne serait pas là, Achilles le savait. Il lui en parlerait en rentrant. Lysandre accepta avec quelques autres baisers, le dernier plus langoureux que les précédents. Achilles le regarda monter les marches du palier en trottinant, il ne se retourna pas. Il redémarra en ricanant : évidemment, il cherchait à lui cacher ses joues couleur de rose.

Il n'était pas ravi de rentrer. Le fut encore moins quand il vit sa femme en robe de chambre sur le canapé, un verre à la main, qui semblait attendre son retour. Avait-elle quelque-chose à lui dire ? Il n'était pas sûr de vouloir le savoir, pas après cette belle journée. Il retira ses chaussures le plus silencieusement possible… Elle l'entendit malgré ses efforts.

— Tu es rentré. Il est tard.

— Effectivement, et je suis fatigué. Je vais aller me coucher.

— Tu ressors, ensuite ?

— Oui, probablement tôt demain matin.

Elle se leva pour aller se resservir un verre. Achilles remarqua une nouvelle manucure, les ongles plus courts. Elle en avait changé il y a peu, pourquoi encore une nouvelle ?

— Qu'as-tu fait aujourd'hui ?

— La même chose que tous les jours. Depuis quand est-ce que tu t'y intéresses ?

— J'essayais d'être aimable.

— N'essaie pas, ça ne te réussis pas.

Achilles ne renchérit pas. Les ongles de son épouse ne l'intéressaient au final pas tant que ça... Il se dirigea vers la salle de bain, pressé de prendre une longue douche chaude. Le temps morose lui donnait froid, même si la température n'était pas si basse. Il passa de longues minutes à laisser l'eau couler sur ses épaules pour détendre les muscles de son dos. Il imagina Lysandre, à côté de lui, qui lui faisait un massage du bout des pouces en lui reprochant de ne pas se reposer assez. À la place il eut la voix criarde de son épouse qui lui intimait de se dépêcher car elle souhaitait elle aussi se préparer à aller se coucher. Il soupira en éteignant le robinet et sortit de la salle de bain peu après, une serviette autour de la taille comme un pagne, les cheveux encore trempés.

— Tu vas attraper froid.

— Peu importe.

Elle le jugea silencieusement en allant mettre son sérum. Il n'en eut rien à faire. Il n'était pas d'humeur à se battre. Dans sa tête il pensait encore à tout ce qui lui avait occupé l'esprit sur le chemin du retour, et il ne savait pas comment démêler ses pensées convenablement. Comment amener sa femme à lui parler d'elle-même de ce qui pouvait être suspect ?

— Je comptais inviter Lysandre en fin de semaine.

— Ici ?

Il aurait voulu entendre dans sa voix un agacement dangereux... Mais elle avait parlé sans émotion.

— Oui, ici, une soirée. Tu es d'accord ?

— Je m'en moque. Si tu pouvais faire ça vendredi, j'ai un gala pour une association.

— Je peux lui proposer.

— Je dormirai à l'extérieur.

Elle n'avait pas bronché. Achilles était au moins rassuré sur ce point, elle avait vraiment accepté la présence de Lysandre dans sa vie.

— Ça avance, ton enquête ?

Oh ? Elle ne lui posait jamais de question concernant le travail.

— Je ne peux pas t'en parler. Pourquoi ?

— J'ai entendu à la radio que les meurtres se multipliaient dans la région. Je me suis demandé si c'était parce que la police peinait à arrêter les criminels…

— Ou parce que les gens ont de moins en moins de scrupules.

— Ce n'est pas toujours une question de principe, chéri. J'avais vu des reportages là-dessus. Le tueur n'est pas toujours un psychopathe sans foi ni loi.

— Je sais. Mais je sais aussi que prendre la vie de quelqu'un d'autre c'est vraiment quelque-chose de prétentieux et injustifiable. Qui sommes-nous pour décider de ce genre de choses ?

— Je ne suis pas d'accord. Ce n'est pas une décision, parfois c'est presque un service.

— Je ne suis pas surpris de ta façon de penser. Tu as toujours agi pour tes intérêts personnels, alors forcément un tueur qui tue pour son petit plaisir ça doit te sembler normal.

— Tu transformes mon propos.

Elle resserra la ceinture satinée de son kimono, refit un joli nœud.

— Je dis simplement que tant que tu n'as pas la justification de leurs actes tu ne peux pas non plus les juger. Effectivement, prendre la vie de quelqu'un c'est un pouvoir malsain. Mais ça reste un pouvoir. C'est une question de qui ose et qui n'ose pas. N'as-tu jamais eu envie de faire disparaître quelqu'un ? Alors est-ce que le fait de ne pas céder à cette envie fait de toi une bonne personne, ou simplement un lâche ?

— Tuer ce n'est pas une bonne chose, Camille.

— Peut-être pas. Mais ce n'est pas toujours la pire.

Ils se toisèrent encore un instant, Camille le fixait sans sourciller. Il finit par abandonner le premier, comme toujours, et remit finalement ses chaussures.

— Tu ne vas plus te coucher ?

— Non, je vais aller au bureau. Tu as raison, il y a bien trop de fous dangereux en liberté. Je vais faire en sorte d'y remédier.

— Prudence sur la route.

Il ne claqua pas la porte en sortant, mais il l'entendit claquer celle de la chambre.

Hazel Nazo

CHAPITRE 18 : Remède.

Lysandre serait toujours surpris de la facilité avec laquelle les gens aisés vivaient au quotidien. Achilles avait allumé toutes les lumières du salon, sorti une bouteille de vin de qualité, préparé deux verres en cristal car « ça change tout », et avait allumé le gramophone. Dans la cuisine moderne, tout était rangé dans des tiroirs ou placards sans poignées. Le salon était tout aussi ordonné, la seule chose qui traînait dans la pièce de vie était un bouquet posé sur la table basse, dans un vase coloré qui détonnait avec le reste des éléments.

Il lui avait cette fois fait visiter toutes les pièces, leurs trois chambres, deux bureaux, salon boudoir et salon séjour, ainsi que le jardin. Tout était décoré simplement, avec goût. Son bureau à lui était vert et or, avec un parquet foncé. Ce n'était pas la plus grande des pièces mais Lysandre avait aimé l'ambiance sombre et confortable du bureau et de ses fauteuils en velours émeraude. Il pensait à son propre appartement alors qu'Achilles servait les verres : chez lui les choses étaient plus modestes, il avait trois petites pièces à peine aménagées. Peut-être aurait- il dû se mettre à la décoration intérieure ? Il considérait son appartement presque comme un hôtel, ne se sentant véritablement chez lui qu'à la boutique. Il aurait probablement pu se sentir à l'aise dans cette maison aussi, s'il n'avait pas remarqué en visitant quelques produits n'appartenant définitivement pas à son ami.

Le parfum rangé sur le bord de la coiffeuse dans la chambre, un peignoir rose doré accroché à la poignée de la porte du dressing, une paire de boucles d'oreilles posées à côté des clefs de voiture dans une assiette argentée sur le coin du bar... Et probablement le bouquet qui était sur la table. Camille vivait dans cette maison avec son époux. Epoux qui lui déposa dans la main le verre à pied en posant au passage un baiser sur le coin de ses lèvres. La situation était décidément trop étrange.

— Elle ne va pas être en colère ? Je sais qu'elle sait pour toi et moi mais... ça reste sa maison.

— Quand j'ai mentionné le fait de t'inviter, elle n'a pas bronché. Je pense qu'elle s'en moque tant qu'elle ne doit pas te faire la conversation. Et cette nuit, elle est en soirée avec des amies.

— Je vois.

Il but une gorgée du vin. Un cabernet tout ce qu'il y avait de plus classique, légèrement fruité, un peu sec. Lysandre ne l'aima pas. Il le but malgré tout, presque d'une traite pour être débarrassé. Cela entraîna un sourire moqueur de la part d'Achilles.

— La seule fois où nous avons bu ensemble, tu avais pris un soda. Je ne t'avais jamais vu boire. Tu as une sacrée descente.

— D'habitude je ne bois pas. Je voulais être poli.

Achilles porta son verre à ses lèvres et but un peu.

— Ne te force jamais pour moi.

Ils parlèrent de vin pendant quelques temps encore. Achilles s'y connaissait, son père travaillait étroitement avec un vignoble en Italie et ils avaient eu l'occasion de visiter les vignes et goûter le produit des fruits maintes fois. Bien que Lysandre ne soit pas particulièrement intéressé par les vins et spiritueux en tout genre, il devait admettre que c'était captivant d'écouter quelqu'un qui partageait son savoir de la sorte. Il trouvait Achilles stupéfiant quand il parlait de quelque-chose qui lui tenait à cœur. Ses joues prenaient de la couleur, ses yeux pétillaient, il faisait des gestes avec les mains en lui expliquant dans le détail tout ce qu'il pouvait expliquer. C'était beau à voir. Alors il l'écouta jusqu'au bout avec une réelle attention. Et il apprit plein de nouvelles choses.

La plus insignifiante d'entre elles, qui fut pourtant celle qu'il ne parvint pas à se sortir de la tête, c'était une découverte qui n'avait rien à voir avec le raisin. Il avait remarqué qu'Achilles avait les lèvres de la couleur du vin. La teinte de sa bouche se rapprochait de la touche grenat du vin, oscillant entre violet et rouge sur un ton froid. Sur son visage porcelaine cette bouche sombre lui donnait un air de créature mystique et dangereuse, pourtant irrésistible. Il admirait cette bouche lui conter ses histoires dans les caves, enviant presque le verre qui avait l'honneur de la frôler quand il buvait. Il avait chaud. Et se sentait un peu honteux. Il avait fini un deuxième verre ; parce qu'il avait accepté comme un idiot d'en prendre un deuxième. Finalement, le vin lui sembla moins amer après celui-ci.

— Tu as faim ?

— Pardon ?

— On a bu sans manger. Je vais aller chercher quelque-chose.

— Non, ça va. J'ai mangé ce midi à la boutique.

— Moi, j'ai faim.

Achilles effleura son bras en le disant, provoquant quelques frissons chez Lysandre. Il revint avec du pain et un plateau de crudités qu'il semblait avoir acheté déjà prêt à manger au supermarché.

— J'ose espérer que tu as fait le pain toi-même.

— Bien sûr... Que non. Autrement tu aurais pu manger des cailloux à la place qui auraient été meilleurs.

— À ce point ?

— À ce point. Je me suis déjà fait un bleu en voulant couper mon pain.

— Vraiment, si pressé d'y goûter.

Il mordit dans un bout de concombre. La fraîcheur des crudités éloigna un peu la brume amenée par l'alcool. Son hôte avait eu l'idée judicieuse de ramener de l'eau avec l'apéritif, et il s'en servit un grand verre qu'il vida aussi rapidement que son premier verre de vin. Achilles grignota un peu, mais semblait perdu dans ses pensées.

— Tu vas bien ? Tu as dit que tu avais faim...

— Oui, j'ai faim.

Il le regarda. Si ses yeux avaient pétillé en parlant de vin, ils brûlaient désormais en le regardant. Lysandre se sentit fondre. Il prit sa main en baissant la tête. Achilles la serra dans la sienne, puis la relâcha. Ses doigts remontèrent le long du bras de Lysandre, lentement, cherchant à sentir son muscle se tendre. Il alla chatouiller sa nuque, tortilla les petits cheveux qui tournaient autour de ses oreilles, laissa glisser son index de son lobe jusqu'à son cou... Puis son pouce se posa sur son menton, il releva doucement son visage.

Lysandre fut le premier à céder. Il l'embrassa vivement, plaquant sa bouche à la sienne. Ses lèvres avides cherchaient à couvrir les siennes. Il les mordit sans retenue. Il les malmenait pour ensuite les panser d'un coup de langue. Il se laissa emporter, son corps se rapprocha de celui d'Achilles qui saisit ses hanches pour le placer sur ses cuisses. Dans cette nouvelle position il était plus facile pour Lysandre d'approfondir le baiser, ses mains curieuses se faufilèrent sous la chemise ivoire. Achilles bloqua ses poignets, les emprisonnant dans un seul poing. Son autre bras poussa sa poitrine pour l'allonger sur le sofa. Achilles souffla sur sa peau rosie, fier de lui :

— Pour un délicat fleuriste, je te trouve un peu violent.

— Pour un représentant des forces de l'ordre, je trouve ton attitude presque criminelle.

— N'oublie pas que j'ai le pouvoir de te menotter...

Il ne le fit pas. A la place, il attrapa une rose dans le vase. Lysandre haussa un sourcil.

— Tu as l'air confus.

— Je le suis ? Déjà, il y a un bouquet sur ta table. Tu n'aimes pas ça. Ensuite... Pourquoi... ?

Il tourna la tige entre ses doigts en souriant. Il saisit le bout de la fleur pour la tenir verticalement, puis plia son poignet. Les pétales doux caressèrent la peau sensible de Lysandre qui retint un son peu mélodieux.

— C'est un bouquet qu'avait ramené Camille. Elle a insisté. Je ne suis pas particulièrement excité d'assister au spectacle des fleurs qui périssent.

Il continua à passer la rose le long de son torse, tout en ouvrant avec le bout des ongles chaque bouton de sa chemise.

— Peut-être qu'avant sa mort inévitable ce bouquet peut nous offrir quelques divertissements...

— Je ne...

Il se tut. Les épines courtes de la rose avaient effleuré la chair sensible de sa poitrine, lui coupant le souffle. La sensation était inconnue, intense. Achilles s'éloignait de sa peau, partait sur ses épaules avant de revenir contourner les endroits qu'il savait plus délicats. Lysandre se crispait à chaque passage, tenu en haleine par une forme de peur mêlée à l'envie de sentir de nouveau les épines contre sa peau. Il l'attendait inconsciemment, cambrant le dos pour se rapprocher du contact. Il agonisait. Achilles finit par ne plus y tenir. Il jeta la rose qui atterrit dans le plat de crudités. Sa bouche reprit le travail de la fleur, parcourant sa peau entre baisers et morsures.

Les deux chemises furent bientôt au sol, près de leurs chaussures. Achilles allait défaire la boucle de sa ceinture... Le son du digicode le coupa dans son élan. Vivement, les deux hommes furent sur leurs pieds. Pantelant, Lysandre écarquilla les yeux d'horreur. Achilles sentit son malaise, et ne voulut pas aggraver la situation en ne faisant rien. De plus ladite situation pouvait être amusante... Il le tira à lui, lui déposa un dernier baiser sur la bouche, et lui intima d'être silencieux. Il le plaqua contre le mur annexe à la porte du couloir, la paume contre ses lèvres. La porte s'ouvrit finalement, Achilles se présenta dans l'encadrement, sa main agissant toujours en bâillon sur le visage de Lysandre.

— Tu rentres déjà ? Jolie robe.

— Jolis muscles. Pourquoi tu es à demi nu ?

Achilles soupira, passa une main dans ses cheveux. Lysandre aurait normalement admiré sa capacité à faire comme si de rien n'était, mais il était trop concentré à retenir son souffle.

— Je finissais ma séance de sport. Quand j'ai entendu la porte je suis venu voir ce que tu voulais. Je pensais être tranquille ce soir.

Camille soupira elle aussi. Elle n'avait pas l'air ravie d'être à la maison.

— Je vais repartir. J'avais oublié quelques affaires. Il n'est pas là ?

Achilles sourit de toutes ses dents, s'adossa plus confortablement avant de répondre, naturellement :

— Non, il n'est pas là.

Lysandre faillit s'étouffer. Achilles avait libéré sa bouche, ses doigts étaient désormais autour de son cou. La tension qui ne l'avait jamais quitté monta en flèche. Il fronça les sourcils en fermant les yeux. A côté de lui Achilles continuait la conversation comme si de rien n'était.

— Je peux aller les récupérer. Ça t'évite de retirer tes chaussures juste pour un sac. Dis-moi où elles sont.

Il avait libéré sa gorge et revenait caresser la peau sur ses côtes. Lysandre se concentrait pour ne pas bouger. C'était une véritable torture.

— Je veux bien, alors. S'il te plait. Près de la coiffeuse, le sac rouge. Mets ma brosse dedans.

Achilles hocha la tête. Camille avait répondu avec une certaine hésitation mais elle n'avait pas refusé. Il lui tourna le dos pour aller vers la chambre... Dans le couloir. Lysandre lui donna un coup de pied dans le tibia. Un cri s'en suivit.

— Tu t'es fait mal ?

— Je me suis cogné dans le coin de porte.

Il tira sur le bras de Lysandre, le poussa dans la chambre sur le lit. Il s'empara du sac de voyage en tapisserie, un bruit étouffé de verres qui s'entrechoquent interloqua Lysandre. Un regard accusateur en sa direction, et Achilles était déjà ressorti avec le sac qui semblait bien lourd pour une simple soirée pyjama. Lysandre n'entendit pas le reste de leur échange. Il s'occupa autrement, en scannant son environnement.

La chambre du couple était spacieuse et totalement en ordre, jusqu'aux flacons de cosmétiques alignés par taille sur la coiffeuse. Une commode en bois brun était posée face au lit, sur son plateau des cloches de fleurs séchées ou des petites figurines en cristal prenaient la poussière. Lysandre ne vit dans cette chambre aucun élément lui rappelant Achilles : tout semblait avoir été décidé et mis en place par Camille, cette pièce était la sienne. Il pouvait presque sentir son eau de toilette fleurie sur les oreillers. Cette découverte le mit de mauvaise humeur. Il se leva du lit, pris d'une envie malsaine de fouiller dans les placards. Achilles le rejoignit soudain, l'air frustré.

— Je vais avoir un bleu.

— J'ai failli mourir d'angoisse. Pourquoi tu ne l'as pas simplement laissée entrer ? Elle savait que j'étais là, non ?

Achilles posa sa main sur son épaule. Il le poussa doucement jusqu'au bord du lit, ramenant à chaque pas son corps plus proche du sien. Il attendit que Lysandre eut à plier les genoux pour s'asseoir au bord du matelas, puis se plaça à genoux au-dessus de lui, ses coudes enfoncés dans le coussin de chaque côté de sa tête.

— Tu n'avais pas l'air d'avoir envie de la voir.

— Je ne voulais juste pas qu'elle entre alors que nous étions... Dans cette situation.

— Dans tous les cas...

Il approcha son visage et parla les lèvres à quelques millimètres des siennes.

— C'était une expérience enrichissante.

Lysandre releva le genou, juste assez fort pour lui faire peur. Achilles roula sur le côté et il en profita pour se relever.

— Je vais aller remettre ma chemise. Il fait un peu froid.

Il lut la déception dans les pupilles d'Achilles mais l'ignora. En boutonnant sa chemise il reprit son souffle, calma ses sens. Revenu à son état naturel, il finit de déguster les crudités.

— Tu as mal boutonné ta chemise.

En effet, il s'était trompé de boutons. Embarrassé il s'empressa de les défaire pour recommencer... Achilles s'agenouilla à côté du canapé et poussa doucement sa main. Il reboutonna correctement le vêtement.

— J'aimerais beaucoup t'amener quelque part, ce soir. Tu es trop fatigué pour sortir ou tu es d'accord ?

— Je ne dis pas non à une balade digestive.

— Il va nous falloir prendre un vélo...

Un vélo ? Lysandre ne faisait jamais de vélo. La dernière fois qu'il avait utilisé une bicyclette... Il avait vingt-cinq ans. Il accepta même après avoir vu l'était du vélo qui allait être sa monture. Il avait une agréable impression de déjà-vu...

La lune se levait. Ou le soleil allait se coucher. Dans l'un comme l'autre des deux cas possibles, cela donnait au ciel une jolie couleur oscillant entre gris et bleu, avec des étincelles d'étoiles. La nuit amenait avec elle l'air frais, la rosée, et un peu de lumière pour voir où ils mettaient les pieds. La lune permit aussi à Lysandre d'enfin reconnaître le chemin tout en broussailles qu'ils parcouraient depuis un peu plus de vingt minutes.

La forêt n'était pas inconnue, mais plutôt une vieille amie qu'il n'avait vue que deux fois, qu'il connaissait à peine mais il pensait tout savoir sur elle. Et lorsqu'ils arrivèrent à la clairière, avant même de remarquer la nouveauté qui avait été dressée sur le terrain, il fit un clin d'œil aux fleurs de muguets qui bougeaient dans la brise ; presque déçu de ne pas pouvoir entendre leurs clochettes tinter. Il y en avait beaucoup plus que par le passé, pas besoin de les chercher pour les voir, leurs racines bien ancrées dans les recoins humides du rond de verdure au milieu de la forêt.

— On peut presque sentir leur parfum sans les cueillir. Ce sont des jolis pieds de muguets. Tu continues à venir te cacher ici ?

— Bien sûr. C'est l'endroit où je me sens le plus en sécurité. Mais aussi...

Il lui tira le bras et Lysandre remarqua la serre de la taille d'une petite maison, tout en verre. La structure métallique encadrait de magnifiques vitraux sur le toit, représentant des motifs assez abstraits que Lysandre apparentait à ce que fait l'aquarelle quand on la dilue : des vagues plus ou moins foncées de verres assemblés, lianes ou tentacules mystiques qui brillaient sous le soleil doux de six heures. Les murs étaient opaques sur un bon mètre cinquante depuis le sol, le verre utilisé pour cet effet était pourpre. C'était sans conteste un magnifique bâtiment dans cette forêt si simple. Les maisons des contes de fées devaient être jalouses.

— C'est magnifique... Ta tante a décidé d'installer une serre ? Pour quel type de plantes ?

— Ma tante n'est plus de ce monde. J'ai racheté sa maison, et le bout de forêt.

— Pourquoi tu n'habites pas ici, alors ? Ça serait un peu plus simple ?

Lysandre évitait de présenter ses condoléances auprès de son cercle privé. Son travail le forçait hélas à réagir aux bonnes comme aux mauvaises nouvelles avec professionnalisme et humanité, il prononçait donc toujours un petit mot à ses clients aux alentours de la Toussaint. Pour ses amis ou sa famille, c'était différent. Bien sûr il compatissait, il avait connu aussi cette période difficile de deuil et d'incrédulité. Il ne voulait simplement pas en faire trop. À cet instant il s'était rendu compte de cette impolitesse, il était cependant trop tard pour la corriger. Achilles ne le lui demanda pas.

— La maison est en location, un couple avec un enfant. J'ai fait louer la maison indépendamment du terrain, et donc ce bout de bois est tout à moi. Et justement...

Il fit le tour de la verrière, Lysandre le suivit d'un pas impatient. La porte était équipée d'une grosse serrure ancienne... Qu'Achilles n'utilisa pas pour entrer. Il avait appuyé sur une télécommande et aussitôt les deux battants s'ouvrirent en grinçant. La technologie avait certes du bon... Mais quelle déception ! Il avait brisé la magie en un instant.

— Bienvenue dans un petit cimetière de Schrödinger.

— Un quoi ?

— Tu vas comprendre après être entré.

Lysandre pouffa. Achilles était décidément encore un adolescent, au fond. Il fit plus attention à ce qui l'entourait et comprit effectivement très rapidement. Autour de lui, des odeurs et des couleurs diverses agressaient ses sens, il en eut le tournis. Dans cette serre d'une beauté éblouissante, les plus grands poisons naturels de cette planète poussaient en toute quiétude, vaporisée de temps à autre par un système d'irrigation révolutionnaire. Lysandre remarqua une différence de température, d'humidité et de lumière selon les zones découpées dans la verrière par d'autres portes elles aussi automatisées. Même si la construction semblait petite de l'extérieur, elle était si bien agencée que la serre lui parut immense après visite. Il admira chaque plante, et leur bon état.

— Je devine que tu as reconnu les fleurs ? Le nom fait plus sens, désormais ?

— Un cimetière sans morts… Mais presque. Qui t'a appris à prendre soin de ces fleurs-ci ?

— J'ai appris tout seul, avec des livres ou des vidéos explicatives. Et tu serais surpris de ce qu'il est possible de faire ou de trouver avec de l'argent.

— Tu ne...

— Je ne me vante pas. Je constate. Je n'aurais jamais pu m'essayer à la culture sous serre si je n'avais pas eu les moyens de construire, acheter, apprendre... Et il y a eu quelques échecs, bien sûr.

— Quand as-tu eu le temps de faire tout ça ? Tu n'es pas revenu depuis si longtemps...

— J'avais aussi un espace similaire quand nous vivions à l'étranger. Ça n'a pas été facile de rapatrier toutes les plantes, certaines sont mortes dans la bataille.

— Ha.

Il se ferma comme une sensitive. Comme ce petit mimosa qui se protège du contact des autres, il souhaitait se protéger des émotions qui étaient venues contaminer sa surprise. Il s'éloigna dans la serre, et tomba finalement sur un coin qui l'intéressa plus que de faire la tête. Des aconits tue-loups. Une dizaine d'aconits tue-loups, en cercle parfait sur un carré de terre, leurs casques bleu-argent regardant le sol fraîchement arrosé. Lysandre se retint d'en caresser les pétales. Il n'en avait jamais vu de vraies, juste un grand nombre de photographies. Il les avait reconnues instantanément. Il se souvenait avoir mentionné cette fleur lors de sa première venue à la clairière, il y avait un peu plus de dix ans. Il se souvenait aussi de la deuxième mention de cette fleur, dans leur première conversation après leur séparation.

Lysandre, pris de panique, se redressa brusquement et chercha autour de lui quelque-chose pour se défendre. Il était en danger, Achilles savait très bien d'où venait le poison qui ôtait la vie aux victimes de son enquête. Il se sentait stupide de lui avoir fait confiance. Malgré tout... Bien que son cerveau lui dictât de fuir, de ne prendre aucun risque, son cœur voulait comprendre. Et son âme lui murmurait de rester auprès d'Achilles, de lui parler jusqu'à pouvoir le croire aveuglément. Il écouta le chœur amoureux de son âme et son instinct. Achilles ne lui ferait aucun mal. Il n'avait pas bougé, toujours quelques mètres derrière lui. Il haussa un sourcil, invitant Lysandre à exprimer ses peurs. Il commença en gardant son calme, ne souhaitant pas envenimer la situation ; ce qui eut pu être facile avec tous les poisons qui les entouraient.

— Ces fleurs… Ce sont celles utilisées par le meurtrier.

— Oui. Des aconits tue-loups.

— Pourquoi est-ce que tu as aménagé cet endroit ?

— Je voulais en apprendre davantage sur les plantes dont tu me parlais ?

— Achilles.

— Que veux-tu vraiment savoir ?

Il semblait réticent à répondre. Était-ce un aveu silencieux de sa culpabilité ? Espérait-il que Lysandre abandonne et revienne à sa contemplation des plantations ? Il était émerveillé par la large variété de plantes qu'il pouvait voir aujourd'hui ; et pour cela il n'avait pas un instant songé à la singularité de posséder un tel lieu de culture. Ce n'était pas quelque-chose de courant. Il aurait dû le réaliser plus tôt. Certaines conversations lui revinrent en tête : Achilles lui demandant s'il était possible de tuer avec un thé, leurs promenades au cimetière, sa passion victorienne pour la mort et ce qui y était lié... Tout faisait soudainement sens. Il avait des pulsions de colère, s'énervait facilement : ce n'était qu'une question de temps avant qu'il ne commette un acte irréparable.

— Est-ce que tu as déjà tué quelqu'un, Achilles ?

Il avait posé la question. Celle qu'il aurait dû poser depuis trop longtemps déjà. La réaction qu'il reçut le surpris plus encore qu'il ne l'était déjà. Achilles ouvrit grand la bouche, la referma, un éclair passa dans sa pupille. Lysandre y lut de l'envie, un peu de peur... Mais pas d'approbation.

— Est-ce que tu penses que c'est moi qui ai assassiné ces femmes ?

— Je pense que je vois du poison, celui qui a été retrouvé lors de ton enquête, dans une serre secrète avec un détective ayant le parfait alibi pour ne pas être dans la liste de suspects.

— Et quelle raison aurais-je eue pour tuer ces innocentes ?

Il se tenait droit, sincèrement outré. Lysandre perdit de son assurance. Sa voix se fit plus timide, il tortilla ses doigts... Mais ne se tut pas. Il avait lancé une bombe, il allait devoir survivre à l'explosion.

— Je ne sais pas, peut-être ta frustration envers ta propre épouse, ta haine contre les femmes de son genre...

— Tu te trompes complètement.

— Pardon ?

Achilles avançait vers lui, calmement. Il lui tendit la main mais Lysandre refusa de la prendre. Il se redressa un peu cependant, plus désolé qu'effrayé.

— Et en quoi je me trompe ?

— Je ne déteste pas Camille. Plus maintenant. J'ai grandi.

Il avança encore et finit par poser sa main qu'il avait gardé ouverte sur son bras, dans un geste très doux. Il se pencha pour murmurer tendrement à son oreille :

— Bien sûr je ne l'aime pas comme je t'aime. Je l'admire un peu. Je ne la déteste pas.

Il se décala de quelques centimètres vers les lèvres tremblotantes de Lysandre qui ne savait plus quoi penser. Il les effleura. Lysandre entra en conflit avec lui-même : il rêvait de sentir sa bouche contre la sienne, de réchauffer ses doigts sous sa chemise… Et il devait aussi en savoir plus, pas tout à fait convaincu de son innocence.

— Et non, je n'ai jamais tué personne. J'en ai eu envie, quelquefois... Mais je n'ai jamais tué personne. Je te le promets.

S'il le promettait, alors... Lysandre, ayant vaincu la partie raisonnable de son être, l'embrassa, goûta la fraîcheur de ses lèvres. Il aurait dû ramener une veste, il faisait toujours bien plus frais la nuit. Il n'avait pas eu les explications qu'il attendait, et bien qu'il sache au fond de lui qu'Achilles ne lui aurait pas menti, sans raison valable de sa part il ne pourrait s'empêcher de douter encore un peu. Il rompit le baiser en toussotant.

— Est-ce que tu pourrais m'expliquer... Pour de vrai ?

— J'ai dit la vérité. Je voulais connaître les plantes dont tu me parlais. Mais il y avait effectivement une autre motivation... Es-tu sûr d'être prêt à l'entendre ?

— Je veux te comprendre. C'est ce que je désire le plus dans cet univers.

Ça, et son corps contre le sien. Mais ce n'était plus le moment d'y songer. Achilles l'attira hors de la serre, jusqu'aux vélos. Ils s'adossèrent au tronc qui supportait déjà les bicyclettes.

— Tu me connais un peu, maintenant... Attends.

Il se cacha le bas du visage avec une main, et tourna la tête. Il avait honte de parler de cela, n'en avait jamais vraiment parlé à personne.

— Oublie que je suis un adulte, oublie que je suis de la police. Oublie l'homme que j'incarne, celui que j'ai cherché à devenir. Je vais parler de moi tel que tu me connais, d'avant.

— Eh bien, Achilles d'avant... Tu m'as manqué.

— Ne te réjouis pas trop vite.

Il ravala son sourire amer. Depuis ses premières années à réfléchir par lui-même, il s'était demandé la raison de sa présence sur cette terre. Ses parents ne lui avaient porté que peu d'attention, ses camarades de classe n'appréciaient pas forcément sa compagnie. Il s'était souvent demandé s'il aurait été plus simple de disparaître plutôt que de faire semblant. Il s'était aussi demandé si la mort faisait mal.

La première fois qu'il avait songé à se blesser volontairement, ça avait été quelques semaines après la naissance de sa sœur. Artémis avait été comme lui une enfant négligée, il ne l'enviait pas. Elle avait été le premier bébé qu'il avait rencontré, et son insouciance l'avait fait revenir à ses questionnements : était-il plus facile de disparaître lorsqu'on n'avait pas eu le choix que d'apparaître, finalement ? Il ne ressentait pas le besoin d'être en vie. Était-il vraiment vivant, d'ailleurs ? La lame émoussée d'une paire de ciseaux qu'il avait cassée en deux sur son genou lui avait prouvé qu'il était bien vivant.

Il avait dit à son père qu'il était tombé en jouant. Cela avait fonctionné. Tout aurait pu s'arrêter là... Mais Achilles avait grandi, il était devenu le beau jeune homme promis à une belle jeune femme. Il avait connaissance de sa valeur dans une société qui chérissait les apparences et rejetait la simplicité. Cependant, il n'avait pas conscience de la valeur qu'il avait pour lui-même. Ce qu'il aimait devenait une compétition, ce qu'il n'aimait pas il devait se forcer à l'aimer. Il ne s'aimait pas lui-même, alors… Il prenait une lame, une plume, un bout de verre, et à chaque fois que le sang coulait sur ses bras il se trouvait plus beau.

Il réalisait que sa valeur résidait dans le fait qu'il soit en vie. Il s'était beaucoup renseigné sur l'Au-delà, les croyances, la mort sous toutes ses formes. La beauté de ses blessures s'était liée à la beauté de l'éphémère, des souvenirs de ce qui n'était plus, des images floues de spectres qui existaient sans vivre, comme une trace d'une histoire à jamais disparue. Il aimait savoir que si soudainement il ne pouvait plus faire semblant, il pouvait interrompre le film ennuyeux de sa vie en pleine connaissance de cause. Il en avait pourtant peur, de la mort. Ou plus précisément il avait peur de ne pas pouvoir la contrôler, de ne pas pouvoir choisir quand elle arriverait. Il détestait les histoires de tueurs en série, les films d'horreur. Cette haine s'était elle aussi transformée en intérêt, puis avec le temps en vocation lorsque son père lui avait fait mettre un pied dans le monde de la justice. Il avait malgré cela gardé cette crainte de partir alors qu'il aurait enfin pu vouloir rester.

En rencontrant Lysandre, il avait compris qu'il existait pour le rencontrer. Pour apprendre à le connaître, pour enfin vivre quelque-chose de vrai, qui n'appartenait qu'à lui. Il avait vu la vie dans ses yeux caramel et sauge. Achilles avait cru mourir lorsqu'il était parti. Une mort émotionnelle qui faisait beaucoup plus mal que les coupures qu'il s'infligeait. Il avait commencé à se renseigner sur les façons plus radicales de perdre la vie. Lysandre avait sans le vouloir offert une solution, en lui apprenant que les plantes pouvaient faire dormir, soigner... Ou tuer. Il s'était dit que s'il devait se décider, il partirait avec des fleurs, pour lui rappeler sa violette sous la pluie. Il ne l'avait pas fait. Il manquait de courage, ou alors en avait bien trop pour se laisser sombrer.

Comme souvenir triste d'une promesse qu'il s'était faite de revenir voir son fleuriste, il avait commencé sa culture de plantes poisons. Ce n'était pas une solution de secours ; c'était une preuve que même en ayant la solution toute trouvée à portée de main, il ne l'utiliserait pas ; une part de lui voulait aussi impressionner le botaniste avec des fleurs rares et spéciales. Il allait vivre, cette fois pour de bon.

Le jour où il avait replanté ses premières pousses, la pluie avait tué quelques fleurs. Il leur avait construit un abri. Le jour où il avait accepté de revenir dans ce pays, la pluie avait arrosé une plante qu'il avait ignorée pendant trop de temps, par un petit trou dans la bâche du terrarium. Et actuellement, la pluie commençait à mouiller sa peau pâle, alors que Lysandre regardait le sol.

Il n'avait pas réalisé la petite main compatissante qui avait trouvé la sienne, pas plus qu'il n'avait contrôlé sa main à lui qui était contracté sur son avant-bras. Il lui releva le visage, tout en douceur, se sentit stupide de découvrir que ce qu'il avait pris pour de la pluie étaient une averse de larmes.

— Mais désormais, je t'ai toi. Que tu sois avec moi ou loin de moi, j'ai seulement besoin de te savoir en vie.

— Mais je vais mourir, un jour.

— Alors je vivrai pour me souvenir de toi. Ne t'inquiète pas. J'ai compris la valeur des choses en comprenant mes sentiments.

— Tu as dit que tu ne savais pas si tu étais lâche ou au contraire courageux.

Lysandre se rapprocha de lui pour l'enfermer dans ses bras. Il colla sa joue à la sienne, agrippa le dos de son vêtement.

— Tu es si courageux d'avoir été lâche…

Il essuya ses yeux dans son col en reniflant bruyamment, Achilles ne protesta que lorsqu'il vit le rictus espiègle qui déformait l'expression de son amant. Il frotta sa joue en maugréant. Ils reprirent les vélos comme si rien ne s'était passé, slalomant sur le chemin comme deux ivrognes au volant. Achilles était épuisé. Il admira la silhouette de Lysandre qui roulait devant lui, en plissant les yeux. S'il les fermait presque, il verrait une violette qui attendait la rosée, après avoir percé le bitume de ses jolis pétales sucrés.

CHAPITRE 19 : Nectar acidulé.

Achilles avait insisté pour que Lysandre reste dormir. Camille ne rentrerait pas avant le soir, ils n'allaient pas aller travailler après la nuit bouleversante qu'ils avaient passée. Il était bel et bien celui qui avait proposé, même presque forcé, son compagnon à rester dormir… Il regrettait un peu ce choix : il le regardait se reposer, ses yeux d'ambre cachés derrière le rideau fin de ses paupières, et tout ce à quoi il arrivait à penser était qu'il avait envie de le réveiller avec un baiser.

Depuis leur rencontre, la toute première fois où il avait posé les yeux sur lui, il avait ressenti une attraction inexplicable qui le poussait à vouloir le toucher. Pas nécessairement de façon romantique ou intime, mais lui toucher le bras, effleurer la peau de sa joue, prendre sa main… Il avait ce besoin de ressentir leur proximité physique, à défaut d'avoir une proximité spirituelle. Au fil du temps, avec leur amitié qui se développait, il avait enfin eu les deux. Achilles était un homme qui n'était jamais totalement satisfait, lorsqu'une étape était atteinte il s'en fixait de nouvelles au long de son parcours ; sans avoir réellement de ligne d'arrivée. Désormais il avait besoin de plus, il voulait marquer tout son corps avec la trace de son passage ; avec son accord évidemment.

Il ne réussit pas à dormir, trop conscient de la présence de Lysandre couché à côté de lui dans le lit immense qu'ils avaient choisi avec Camille pour dormir le plus loin possible l'un de l'autre. Il aurait adoré posséder un lit plus petit ce soir-là, juste pour avoir une excuse pour se serrer contre lui. Il savait que ses aveux de la soirée avaient troublé Lysandre. Il n'avait jamais voulu le rendre triste, il voulait surtout être honnête avec lui ; être honnête avec quelqu'un, pour la première fois depuis des années.

Il était relativement honnête avec Camille. Il avait toujours cherché à l'être, il savait pourtant que ce n'était pas toujours évident. Lorsqu'elle l'attaquait sur ce qu'elle savait être ses faiblesses, il n'arrivait pas à acquiescer, se sentant obligé de démentir ses accusations pour se protéger, et protéger son fleuriste. Il avait toujours ressenti ce danger inexplicable qui émanait de son épouse. Ses doutes récents sur sa potentielle culpabilité par rapport à son enquête s'appuyaient également sur les quelques informations découvertes durant leurs dix ans de mariage.

Il se souvint alors de quelque-chose d'idiot qu'il aurait dû vérifier. Le bruit de flacons en verre dans le sac de voyage de Camille vint hanter ses oreilles, il devint sourd à tout ce qui l'entourait... Y compris le bonjour endormi de Lysandre qui venait de quitter les bras de Morphée. Ne recevant pas de réponse ce dernier attrapa doucement son bras, geste qui entraîna un sursaut violent d'Achilles. Il s'excusa en posant une main sur ses mèches en désordre.

— Tu as bien dormi ?

— J'ai fait un cauchemar idiot, et un autre rêve idiot aussi. Mais sinon, oui. Ce lit est vraiment confortable.

— Je le trouve plutôt inconfortable, moi.

Lysandre savait qu'il ne parlait pas du matelas. Il se demanda ce que ça devait être de dormir pendant tant d'années avec une personne que l'on n'aimait pas. Peu de nuits devaient être reposantes, l'inconfort que l'on devait ressentir devait empêcher le marchand de sable de déposer quelques songes sous les oreillers.

— Tu veux raconter tes rêves ?

— Oh, non, ce n'était pas grand-chose…

Lysandre l'avait encore vu disparaître sous un orage, mais cette fois il avait les mains couvertes de sang. Il lui avait couru après, pour le retrouver dans une ruelle au milieu de corps mutilés. Lorsqu'il avait voulu lui demander ce qu'il se passait Achilles avait levé une lame avec un regard fou, et sous les yeux de Lysandre il avait découpé la peau de son propre bras en riant. Il s'était réveillé ensuite, traumatisé, pour trouver Achilles somnolant de l'autre côté du lit. C'était son premier rêve de la nuit.

Soulagé par sa présence, il avait malgré cela eu du mal à se rendormir. Le second rêve n'avait absolument rien à voir avec le premier, bien que le protagoniste en soit le même. Achilles était de dos dans une cuisine qui n'était ni la sienne, ni celle de Lysandre. Il semblait être en train de cuisiner quelque-chose, que Lysandre avait identifié comme étant des pains aux raisins ; dans son rêve cela n'y avait pas tant ressemblé, mais c'en était. Le cuisiner lui avait proposé d'y goûter, mais quand Lysandre avait accepté, brutalement, il avait été assis sur le plan de travail farineux, les jambes de chaque côté de la taille d'Achilles qui avait attaqué ses lèvres de milles baisers. Ensuite… Lysandre sentit un coup de chaud lui colorer le visage.

— Ça va ? Tu es brûlant…

— Ça va, je devrais aller prendre une douche.

Il voulut se lever pour prendre ses distances… Se ravisa en rougissant encore davantage. Son corps était bien fringuant dès le matin… Il avait envie de se gifler. Comment pouvait-il avoir envie de cela après la soirée qu'ils venaient de passer ? D'un autre côté… Il avait dormi avec Achilles, avait passé la nuit à sentir son odeur ou effleuré malencontreusement sa peau. Son corps réagissait à sa seule présence, c'était une chose qui n'était jamais arrivée avec ses précédentes relations. Il se sentait un peu honteux. Achilles leva un sourcil, puis examina son ami de la tête aux pieds… Un sourire amusé fit son apparition sur sa bouche colorée.

— Tu ne veux pas me raconter ton rêve ?

— Sans façon.

— Mmh… Je vais te raconter le mien alors.

Il l'attrapa par la taille, le tira à lui. Lysandre sentit son dos entrer en contact avec le torse ferme d'Achilles, il se débattit. La main qui maintenait son estomac se crispa, il sentit l'autre venir caresser le côté de sa jambe. Paniqué, il se figea. Achilles, derrière lui, murmura en embrassant le lobe de son oreille :

— Je vais même te le montrer.

Sa main remonta sur sa cuisse, changea de trajectoire pour rejoindre le pli de l'aine. Lysandre tressaillit, sa bouche s'ouvrit instinctivement... La paume qui jusque-là tenait son corps pressé contre celui de son amant se posa sur son visage en bâillon. Il entendit le rire léger d'Achilles, l'insulta mentalement. Ne l'arrêta pas. Ce genre de choses ne se prévoyait pas, dans un couple, et il n'existait pas de « situation idéale » à cette étape plus charnelle. Il en avait envie, tout son être le réclamait, c'était suffisant.

Le jeune homme chatouilla la peau tendre à l'intérieur de sa cuisse, geste que Lysandre interpréta comme une demande d'autorisation à continuer. Il hocha lentement la tête derrière la main qui bloquait sa voix. Achilles souffla dans sa nuque en laissant s'échapper l'air qu'il avait retenu en attendant sa réponse. Ce fut cette fois son pouce qui demanda une autorisation en caressant sa lèvre inférieure, Lysandre répondit positivement à celle-ci aussi en entrouvrant la bouche, et en enroulant sa langue autour de ses doigts. Leurs joues étaient désormais assorties, le rouge qui maquillait leur peau brillait également dans leurs yeux. Tout le reste n'avait plus vraiment d'importance, les interrogations d'Achilles ou l'inquiétude de Lysandre semblaient illusoires, les aveux ou les doutes n'avaient pas leur place dans leur étreinte. C'était un instant de pause dans la folie des derniers jours, un instant volé au temps qui leur menait la vie dure.

Lysandre ne put plus retenir un son provocateur lorsqu'Achilles défit le lacet qui tenait son pantalon en flanelle, qu'il lui avait prêté pour la nuit. Il tira sur l'élastique, sa main se glissa sous le tissu. Lysandre se cambra contre lui, lui offrant un accès parfait à son cou ivoire. Achilles se retint d'abord d'y planter ses dents, se contentant d'un baiser gourmand… Lysandre attrapa sa nuque pour rapprocher sa tête, réclamant la morsure qu'il n'avait pas osé lui laisser. Il se laissa glisser sous son emprise, finit par se retrouver face à lui, à califourchon sur ses genoux.

— Je…

— Moi aussi. Vraiment.

Ils n'avaient pas besoin de dire les mots justes, leurs gestes pressés parlaient suffisamment fort. Une conversation muette qui ressemblait à une danse, leurs corps qui s'imbriquaient parfaitement, leurs regards emplis de douceur alors qu'un peu de sang venait tâcher leurs langues... Ils avaient toujours évolué dans ces contrastes, qui en cet instant les unissaient corps et âme. En quelques minutes, tout deux furent nus, fiévreux. La chaleur leur faisait tourner la tête.

Achilles saisit les hanches de Lysandre, le souleva au-dessus de lui. Il chercha à tâtons quelque-chose dans la table de nuit qu'il atteignait à peine du bout des doigts. Il tira le tiroir trop brusquement, son contenu s'étala sur le parquet... Mais il avait réussi à récupérer ce qu'il voulait y trouver. Il déchira l'emballage cranté avec les dents, tenta maladroitement d'enfiler la protection... Echoua misérablement. Lysandre dut sentir sa panique, et il posa sa main sur la sienne. Le plus calmement possible, tentant de masquer ses tremblements alors qu'Achilles n'avait pas cessé de préparer son corps pour la suite de leurs ébats, il ramassa un autre emballage sur le sol et l'ouvrit correctement, avant de l'enfiler lui-même sur le membre tendu de désir qu'il n'avait pas osé regarder jusqu'ici. Tous deux s'interrompirent, le temps d'échanger un regard. Lysandre n'avait jamais vécu d'expérience similaire avec un autre homme, il était anxieux à l'idée de mal faire. Achilles avait en revanche l'air sûr de lui, malgré sa maladresse.

Ils reprirent leurs caresses, cherchant à faire monter le plaisir. Lysandre sentit un main se poser sur sa virilité, il s'appuya sur le torse de son amant en retenant sa respiration : il était prêt. Terrifié, légèrement surpris, mais prêt. Il ferma les yeux quand il sentit Achilles à l'intérieur de lui. Il savait que son partenaire n'avait pas fermé les siens, qu'ils ne s'étaient pas décollés de lui depuis le début de cette étreinte. Il cacha son visage tordu d'un curieux mélange de douleur et de plaisir, masque qui ne dura pas. Achilles attrapa sa main, la reposa de force sur sa poitrine, lui intimant de le regarder. Lysandre peinait à se concentrer, la vision trouble. Il avait mal, il avait chaud, il avait un peu peur... Et il avait envie de ressentir plus encore.

Il s'appuya sur les épaules d'Achilles, ses soupirs devinrent plus saccadés. Il n'avait pas ouvert les yeux, concentré sur ce qu'il ressentait. Achilles avait gardé une main sur sa hanche, l'autre dessinait des figures abstraites tout le long de son corps, partant de son visage jusqu'à son sexe, peignant un tableau de luxure sur son épiderme sensible. Dans cette position un peu disgracieuse, Achilles avait vue sur toute sa personne, et bien que Lysandre ne se sente pas particulièrement beau en cet instant, les caresses pressées de son amant témoignaient de sa satisfaction. C'était différent de tout ce qu'ils avaient pu vivre alors. L'un comme l'autre avaient eu d'autres expériences, celle-ci leur était totalement nouvelle. Achilles planta ses ongles dans sa chair, Lysandre cria entre deux gémissements. Il aurait un bleu le lendemain. Il n'en avait cure. Les courbatures qu'il allait ressentir plus tard ne seraient qu'un pâle souvenir de tout ce qu'il ressentait dans le présent. Achilles accéléra la cadence, sa voix finit par faire écho à celle du fleuriste...

Leur délivrance ne fut pas longue à arriver, et à ce moment-là Lysandre ouvrit les yeux. Ce qu'il vit, au-delà du visage indécemment érotique d'Achilles, ce fut l'amour tendre dans sa prunelle, la déclaration sincère de ses sentiments, l'admiration énigmatique qu'il lui vouait... Il s'y perdit en s'abandonnant au plaisir, conquis de toutes les façons possibles. Le soleil de midi vint caresser son dos alors qu'il gisait, pantelant, emprisonné dans une étreinte puissante mais tendre. Achilles jouait avec ses cheveux, tout en le taquinant à force de baisers papillon sur son épaule. Lysandre reprenait peu à peu ses esprits. Il l'aida à s'allonger plus confortablement, le couvrit du drap jusqu'à ses omoplates.

— Tu as mal quelque part ?

— Partout.

Achilles se mordit la lèvre, probablement rongé par la culpabilité. Lysandre trouva cela particulièrement amusant. Il grimaça.

— Je vais porter plainte.

— Tu veux une tisane ?

— Ayant vu ton jardin... Non, merci, je m'en passerai.

Ils sourirent simultanément. Achilles se remit à tortiller ses mèches châtaines, l'air plus serein.

— Je vais aller faire un café.

Il se leva du lit, se drapa d'une robe de chambre qu'il gardait posée sur le dossier d'une chaise. Lysandre attendit qu'il quitte la pièce pour laisser couler une larme. Il n'avait pas mal au point de pleurer, il n'avait pas de regret. Il se sentait complet, compris, amoureux. Et il avait vraiment besoin d'une douche.

Il tapotait son stylo contre la table, pensif. Il avait habituellement un stylo avec un poussoir, qu'il faisait cliqueter en boucle lorsqu'il se perdait dans ses pensées. Lucas, sa patience mise à rude épreuve, avait fini par lui offrir un très joli stylo gravé pour éviter ce bruit parasite... Achilles avait trouvé un autre moyen de lui taper sur les nerfs. Il tapait le bout du stylo de façon irrégulière sur le bois de leur bureau, accompagnant son mauvais rythme de soupirs à répétitions. Il avait une fois confié à Lucas qu'il soupirait parce qu'il oubliait de respirer. Ce dernier avait ri, d'abord, mais avait ensuite compris que ce n'était pas une blague : quand Achilles faisait tourner ses méninges, il se concentrait tellement sur ses pensées qu'il en oubliait les fonctions naturelles de son enveloppe corporelle. Il oubliait de prendre des inspirations, oubliait de fermer la bouche, oubliait de cligner des paupières... D'un point de vue extérieur c'était parfois terrifiant, comme si tout son corps cessait de fonctionner. Désormais habitué, Lucas mettait des écouteurs pour ne plus entendre le bruit du stylo, et il ignorait le visage léthargique de son supérieur.

Achilles ne se creusait en réalité pas la tête ; il était perdu dans des souvenirs. Il avait hésité longtemps avant de choisir ce corps de métier. Tout droit sorti de son diplôme d'avocat, il avait lu tout un tas d'histoires sombres et des descriptions précises de crimes et de victimes. Il avait vu des photos, parfois des vidéos, qui mettaient en image les atrocités qu'il pouvait lire dans les rapports. Lors de cette phase d'apprentissage, il ne se souvenait pas avoir été choqué, ou dégoûté. Son étrange intérêt pour la mort avait dû lui faciliter les choses, il se déconnectait de la réalité en évaluant les preuves, ayant simplement l'impression de se renseigner, comme il le faisait plus jeune, sur quelque-chose qui existait mais qu'il ne connaissait pas. Il se souvenait en revanche de la première fois où il avait vu un cadavre. Son premier cas de détective. Son premier défunt.

Il se souvenait de sa peau molle, son corps bleu, des hématomes parsemant ses côtes, son visage, ses membres… Il se souvenait du visage sans expression, dans lequel il avait néanmoins deviné des vestiges de peur et de souffrance. Il avait presque pu sentir l'odeur nauséabonde de putréfaction. Ce premier contact direct avec cette chose qu'il avait côtoyée depuis des années en faisant mine de la comprendre, il l'avait gravé dans sa mémoire. Cela avait sans conteste été l'un des moments les plus éprouvants de sa carrière. Il avait eu envie de pleurer, de s'enfuir, de s'effondrer… Pourtant il n'avait pas pu détourner le regard. Les nuits qui avaient suivi, il avait revu en boucle le corps en décomposition, hanté par une image qu'aucun livre ne pouvait retranscrire. Il lui avait fallu des mois avant de pouvoir feindre l'indifférence en présence de victimes. C'était une façade qu'il avait fini par maîtriser, et qui n'empêchait pas quelques mauvais rêves lorsqu'il regagnait son lit.

Il n'arrivait donc pas à imaginer Camille dans une même situation. La jeune femme, bien que pleine de caractère, avait un côté délicat, parfois un peu germaphobe. Elle n'aurait pas supporté la vision d'un cadavre... En tout cas, il ne l'imaginait pas la supporter. Elle ne supportait pas toujours de voir son propre sang, il visualisait son air dégoûté lorsqu'elle voyait celui des autres. N'était-elle alors pas la coupable ? Il avait l'impression de ne plus la connaître, d'avoir été dupé. Ils étaient supposés se jouer à deux du monde, pas se jouer de l'un et l'autre. Il ne pouvait pas admettre qu'elle eût pu supporter la même image qu'il avait eu à supporter de son côté... En revanche il pouvait admettre qu'elle eût pu tuer de sang-froid. Il le savait, au fond : sa femme n'était pas une personne ordinaire. Il devait absolument avoir des réponses à ses trop nombreuses interrogations.

Il bondit de sa chaise, qui roula en arrière et heurta celle de Lucas. Le jeune brigadier sursauta et retira en hâte ses écouteurs.

— Tu as trouvé quelque chose ?

— Non. Je suis fatigué, je vais rentrer.

— Mais on a toujours aucune info… Je sens qu'il y a quelque-chose juste sous nos yeux.

— Ouvre bien les tiens, alors. J'y vais.

Il sortit en tornade de la pièce, laissant Lucas abasourdi sur sa chaise de bureau. Il envoya un petit message rapide lorsqu'il fut arrivé dans leur garage, avant de monter sur son vélo. Il espérait ne rien trouver en se rendant dans son jardin :

« Je pars du bureau, je te retrouve à la maison ».

CHAPITRE 20 : Sauvé par un café.

Elle paniquait en emballant les flacons. Elle n'aurait jamais cru qu'il reviendrait deux fois dans la même journée, et voilà qu'elle se trouvait dans une situation dangereuse. Il lui avait pourtant envoyé un message pour lui annoncer qu'il passerait la nuit au bureau... Message très laconique et sans aucune explication, mais elle y était habituée. Ce à quoi elle n'était en revanche pas habituée, c'était ce soudain changement de plan. Elle s'efforçait toujours de connaître l'emploi du temps de son époux, pour organiser le sien en le contournant. Allait-elle se faire avoir si facilement ? Après tant d'efforts ?

Elle tira un peu trop fort sur la fermeture éclair de son sac, elle se cassa. Quelques pétales churent au sol et elle les ignora. Elle n'avait plus le temps de masquer la trace de son passage. Elle devait fuir, elle reviendrait finir sa récolte une autre fois. Camille trébucha sur elle-même, chose qu'elle ne faisait jamais. Elle avait appris à être gracieuse en toute circonstance, pourtant en cet exact instant, les mains pleines de terreau et le regard fou, elle était presque effrayante. C'était un rôle qu'elle acceptait aussi, faire peur. Mais c'était un peu injuste puisqu'actuellement c'était plutôt elle qui était pleine de crainte.

Elle parvint à la porte, fut éblouie par le faisceau lumineux d'une lampe de poche. C'était la fin. Elle réalisa avec un semblant de surprise que cela ne l'atteignait pas plus que ça. Achilles allait découvrir son secret, elle connaissait le sien. De toutes les personnes qui pouvaient la juger, il était le moins légitime à le faire. Elle lâcha la porte et recula lentement sur les pavés enfoncés dans la terre. Quand la poignée s'abaissa, elle avait déjà levé les deux mains, ses beaux ongles rouge bordeaux tous souillés ; elle en avait encore cassé un, devrait retourner faire ses ongles dans la semaine. Cette fois elle mettrait du bleu, elle aimait le bleu.

Achilles braqua sa lampe de poche sur elle, il sursauta à peine. Elle remarqua sa main qui avait rejoint sa hanche, posée sur la crosse de son arme de service. Il avait développé des réflexes impressionnants en rejoignant la police. Si seulement il avait pu aussi développer de la méfiance...

Il était confiant, son époux. Trop confiant. Il croyait en elle, en son fleuriste, en n'importe qui qui le connaissait un peu. Cet excès de confiance était probablement lié à un besoin profond de se sentir entouré, aimé. Elle avait profité de ce défaut pour tout planifier derrière son dos. Elle ne regrettait pas, non... Simplement, elle constatait ses propres péchés en silence, face au roi de l'échiquier qui n'allait pas tarder à jouer son dernier mouvement et achever la reine.

— Camille.

— Bonjour, mon chéri.

Il éloigna la main de son arme, baissa la lampe et s'approcha.

— Pourquoi es-tu ici ? Ou comment ? Je ne crois pas t'avoir invitée.

— Nous sommes mariés, trésor, ce qui est à toi est mien par alliance.

— Ce n'était pas ma question.

Ses yeux quittèrent son visage serein pour scanner sa jolie serre. Ils survolèrent les pétales qui jonchaient le sol, firent une pause sur le sac déchiré, revinrent chercher le visage de la jeune femme... Il ne cria pas, ne s'exclama pas. Majuscule et point, en une phrase simple, il se contenta de décrire un fait.

— Tu as pris quelques fleurs.

— Je voulais un nouveau bouquet pour le salon. Le dernier a fini dans un sale état.

Elle avait réussi à le faire rougir. Son époux, détective et homme d'affaires, avec une assurance à toute épreuve, était au fond encore un timide jeune homme qui ne connaissait rien à l'amour et au pouvoir qu'il pouvait exercer sur les individus trop sensibles.

Achilles toussota, fronça les sourcils, puis soupira et décida de s'asseoir à même le sol à côté d'un magnifique carré de belladone.

— Je pense qu'après toutes ces années nous n'en sommes plus à raconter des mensonges que personne ne croit.

— En effet. Je ne comptais pas mentir.

Camille s'assit à son tour, mais sur un rebord de table. Malgré son apparence déjà peu flatteuse, elle tenait à sa posture délicate.

— Tu sais déjà très bien pourquoi je prends des fleurs.

— Tu voles des fleurs. Et en réalité, c'est la seule chose que je ne pense pas savoir. La raison.

Il était temps. Camille serra les dents, ouvrit et ferma les poings à répétitions. Elle n'aimait pas exposer ses faiblesses, ou ce qui pouvait la faire flancher. Dans la serre sombre, les odeurs toxiques lui faisaient tourner la tête. Elle ne restait habituellement pas plus d'une demi-heure dans cet espace étouffant. Son corps n'allait pas tenir.

— Ce n'était pas de la jalousie.

— Très bien. Juste une folie, alors ? Un passe-temps ?

— Non plus. C'était de la frustration.

Elle ficha son regard dans le sien, il pouvait sans aucun doute y lire sa rage et sa rancœur. Il pouvait aussi y trouver le semblant d'amour qu'elle ressentait pour lui. Elle reprit.

— Ces femmes avaient une vie parfaite. Belle maison, heureux ménage, projets communs... Elles passaient leur temps à étaler leur bonheur, se vanter de leurs vies bien faites.

— Ne faisais-tu pas la même chose, lorsque nous sortions ? Avec la parfaite cage que tu nous as construite ?

Une prison, Camille en était consciente. Elle avait toujours exposé à tous leur couple de série romantique, leurs accomplissements factices. Et justement, c'était cette partie qui faisait toute la différence. Elle se vantait d'une vie qu'elle n'avait jamais aimée. Voulue, certes, mais jamais aimée. Elle avait tout accompli selon ses plans... Mais n'avait jamais réussi à s'en contenter. Elle n'était pas heureuse.

— Tout compte fait, c'était peut-être de la jalousie...

Il ne rebondit pas sur cette remarque. Il mit son chapeau d'inspecteur pour la suite, la regardant maintenant comme un suspect, et non comme sa charmante épouse.

— Pourquoi les avoir tuées ? Tu aurais pu les ignorer, leur fermer le clapet, utiliser ton aisance orale et tes piques légendaires.

— La première fois... Je ne sais pas.

La première fois, elle avait voulu la voir morte. Pas la rendre malheureuse, pas briser son bonheur. La voir disparaitre. Elle ne supportait pas l'idée qu'une personne puisse être aussi heureuse alors qu'elle s'endormait avec la frustration de ne pas avoir su l'être. Pour cela elle était soulagée de vivre avec Achilles : c'était un homme qui était encore plus misérable qu'elle, à combattre un mal-être qu'il ne pouvait pas vaincre. Camille n'aimait pas le sang. L'odeur, la teinte... Elle trouvait cela répugnant. Elle n'en avait pas peur. C'était plutôt une forme de fascination mêlée à un certain dégoût. Aussi n'avait-elle pas cédé à ses pulsions meurtrières. Pas directement, du moins. Elle avait attendu, préparé son crime avec patience et sens du détail. Elle voulait quelque-chose à son image, de beau et mystérieux. Elle voulait une esthétique qui définirait sa vie à elle, sa vie si belle de façade, et pourtant tellement toxique entre les murs...

— Je me suis laissée emporter par mes émotions. Les fois suivantes, j'y avais pris goût. Je pense que tu peux comprendre ça.

Se laisser emporter, regretter et recommencer... Achilles ferma un court instant les paupières, les yeux noisette de Lysandre y étaient gravés. Il chassa l'image de son amant de son esprit, ne souhaitant pas se laisser distraire une fois encore.

— Comment en es-tu venue à utiliser les aconits ?

— Tu m'as donné l'astuce, chéri.

Achilles ouvrit de grands yeux ronds. Il ne se souvenait pas avoir un jour mentionné sa serre à son épouse... Il fouilla dans les méandres de ses souvenirs sans rien y trouver. Camille dut sentir sa confusion. Elle s'installa un peu plus confortablement sur son assise, soupira longuement.

— Ça fait longtemps. C'était avant que nous partions. Avant notre mariage.

— Je ne me souviens absolument pas de...

— Évidement. Tu ne te souviens jamais de ce dont on peut discuter. Mais tu l'as dit, une phrase qui se voulaient mystérieuse, je suppose... Je te l'ai déjà dit, tu es un livre ouvert pour moi. Une histoire de boire des plantes pour t'endormir.

— Une tisane ? Je t'ai parlé d'une tisane et toi tu en as conclu que c'était la solution ?

— Pas exactement.

Elle allait probablement perdre conscience. Elle ne supportait plus l'air chargé d'odeurs entêtantes. Elle manquait d'oxygène.

— J'en ai conclu que je pourrais dormir plus facilement. Je ne voulais pas prendre de risques alors je me suis un peu renseignée sur les vertus des plantes. Forcément, je suis aussi tombée sur des poisons. L'idée m'est simplement revenue quand j'en ai eu besoin.

— Et ma serre ? Je sais que tu es tombée dessus, comment ?

— Tes petites sorties nocturnes ont fini par m'interloquer. Je t'ai suivi tout simplement. C'était une question de timing, de découvrir ton jardin secret au moment où j'avais besoin de trouver une source de poison. Le destin qui a fait des nœuds pour s'amuser, sans doute.

Achilles ne renchérit pas. Tout faisait sens. Bien que cela paraisse si simple, il savait qu'elle ne mentait pas. Il aurait pu lui en vouloir de l'avoir suivi en cachette, mais ce n'était pas le cas. Il avait du mal à avaler le fait que l'enquête sur laquelle il travaillait depuis des mois se résolvait en une soirée, assis face à sa femme. Il aurait réellement voulu son innocence, n'avait pas cessé de l'espérer depuis ses premiers soupçons. Elle commença à dodeliner de la tête et il comprit qu'il était temps de sortir d'ici.

Délicatement mais sans tendresse, il la porta jusqu'à la lisière du bois. Elle le remercia d'une petite voix. Que devait-il faire, à présent ? Elle avait tout avoué sans hésitation, résignée. Devait-il clôturer l'enquête ? Elle serait jugée, inculpée, probablement emprisonnée. Il n'aurait jamais cru hésiter à propos de Camille. Il avait toujours voulu vivre sans la contrainte de son malheureux mariage. Pourtant il la regardait, et il ne put ignorer les tremblements qui secouaient ses épaules.

Il ôta sa veste en laine, la posa sur les épaules de la jeune femme. Le trop plein d'émotions qu'elle avait eu à ressentir en si peu de temps avait dû la fatiguer. Il lui demanda où elle avait garé sa voiture, abandonnant son vélo dans les fougères. Il allait d'abord la ramener chez eux, la laisser se reposer un peu. Ils auraient tout le temps de reprendre cette conversation ultérieurement. Après tout, ils étaient mariés : ils étaient contraints de se parler tous les jours.

Il avait pris une décision. Ça n'avait pas été une décision facile, il avait dû aller contre ses principes pour parvenir à une solution. Il se demandait encore s'il s'agissait de la bonne chose à faire. Assis sur la vieille chaise rénovée de la coiffeuse, il regardait son épouse dormir en se demandant comment il avait pu ignorer ses crimes tout ce temps. Il avait un peu honte, il se croyait très performant dans son métier ; voilà que la vie lui prouvait le contraire.

Il avait ramené Camille à leur domicile, et l'avait laissée se préparer à dormir comme si rien ne s'était passé. Il savait au fond de lui qu'elle n'allait pas fuir sans lui donner plus de réponses. Il avait aussi gardé un œil sur elle malgré tout, confiant mais pas aveuglément. Plus maintenant. Il avait toujours eu cette impression que malgré leurs différents Camille et lui partageaient un lien particulier qui faisait qu'ils pouvaient se faire mutuellement confiance, sans jugement et sans mensonge. Là encore cela avait été démenti en une soirée. Désormais, il avait quelques craintes qu'il ne pensait jamais avoir à affronter. Il se retenait de la réveiller pour lui exposer sa peur, en avoir le cœur net. Il ne voulait pas ruiner ce qui serait peut-être sa dernière nuit de sommeil dans sa propre maison.

Lysandre lui avait envoyé quelques messages, essentiellement pour savoir comment il allait, s'il avait fait le gâteau de la recette, si ses fleurs se portaient bien… Il avait proposé de l'aide pour en prendre soin, Achilles avait refusé gentiment avec pour excuse sa fierté de vouloir le faire seul, et de lui montrer le résultat de son travail. Il avait en réalité très peur que Lysandre finisse par y croiser Camille et soit en danger. Il ne savait pas de quoi elle était capable, ne le savait plus. Il ne l'aurait jamais crue capable de prévoir un meurtre, encore moins aussi professionnellement, elle qui vivait pour le spectacle. Elle l'avait impressionné, il la pensait plus impulsive.

Elle l'impressionnait encore alors qu'elle dormait paisiblement après s'être fait prendre la main dans le sac. Elle se retourna dans le lit, son visage lui fit face. Camille avait un beau visage en triangle, sans la moindre ride. Elle avait un air d'innocence espiègle qu'elle n'avait jamais perdu de l'enfance, qui faisait tout son charme. En voyant ce visage, personne n'eut pu se douter qu'elle avait assassiné quatre personnes.

Peut-être davantage qu'ils n'avaient pas retrouvées. Elle ouvrit les paupières, la première chose qu'elle vit en sortant de sa torpeur fut les yeux de son époux qui tentait de voir à travers son apparence. Elle se permit un bâillement.

— Tu as envie de moi, chéri ?

— Dans tes rêves, sûrement.

— Tes yeux disent le contraire.

— Mes yeux ne disent rien. Par contre les tiens vont me dire ce que je cherche à savoir.

— Je peux boire un café, d'abord ?

— Non.

Elle ne soupira pas. Elle lui demanda son peignoir, s'en drapa. Elle avait les joues roses, le souffle court. Achilles devina dans sa respiration un rhume qui allait s'aggraver, il eut presque pitié. Presque.

— Je ne comprends pas tout.

— Je t'ai pourtant donné mes raisons. Il n'y a pas grand-chose à comprendre. J'ai écouté la petite voix dans ma tête et j'ai aimé ça.

— Tu as ruiné ta vie.

— Pas encore. Tu es le seul au courant... Inspecteur.

Il n'avait contacté personne après sa découverte. Un message tout prêt attendait dans les notes de son téléphone portable, message qu'il ne comptait pas transmettre.

— Ces femmes... Etaient-elles des amies ?

— Non. Aucune. Des connaissances.

— D'où ?

Elle ricana. Ce n'était pas un rire fou, elle était simplement vexée. Il fronça les sourcils.

— Tu ne fais vraiment pas attention à moi, pas vrai ?

— Je ne peux pas me défendre. Je ne te connaissais pas si bien, vraisemblablement.

— Tu crois que je passais mes journées à faire du lèche-vitrines ? Je suis une femme occupée, Achilles. Avoir des occupations, ça crée des rencontres... Certaines plus agréables que d'autres.

— Tu fais partie des désagréables pour tes victimes.

— Elles faisaient partie des miennes.

— Tu n'es qu'une femme jalouse, frustrée et triste.

— Commence par te demander pourquoi je suis ainsi. Tu vas sincèrement me dire que tout est de ma faute ?!

Elle avait crié, elle qui ne criait jamais. Ou parfois, quand une araignée venait bénir leur maison. Ses yeux brillaient, flammes des enfers qui faisaient couler la lave de son cœur. Elle avait explosé comme un volcan.

— Il y a dix ans, pourquoi as-tu été aussi lâche, aussi malléable ?! Pourquoi m'as-tu laissée vivre cette fausse vie, pourquoi as-tu joué le jeu ? Tu avais le parfait échappatoire…

— Tu me reproches mes choix ? Tu voulais tout ça ! Tu voulais cette vie !

— Je voulais la paix, la réussite. Tu ne voulais rien de tout ça, et quelqu'un d'autre voulait de toi. Toi, quelle blague, le fils à papa tellement gâté que tout l'ennuyait, au point de trouver du réconfort dans la douleur parce que l'argent ne lui suffisait plus.

— Tu devrais te taire.

— Non, tu es tout aussi coupable que je le suis. Tu aurais pu partir, te rebeller. Pourquoi le faire maintenant ? C'est trop tard. Ta décision que tu adores mettre sur le dos de tes parents, elle a entraîné la mienne. Tu n'as jamais été un bon époux, ni un bon ami. Je le plains, ton fleuriste. Il mérite mieux, tu le sais toi aussi. Tu rejettes toujours la faute sur les autres, moi ou ton père, lui et son bouclier. Tu ne réalises pas, que tous autant que nous sommes nous subissons tes décisions ? Tu avais le pouvoir de refuser, et tu n'aurais pas été seul. Tu as accepté et j'étais prise dans la toile. Qu'aurais-je été alors si j'avais été celle qui refusait l'homme parfait ? Alors que tu aurais pu être le connard qui m'aurait abandonnée, et j'aurais pu être une femme qui aurait réussi seule à s'en sortir. Une vraie victoire. Tu aurais pu... Tu aurais pu refuser... Pourquoi n'as-tu pas refusé...

Il sentit des larmes de rage monter dans son canal lacrymal. Elle pleurait déjà à chaudes larmes. Il avait toujours regretté ses choix, avait toujours considéré qu'il n'en avait pas eu. Elle avait raison, il aurait dû s'échapper quand il le pouvait. Il repensa aux messages de Lysandre, à ses larmes à lui. Il ne le méritait pas, c'était vrai. Et pourtant...

— Tu ne peux pas tout me mettre sur le dos non plus. J'étais jeune, tu étais là, je ne savais pas grand-chose de la vie. Je ne savais pas, par exemple, que la jeune fille à qui j'étais fiancé allait devenir une criminelle. Que j'allais tomber amoureux d'un homme. Que j'allais enfin avoir envie de vivre. Alors tu peux me blâmer de tout le reste, mais tu restes celle qui a utilisé le meurtre comme moyen de compensation. Tu restes le monstre de cette histoire.

— Un monstre peut toujours en cacher un autre…

Ils laissèrent le silence accompagner leurs pensées. Achilles n'avait pas encore obtenu le soulagement qu'il attendait. Il brisa la tension palpable dans l'air, la voix qu'il voulait stable craqua dans un sanglot.

— Tu ne vas pas lui faire de mal, pas vrai ?

Elle fit le lit, mit ses chaussons. Il n'insista pas, patient, effrayé par la réponse qu'il n'avait pas reçue encore. Elle passa devant lui presque sans le voir.

— Non. Il m'a offert un café.

Ce furent des larmes de soulagement qui noyèrent cette fois ses joues, alors qu'il murmurait une prière à un dieu inconnu. Elle appuya sur la poignée de la porte.

— Je vais me retirer de l'enquête.

Elle sortit de la chambre, la porte ne claqua pas.

Hazel Nazo

CHAPITRE 21 : Piège à loup.

Achilles n'avait jamais refusé une enquête. Il n'avait jamais rechigné à faire son travail, bien qu'il lui arrive de s'en plaindre. Il avait toujours fait de son mieux pour mener à bien ses tâches, avait résolu plusieurs enquêtes simples auparavant, avait assisté à des procès pour lesquels il préparait les preuves et les papiers avec énergie. Il s'était pris au jeu du détective, ayant jusqu'ici réussi à se détacher de la gravité des choses. Pour lui, tout était presque fictif, une façon de rester concentré sans tomber en dépression. Sa situation actuelle ne lui donnait plus possibilité à transformer son emploi en un simple jeu de piste.

Achilles avait réellement travaillé sur cette enquête, en partie parce que l'intrigue impliquait des fleurs... Il n'allait pas dénoncer Camille. Elle méritait sans doute de l'être, il n'en avait pas le courage. Sa lâcheté qui agissait dans les moments les plus loufoques lui intimait de ne pas dénoncer sa femme. Il ne pouvait pas non plus perdre du temps dans une enquête qui n'avait plus lieu d'être. Il avait répondu à Lysandre qu'il ne serait pas disponible pendant quelques jours, mais qu'il pensait à lui. Ces jours il les avait passés à peser le pour et le contre, dresser une liste de redevance entre Camille et lui, comparer la valeur de la morale et des sentiments…

Il prit une belle inspiration en empilant les papiers qu'il ne rangeait jamais sur son bureau. Il avait demandé à Lucas d'être présent avec le commissaire lorsqu'il annoncerait sa volonté de se rétracter. Lucas était un jeune officier qui avait le souci de bien faire, il continuerait sans doute à chercher le meurtrier même sans lui. Il lui faudrait un autre collègue sur le coup. Achilles allait lui transmettre tout ce qu'il avait rassemblé, depuis le début. Il n'omettrait que le dénouement de cette sombre histoire. Il n'était pas fier de sa décision, se sentant honteux et incompétent. Lysandre lui avait dit qu'il était courageux d'être lâche. Il ne le pensait pas, et le pensa encore moins quand il entra dans le bureau pour faire face au visage fermé du commissaire, et celui inquiet de Lucas.

— Bonjour, Tillman.

Achilles se racla la gorge en gardant un salut solennel à l'attention de son supérieur. Il se permit en revanche un sourire désolé pour Lucas qui n'y répondit pas.

— Je viens vous annoncer que je souhaite me retirer de l'enquête à laquelle je suis affilié. J'ai conscience que cette décision puisse nuire à mon évolution au sein de la brigade ainsi qu'à mes camarades qui devront subir ce choix.

— Quelle est la raison de cet abandon ?

Le mot abandon était un peu fort, il sonna comme une insulte dans la bouche du commissaire. Achilles serra les dents.

— Pour des raisons personnelles.

— Qui sont ?

— Qui sont confidentielles ?

Lucas se leva de la chaise, peu amusé par son sarcasme. Il avança tranquillement vers lui, cependant Achilles nota un léger tremblement de sa main gauche. Il parla à son tour :

— Tu dois avoir des raisons. Est-ce parce que nous n'avançons pas ? As-tu peur qu'un échec dans ta carrière te tire vers le bas ?

Achilles aima cette excuse. Elle allait parfaitement avec la personnalité détestable qu'il avait fini par se construire au fil des années. Un échec qui entacherait le parfait parcours de sa vie… Oui, il aimait cette idée.

— Exactement. L'enquête n'avance plus, et j'ai la monotonie en horreur. Je ne parviens plus à me concentrer sur ce dossier. Je ne suis plus impliqué, il est grand temps que j'arrête.

— Tu n'es plus impliqué ? Je pense que tu te trompes.

Lucas le regardait bizarrement, mais sa main ne tremblait plus. Il avait une étincelle nouvelle dans le regard.

— Tu l'as constaté toi-même, je ne...

— Je pense que tu es très impliqué. Tu nous as permis d'avancer dans cette enquête, finalement.

Il lui jeta quelques photos de façon dramatique, comme dans un vieux film. L'expression d'Achilles serait aussi très bien passée à la télévision. Il ouvrit la bouche, les sourcils froncés. Il voulut frapper son jeune collègue, les yeux rouges. Sur les clichés, il voyait sa belle serre, ses parterres tout piétinés et ses aconits toutes déplantées. Des balises avaient été installées tout autour du lieu paisible, Achilles pouvait imaginer les enquêteurs et autres professionnels parcourir son jardin secret dans ses moindres recoins, arracher des plantes et prélever des échantillons. Comment osait-il ? Comment osaient-ils tous ?

— Comment ?

— Comme je te l'avais dit. J'ai lancé des recherches dans la région. Cette serre était presque passée à la trappe... Les drones ont aussi leur utilité. Ha, j'aime la technologie...

Il avait été pris au piège. Il ne contrôlait plus vraiment ni ses mots ni ses gestes, le choc lié à la déception lui avait momentanément gelé les neurones.

— Ce n'est pas moi, Lucas.

— Tu nous diras ces belles fables en interrogatoire.

— Ce n'est pas moi !

— La serre est à ton nom. Les aconits que nous y avons trouvées étaient en parfait état, matures. Nombreuses. Ce sont les seules que nous avons trouvées à trois cents kilomètres à la ronde.

— Je…

— Tu es en état d'arrestation pour suspicion d'assaut, de meurtre et possession de plantes illégales sur le territoire.

— Les aconits ne sont pas illégales.

— Si j'étais toi, je ferais valoir mon droit de garder le silence pour l'instant. Je te passe le topo.

Achilles eut envie de vomir. Il eut besoin de prendre sa tête entre ses mains. Lucas fut plus rapide. Il attrapa ses poignets, lui tordit les épaules en une clé de bras et lui passa les menottes que même Achilles n'avait jamais utilisées. Il ne se débattit pas, il connaissait ses droits et les risques qu'ils couraient à partir de maintenant.

Silencieux dans le couloir les menant aux salles d'interrogatoires, il remarqua que si la main de Lucas ne tremblait plus, sa lèvre inférieure avait pris le relais. Il crut même lire de l'hésitation dans son regard... Ce n'était sans doute que de la déception déguisée. Le commissaire lui ouvrit la porte.

— Nous devons informer ta famille. Je suppose que le numéro de ta femme n'a pas changé.

— Si. Il a changé.

— Evidemment.

Ses collègues refusèrent de retirer les menottes afin qu'il puisse écrire le numéro sur un papier. Il leur dicta les chiffres un à un, faisant une pause entre chacun, pas encore bien certain qu'il s'agissait du bon numéro à contacter.

Lysandre luttait pour ne pas regarder son téléphone encore une fois. Il céda au bout de cinq minutes. Ce fut un record pour lui aujourd'hui, qui avait été incapable de décoller son regard de l'écran au moindre temps mort de sa matinée. Les réponses d'Achilles ne lui plaisaient pas. Il ne voulait pas céder à une forme de paranoïa, ou être cet ami toxique qui voit le mal partout. Il était simplement persuadé que ses réponses étaient anormales, et il était inquiet. Il était un peu fier aussi, pour la raison la plus ridicule : il était fier de pouvoir, à travers de simples messages échangés derrière un écran, savoir qu'Achilles n'était pas dans son assiette. Donc, pour couronner le tout, il se sentait également coupable d'être ravi de ce fait idiot alors que la situation était inquiétante.

Il n'avait pas insisté pour lui tirer les vers du nez ; il n'était pas ce genre de personne. Bien qu'il appréciât ses conversations avec Achilles et eût appris à partager son point de vue et ses pensées, il n'en était pas pour autant devenu bavard. Les fleurs restaient ses auditrices les plus régulières, lorsqu'il commençait à parler dans le vide. Lysandre avait toujours considéré étrange cette manie qu'il avait de dire à voix haute ce qui lui passait par la tête, quand il était seul dans la pièce. Ce qu'il faisait le plus, c'était de décrire ses moindres gestes. Il se rappelait à lui-même comment bien arroser les plantes, quelle couleur allait le mieux dans un bouquet... Il parlait tout le temps, finalement. Il était un bavard introverti, un Cyrano de l'ombre ; avec des tirades un peu moins passionnées mais tout aussi cyniques. Il avait en horreur les conversations plates du service client qu'il était forcé de supporter. Ce n'était pas le plus terrible. Le plus terrible, c'étaient les coups de téléphone.

Il n'était pas timide, plutôt angoissé. Le fait de ne pas pouvoir lire les expressions de la personne avec qui il conversait pour s'assurer de son attention ou de ses réactions n'étaient pas quelque-chose qui le rassurait. Avec Achilles le téléphone était quelque-chose de moins dramatique ; le jeune homme n'avait pas besoin de montrer son sourire pour qu'on le devine. Sa voix portait ses émotions. Lysandre regarda encore son mobile, sans vraiment y croire. Il s'étouffa de surprise quand un écran d'appel agressa ses yeux habitués à la lumière tamisée de la boutique. Il faillit lâcher son téléphone et le rattrapa de justesse, appuyant par mégarde sur le bouton vert. En hâte, il colla le portable à son oreille et répondit un peu vivement.

— Oui, allô ?

— Bonjour, commissariat central. Est-ce que Camille Tillman peut venir au téléphone s'il vous plaît ?

— Camille… Vous devez faire erreur. Elle n'est pas ici.

— Y a-t-il un autre moyen de la contacter ?

Le policier avait répondu sèchement, presque comme s'il s'y attendait. Lysandre se figea un instant, le temps de rater un cycle de respiration, et de faire fonctionner ses neurones.

— La police, vous avez dit ? Que lui voulez-vous ? C'est Achilles ?

Est-ce que Camille avait fait quelque-chose de mal ? Ou... Son époux ? Il se souvint de la serre, des quelques confessions d'Achilles ce soir-là, des aveux qu'il avait voulu croire de tout son être. Il ne voulait pas croire que ce coup de téléphone puisse être à son propos. Et si c'était quelque-chose de plus grave ? Que lui était-il arrivé ?

— Ce sont des informations confidentielles. Si vous ne pouvez pas nous la passer au téléphone, nous vous souhaitons une bonne fin de journée.

Lysandre laissa retomber son bras le long de son corps, tenant à peine son téléphone portable de sa main tremblante. Il était confus, et savait qu'il ne pourrait pas obtenir de réponse sans chercher à les trouver de lui-même. Il ne pouvait pas rappeler le numéro. Il tenta un autre appel à Achilles, tomba directement sur la messagerie. Alors il ne lui resta qu'une solution. Il prit le petit panneau en bois accroché à la porte, le retourna.

Tel un zombie il alla chercher son sac à dos dans le local, ferma la porte à double tour. Il n'avait pas rangé le bazar sur l'établi, il n'avait pas non plus clôturé la journée sur la caisse. Il avait décidé de totalement vider son esprit jusqu'à arriver au commissariat, de peur de se laisser envahir par une panique incontrôlable. Il monta dans le bus en ne validant pas son titre de transport, se fit la réflexion comique qu'il allait de toute façon à la police, il pourrait payer son amende directement sur place. Il fonctionnait sur une base de mémoire musculaire et d'humour, ayant mis de côté tout ce qui serait susceptible de perturber son trajet.

Il eut donc bien du mal à trouver les mots lorsqu'il se présenta devant l'agent d'accueil qui le fixait derrière des lunettes moyennement propres.

— Je ... On m'a appelé pour... Oui, je viens voir un euh... quelqu'un ?

— Il va vous falloir être plus précis.

— J'ai reçu un appel. C'est un... Un membre de la brigade criminelle ?

— Je vois.

Il tapa quelque-chose sur son vieux modem, attendit quelques secondes, tapa autre chose. Lysandre s'impatientait.

— Pouvez-vous me donner votre nom, s'il vous plaît ?

— Euh...

Devait-il mentir ? Il allait forcément lui demander sa carte d'identité, c'était une idée stupide. Il paniquait, voilà, après tant d'efforts pour ne pas le faire.

— Écoutez, je viens voir Achilles Tillman. J'ai reçu un appel.

— Votre nom ?

Il lui répondit d'une petite voix, bien évidemment il dut présenter un justificatif de son identité. Le secrétaire sembla hésiter. Deux autres minutes furent perdues alors qu'il recherchait encore quelque-chose sur l'ordinateur. Il finit par le regarder du coin de l'œil, un peu accusateur, et le congédia.

— Je suis désolé, votre nom n'apparait pas dans les personnes à contacter en cas d'urgence, je ne peux rien faire pour vous.

— J'ai reçu un appel il y a à peine une heure.

— Cela devait être une erreur. Je vais vous demander de quitter les lieux.

— Je ne peux pas partir, on m'a appelé.

Il répétait cette information en boucle, plus il le disait moins elle avait de valeur. Il savait pertinemment que sa petite crise serait vaine, qu'il ne pourrait pas percer la sécurité d'un commissariat. Il insistait en sentant quelques larmes monter, un souvenir douloureux vint appuyer sur ses nerfs. Il avait eu à justifier sa venue à l'époque aussi, courbé au-dessus du bureau d'un accueil d'hôpital, agacé et plein de crainte après un coup de fil. Il se sentait aussi incapable qu'à cet instant dans l'hôpital, totalement impuissant face à la difficulté qu'Achilles traversait. Il n'allait pas laisser tomber.

— Je dois absolument le voir. Laissez-moi au moins le voir.

— Je vais devoir appeler la sécurité, monsieur

— Faites donc. Peut-être m'écouteront-ils avec plus d'attention.

Il finit sa réplique avec un sourire espiègle, et devant le visage outré de l'agent d'accueil il alla de lui-même vers un autre officier qui traversait simplement la pièce, sans doute pour aller faire une pause. L'agent se leva en panique de son bureau, contourna le comptoir en trottinant, et lui attrapa le bras. Lysandre se retourna brusquement. L'officier n'eut d'autre choix que de remarquer cette altercation. Il s'interposa.

— Que se passe-t-il ici ?

— Votre collègue ne veut pas me lâcher.

— C'est ce monsieur qui ne veut pas partir !

— C'est un assaut.

— Non ! J'ai voulu l'arrêter, Lucas, il voulait t'embêter et…

— Je réitère ma question. Que se passe-t-il ici ?

Il regardait Lysandre droit dans les yeux, et ce dernier soutint son regard sans sourciller. Il répondit calmement, mais fermement.

— Je me suis présenté à votre accueil pour faire part d'un appel que j'ai reçu concernant une personne présente ici. Je souhaite le voir.

— Vous avez été appelé, par nous ?

— Oui… Oui.

Lysandre ne mentait pas. Il omettait simplement de préciser qu'il s'agissait d'une erreur. L'officier se tourna vers son collègue, un sourcil relevé.

— J'ai regardé dans le système mais son nom n'apparait nulle part.

— Et qui venez-vous visiter ?

— Il venait pour Ach... Brigadier Tillman.

Le visage de Lucas se ferma soudainement. Il toisa Lysandre, se gratta le bout du nez en réfléchissant

— Et nous vous avons contacté ? Vraiment ?

— Oui. Enfin... Vous avez appelé mon numéro en cherchant à joindre son épouse. Peut-être qu'il avait changé ses numéros d'urgence mais pas les noms ?

— Ça doit être ça, oui ...

Il n'y croyait pas une seconde, Lysandre s'en rendait compte. Aussi ne comprit-il pas de suite le mouvement de l'officier qui lui indiquait de le suivre. Il lui emboita le pas, ne comprenant pas totalement comment il avait fini par le convaincre. Toujours était-il qu'il y était parvenu, et allait savoir ce qu'il se passait. La police n'appelait jamais les proches sans raison. Soit Achilles avait eu un problème lors d'une mission, soit… Soit il était le problème en question.

À en juger par le visage agacé de l'officier qui l'escortait, il ne s'agissait pas d'un accident grave. Lysandre sentait la petite boule d'angoisse dans son estomac grandir à chaque pas qu'il faisait dans le couloir. Il n'était peut-être pas prêt à affronter la vérité.

— Vous pouvez patienter ici. Je vais aller le chercher.

Lysandre s'assit sur une chaise pliante. En face de celle-ci, un plexiglas perforé, un micro, et deux camera. Lysandre crispa son poing sur l'ourlet de son tee-shirt. C'était un parloir. Il allait défaillir. Le temps lui parut extrêmement long, il avait fini de ronger chaque ongle de sa main gauche lorsque la porte s'ouvrit de nouveau. Achilles avait l'air épuisé, mais pas blessé. Au moins une bonne nouvelle.

Il portait sa tenue de travail, la veste en moins. Ses mèches sombres étaient décoiffées mais toujours collées par le gel. Il lui adressa un sourire pâle. Lysandre n'eut pas le cœur à y répondre. Il attendit qu'il soit également assis pour commencer son propre interrogatoire, prêt à endosser pendant un instant un rôle qui n'était pas le sien.

— Je peux savoir ce que tu fais ici ?

— Je travaille.

— Je ne suis pas venu pour plaisanter.

— Pourquoi es-tu venu, alors ?

— On m'a appelé...

Il avait tellement dit ces mots qu'ils ne semblaient plus faire sens. C'était faux. Il mentait. Il n'était pas venu parce qu'on l'avait appelé. Il était venu parce qu'il voulait le voir, parce qu'il avait eu peur de le perdre de nouveau. Parce qu'il avait eu peur qu'il ait menti, peur de la pluie.

— La seule personne que je voulais voir, c'était toi.

— Pourquoi ? Pour me mentir encore ?

— Jamais je ne t'ai menti. Je te le jure. Jamais.

— Tu es derrière une vitre pour me le promettre, Achilles.

— D'ailleurs pas très propre, la vitre. Je ne peux pas admirer tes beaux yeux.

Sa garde lui jeta un regard dégouté, mais s'abstint de commenter. Achilles reprit en perdant son rictus.

— Je sais ce que tu te demandes. Je ne peux pas répondre ici.

— C'est un aveu ?

— Le contraire. La loi ne protège pas les bavards, Lysandre. Je fais valoir mon droit au silence, jusqu'à pouvoir prouver ma position dans cette affaire.

— Ils ont trouvé la serre ?

Achilles répondit platement, Lysandre crut lire un peu de tristesse dans sa pupille.

— Oui. Elle a été balisée et fouillée. Elle est en bien mauvais état.

— Mais ce n'est pas une preuve valable, si ?

— C'est la seule que nous ayons. Il faut toujours un coupable, dans une enquête

— Tu vas avoir un procès ?

— Non. Ce n'est pas dans mes projets, j'ai déjà plein de choses à faire ce weekend. D'ailleurs tu es libre ce samedi ?

— Ce n'est pas le moment, Achilles.

Il ne put s'empêcher de sourire malgré tout. Achilles essayait clairement de le rassurer, et ce n'était pas sans résultat. Il avait déjà le cœur plus léger.

— Je vais trouver une solution. Je te promets que ce n'est pas ce que tu crois. Fais-moi confiance encore cette fois…

— Je vais te faire confiance.

Lysandre avait fermé les yeux, il trouvait cela plus facile pour s'exprimer, surtout en considérant ce qu'il allait dire. Il sentait déjà le rouge lui monter aux joues. Il continua après avoir déglutit.

— Je vais te faire confiance et attendre que tu sortes d'ici. Et ensuite, je vais t'en vouloir.

— Donc tu ne m'en veux pas actuellement ?

— Je n'ai pas le loisir de t'en vouloir alors que je ne peux même pas t'embrasser en compensation.

Le policier présent dans la salle les jugeait de tout son être. Achilles ricana, mima un baiser avant de se lever tranquillement.

— Je prends note. Rentre chez toi, je t'appelle dès que je peux.

CHAPITRE 22 : Amour vrai.

Les nuages gris annonçaient une nuit plus fraîche, et des jours plus humides. Camille n'aimait pas le mauvais temps, cela abimait sa chevelure en plus de ruiner ses tenues. Elle détestait plus que tout devoir changer de plans et de vêtements à cause d'une averse ou de trop de vent. Légèrement enrhumée, elle n'avait pas prévu de ressortir après son habituelle séance de yoga, et n'avait donc pas lavé ses cheveux.

Elle avait reçu un appel lui demandant de venir au commissariat, ce qui n'était pas anormal. Souvent son époux oubliait quelques affaires, dont il avait besoin lorsqu'il passait la nuit au bureau. Elle devenait alors postière, faisant un aller-retour juste pour lui déposer du linge propre ou un petit plat en Tupperware qu'elle avait en fait acheté tout préparé et vidé dans la boîte ; ce qui faisait parfaitement illusion. Cette fois elle n'avait pas eu d'information quant à savoir ce que son époux lui voulait, ce qui ne pouvait que la rendre irritable. Elle accordait un point d'honneur à être toujours très apprêtée lorsqu'elle se rendait sur le lieu de travail de son époux, attendant comme un dû que tous les regards soient posés sur elle lorsqu'elle franchirait les portes automatiques.

Aujourd'hui avec ses cheveux gras et une tenue choisie à la va-vite pour affronter la pluie, elle n'avait pas fière allure. Sa mauvaise humeur n'aurait pas dû pouvoir être plus accentuée… Elle le fut pourtant, il lui suffit d'un regard. Elle reconnut directement la silhouette voûtée d'un fleuriste particulièrement médiocre à ses yeux. Elle se demanda ce qu'il venait faire ici : attendait-il de voir son amant ? Ou était-ce un problème lié à son business et pas du tout à Achilles ? Au final, elle n'en avait rien à faire.

Elle se dirigea vers l'accueil avec un sourire charmeur ; c'était son seul accessoire pour rehausser sa beauté, actuellement. Et cela fonctionna. L'agent qui la reçut fut particulièrement attentionné en lui répondant, et il fut très rapide pour confirmer son identité.

Elle ne connaissait pas le jeune employé, il ne devait pas être ici depuis longtemps.

Elle adorait rencontrer d'autres personnes, pour ce regard si spécial qu'elle faisait naître de sa simple présence. Ce petit jeune ne faisait pas exception. Il rougissait, complimentait ses yeux, lui jetait des petits regards en coin pour appuyer son intérêt timide… Il s'imaginait déjà quelle pourrait être sa vie avec une femme comme elle, elle le savait. Elle était en train de savourer sa victoire quand l'expression de l'agent changea brutalement. Il lui redemanda confirmation presque en hésitant, comme ne souhaitant pas de vraie réponse, réclamant un mensonge pour ne pas détruire le conte de fée qu'il avait commencé à écrire dans sa tête.

— Vous m'avez dit Camille Tillman ? L'épouse d'Achilles Tillman ?

— Exact. Il y a un problème ?

Elle lui sourit de nouveau, mais la magie était passée. Il baissa le regard en écrivant quelque-chose, puis appela sur le téléphone fixe en tortillant le fil ressort entre ses doigts.

— Oui, la femme de Tillman est ici. Elle attend à l'accueil… Très bien.

Il lui indiqua d'un geste de patienter sur l'une des chaises, et elle décida de ne pas se vexer de ce brusque changement d'attitude. Quelque-chose d'anormal avait dû se passer. Elle croisa les jambes ; toujours la droite par-dessus la gauche. Elle aurait tué pour un café ; elle aurait tué pour moins que ça.

Un ange, ou plutôt un petit démon, avait dû entendre sa prière. Lysandre lui tendit un gobelet en carton minuscule. Elle accepta sans un bonjour. Elle avait fini par s'habituer à ces cafés qu'elle ne payait plus avec lui.

— Ils ont fini par retrouver le bon numéro.

— Pardon ?

— Ils ont appelé le mien par erreur.

— Mon idiot de mari et ses petits jeux, je suppose.

Il acquiesça en buvant une gorgée de son gobelet. Il fronça les sourcils ; le café était brûlant. Ce fut elle qui relança la conversation après un regard de jugement.

— Et combien de temps vous ont-ils fait attendre ?

— J'attends de mon plein gré. Achilles m'a promis de mettre les choses au clair.

— Au clair ?

— Ils ne vous ont pas dit pourquoi vous veniez ?

Elle sentit un frisson courir le long de ses bras et remonter dans sa nuque. Elle commençait à comprendre.

— Il est probablement en train de répondre aux questions de ses collègues.

— Il est en garde à vue ?

— Il est, oui. Mais peut-être que la raison pour laquelle ils voulaient vous le dire en présentiel…

Il s'interrompit incertain. Mais elle avait déjà songé à la même chose, et elle finit naturellement sa phrase :

— Parce que je suis aussi considérée complice à un certain degré.

— Votre proximité factice vous fait tort.

— Ou le contraire…

Elle comprenait mieux la froideur du jeune agent, maintenant. Elle était, comment dit-on ? « Sur la sellette ». Elle savait que ce moment finirait par arriver. Son époux ne la soupçonnait guère en premier lieu, et il était persuadé que sa serre resterait un secret. Il avait oublié que dans cette enquête il n'était pas le seul détective, et la police leur apprend à ne faire confiance à personne ; règle que lui-même était incapable d'appliquer au quotidien.

— Vous ne me semblez pas très paniquée…

— Je ne le suis pas. Mon époux m'a annoncé qu'il allait quitter la cellule d'enquête. Cela a dû éveiller des soupçons.

— Vous pensez qu'il est coupable ?

— Il est coupable. Mais pas du crime duquel on l'accuse.

Elle ricana en buvant le café qui avait eu le temps de refroidir. Elle savait qu'elle semait la confusion dans le cœur de Lysandre. Elle s'amusait peut-être pour la dernière fois avec le jeune homme, il fallait qu'elle en profite.

— Il est coupable de négligence, il a failli à son devoir matrimonial, et il est coupable d'être un très mauvais époux. Et un ami très médiocre.

— On ressent l'amour dans vos paroles.

— Bien sûr. C'est mon si cher époux.

— Vous allez témoigner contre lui ? Le laisser s'en sortir seul ?

— Que feriez-vous, à ma place ?

Lysandre ne réfléchit pas longtemps avant de répondre. Il parla fermement, elle lui retrouva un charme qu'elle avait déjà découvert.

— Je ne suis pas à votre place, je ne peux répondre pour vous. Mais je ne l'abandonnerai pas. Même si le café est cher et dégueulasse. Même si j'adorerais faire une sieste sur mon canapé. Je vais l'attendre ici, et il va trouver une solution, il l'a promis. Et puis au final, j'ai déjà tellement attendu, je ne suis plus à ça près.

— Je vois. Le café est vraiment ignoble. C'est une belle preuve de dévotion. Mais vous vous trompez sur un point…

— Encore ? Je me trompe souvent, avec vous.

Elle jeta le gobelet encore à moitié plein dans la poubelle, et décroisa les jambes pour se pencher vers lui. Elle fut satisfaite de l'entendre retenir son souffle.

— Vous pourriez être « à ma place » très prochainement.

Lysandre ne compris pas le sens de sa réplique. Ou ne compris pas s'il s'agissait d'une autre plaisanterie. Il voulut renchérir, elle lut des questions dans ses yeux.

Un officier se présenta pour l'escorter vers son mari, laissant le pauvre fleuriste dans un océan d'incompréhension. Il comprendrait bientôt. Elle regretta une fois encore son apparence négligée, se demanda si l'orange lui irait au teint. Elle secoua la tête pour elle-même ; après réflexion elle ne s'y habituerait probablement jamais. Elle n'avait jamais aimé cette couleur : c'était trop chaleureux.

Lucas avait les yeux rouges. Il ne l'avait pas remarqué avant de voir son reflet dans le miroir des toilettes, alors qu'il voulait se passer un peu d'eau sur le visage. L'interrogatoire traînait en longueur. Achilles avait réfuté toutes les accusations de meurtre, sans jamais s'épancher sur le sujet.

Il n'avait pas fait appel à un avocat, Lucas avait donc contacté l'un de ceux qui étaient à disposition des détenus. Ils avaient fait une pause dans l'interrogatoire : Achilles ne céderait pas, il connaissait ses droits et les risques qu'il encourrait. Ils étaient tous deux épuisés. Avec pour seule preuve valide la découverte de la serre, il était compliqué de décrire un scénario de motifs ou d'exécution.

Lucas ne savait plus comment se positionner face à cette enquête. Achilles était le premier suspect qu'ils appréhendaient. Il était également son supérieur, son mentor en quelque sorte. Malgré son attitude froide et pince sans rire, Lucas s'était attaché à son collègue ; il avait toujours un petit espoir qu'ils se soient tous trompés, qu'Achilles soit bel et bien innocent.

Il avait remarqué quelques traces de souffrance sur les bras de son supérieur, n'avait jamais osé aborder le sujet. Il avait eu pitié de lui, quelques fois, il s'était demandé ce qui pouvait bien le rendre malheureux au point de vouloir se faire du mal. Ce n'était pas son rôle de lui en parler, il avait donc toujours tu ces inquiétudes.

Et si ce mal-être était lié aux meurtres commis ? Plongé dans des théories invraisemblables il arriva devant la porte de son bureau sans le réaliser. Il farfouilla dans la poche de son pantalon, puis dans celle de sa veste, tout à coup il était impossible de retrouver les clefs qu'il se souvenait pourtant avoir pris avec lui. Il fit demi-tour, pesta en trottinant vers les toilettes... Une belle jeune femme était en train de se refaire une beauté. L'expression n'était pas adaptée, après réflexion Lucas se dit qu'elle avait déjà la beauté, et y ajoutait juste une touche de rouge à lèvre. Il ne la reconnut pas tout de suite, la fatigue ayant effacé le souvenir de leur première rencontre, et ce ne fut que lorsqu'elle s'adressa à lui qu'il remit un nom sur ce visage angélique.

— Vous avez perdu quelque-chose, Officier Dupuy ?

— Camille, bonjour.

Il était encore timide avec la compagne d'Achilles. Elle était ici pour voir son époux, qu'il avait arrêté. Comment la jeune femme allait réagir face à cette situation ? Son mari était tout de même accusé de meurtre, sur des femmes qui plus est. Elle serait probablement choquée, aurait peur. Pour l'heure elle semblait sereine, appliquant une teinte de rouge carmin sur sa bouche pleine, un petit sourire flottant derrière le maquillage. Il était tant occupé à admirer la jeune femme qu'il ne remarqua que bien tard qu'elle lui tendait un trousseau de clefs. Bafouillant, il la remercia. Elle lui sourit plus largement.

— Je suppose que nous allons au même endroit. Dans ce cas, je vous dis à dans quelques minutes, officier.

Il la salua avant de tourner les talons, son cœur battait la chamade. En avançant vers la cellule, il eut une illumination. Et si la raison de tous ces meurtres était liée à des problèmes de ménage ? Lucas ne se souvenait pas avoir vu de photo de sa femme sur le bureau d'Achilles, ou sur son fond d'écran. Il parlait rarement de sa compagne, ou toujours brièvement. Il leur avait également transmis le mauvais numéro lorsqu'il en avait eu l'occasion. Lucas revit le visage radieux d'Achilles lorsqu'il avait invité l'autre jeune homme ; quel était son nom déjà ? Un fleuriste qui avait parlé de l'embrasser. Est-ce que tout était une intrigue amoureuse ? Il jeta un regard de pitié à Achilles en ouvrant la porte, ce qui ne passa pas inaperçu.

— C'est ma coiffure qui me rend pitoyable ?

— Plutôt ta situation. Je ne comprends pas.

— Tu ne m'écoutes pas, surtout. Je n'ai tué personne.

— Qui était le gars qui est venu te voir ? Pourquoi nous avoir donné son numéro ?

Le fleuriste pouvait être un complice, lui aussi. Dans le scénario que se faisait Lucas, c'était plus que probable. Achilles, malheureux et fatigué de son quotidien monotone, avait cherché de l'exotisme ; quelque-chose de nouveau. Il semblait évident aux yeux de Lucas qu'il ne pouvait pas trouver femme plus belle que Camille, aussi avait-il cherché dans la gente masculine, prêt à de nouvelles expériences. Le fleuriste serait tombé sous le charme d'Achilles, et ils auraient entamé une relation extra-conjugale. Ils se seraient lassés de devoir se cacher, et alors le fleuriste aurait trouvé une solution à leur malheur dans des fleurs. Les victimes auraient été des rats de laboratoire pour tester l'efficacité de cette méthode destinée à faire disparaitre la personne de trop dans leur petite histoire. Il avait des sueurs froides en imaginant la belle Camille les lèvres bleues, gisant dans le salon alors que les deux amants s'embrasseraient pour célébrer le succès de cette opération.

Une femme délicate comme elle l'était ne méritait pas une telle fin. Aucune femme ne méritait cela. Lucas devait mettre un terme à tout cela : il avait enfin en tête un motif, il ne lui manquait que des aveux.

— Lysandre... C'est un fleuriste.

— Certes. Un fleuriste qui s'y connait en poison ?

Achilles s'approcha brusquement, les yeux un peu fous.

— Il n'a absolument rien à voir avec tout ça.

Il se détendit un peu en faisant un pas en arrière, continuant sur un ton plus léger.

— Et justement. Il est venu et a cru en moi... Ce que tu ne fais pas.

— Donc c'est juste un ami ?

Lucas avait un peu de mal à y croire. Cela ne correspondait pas à son scénario pourtant parfait.

— Oh, non...

Bingo. Il était à deux doigts d'appeler le commissaire pour lui demander d'interpeller le fleuriste et le ramener au poste. La suite de la réponse le fit hésiter.

— Lysandre est mon avenir... Et mon passé. Mais il n'est pas mon présent. Mon présent, elle m'attend dans le parloir. Ne perdons pas plus de temps.

— Tu en gagnes en ne me répondant pas.

— Tu n'as pas le droit de m'interroger n'importe comment. Il y a des procédures à respecter.

Lucas, vexé de s'être fait réprimander par son supérieur, grommela en attrapant ses poignets, ils avancèrent silencieusement vers la petite salle sans fenêtre. Ce ne fut qu'un peu tard qu'il réalisa qu'Achilles n'était plus vraiment légitime à le conseiller sur son travail. Camille était installée, son maquillage parfaitement réalisé, pourtant il ne parvenait pas à couvrir ses joues rouges et ses yeux larmoyants. Elle restait splendide… Mais n'avait pas bonne mine. Achilles s'en fit également la réflexion :

— Bonjour chérie. Tu es malade.

— Bonjour, oh mon amour. Ce n'est pas très galant de me le faire remarquer.

— Comme si tu ne le savais pas…

La conversation à double sens sembla les amuser, ils partagèrent un rire.

— Tu es resté plus tard que prévu au travail.

— Un imprévu dans une enquête, ça arrive.

— Bien sûr…

Lucas se tenait à l'écart, crispé. Cette conversation n'avait rien d'intime, rien de doux. Aucune chaleur, une tension presque palpable. Son scenario tenait la route. Il se sentait mal pour Achilles.

— Au fait, j'ai vu une mauvaise herbe sur les sièges de l'accueil. Elle aurait bien eu besoin d'une petite averse pour l'arroser.

— Oh, ne t'inquiète pas, certaines fleurs sont plus tenaces que d'autres.

— Je me suis dit que j'allais lui donner de quoi tenir le coup, quand même.

— Pardon ?

Achilles la regardait de travers. Il se demandait sans doute ce qu'elle avait encore fait. Décidément il ne croyait plus du tout en elle. Il était temps qu'il se rende enfin compte qu'elle n'était effectivement pas une personne de confiance. Elle s'installa confortablement sur sa chaise.

— Il a décidé d'attendre ici jusqu'à ce que tu sois libéré. Il m'a fait de la peine.

— Tu n'as de peine pour personne d'autre que toi.

— C'est faux. J'en ai pour toi.

Elle toussa dans son coude, essuya le dessous de ses yeux. Elle sentait la fièvre ruiner le maquillage qu'elle avait heureusement prévu dans son sac pour sauver les apparences. Elle comptait finir cette discussion en beauté, il était temps de donner le coup de grâce.

— Il sera là quand tu sortiras. Rappelle-lui de sourire de temps en temps, il n'est pas agréable à regarder.

— Qu'est-ce que…

— Je ne pense pas rentrer ce soir, j'ai un interrogatoire de prévu.

Elle s'était déjà tournée vers Lucas qui ne comprenait plus rien, sa confiance disparue. Camille le regardait durement, plus une once de délicatesse dans sa pupille sombre. En mettant une mèche derrière son oreille elle prononça chaque mot en articulant bien :

— Après tout, je dois bien vous raconter comment j'ai tué ces femmes, non ?

CHAPITRE 23 : L'égoïsme.

Il se frotta les poignets en fermant les yeux. C'était un mouvement mécanique qu'il faisait par mimétisme, ayant vu de nombreux films policiers dans lesquels les détenus enfin libres se frottaient les bras à l'emplacement des menottes. Pour sa part il n'avait aucune gêne, il avait juste besoin de s'occuper les mains. Avec la confession de Camille, et sa promesse qu'Achilles n'était en rien lié à ces meurtres, la police ne pouvait pas le garder plus longtemps. Le délai de soixante-douze heures étant arrivé à son terme, il devait être relâché, avec des instructions très précises : ne pas quitter le territoire, se tenir à la disposition des forces de l'ordre... Et bien évidemment il était mis à pied.

Il restait un potentiel suspect, potentiel complice. Il avait finalement appelé un de ses collègues avocats pour Camille, sans qu'elle ne le lui demande. Il lui devait au moins ça. Bien qu'épuisé, il avait pris le temps de converser quant aux probabilités de sanctions pour son épouse. L'avocat n'était pas confiant : elle avait avoué, il ne lui restait plus grand-chose à défendre. Achilles en était conscient. Il pensait également que Camille devait être punie pour les atrocités qu'elle avait commises. Cependant, au fond de lui, il se sentait reconnaissant. Il n'avait aucune raison de l'être, tout était conséquence des actions inconscientes de la jeune femme. Il aurait dû la haïr, être ravi de la voir enfin derrière les barreaux…

Il secoua la tête, chassant ces émotions qu'il ne comprenait pas. Il avait fini de se changer. Il passa devant son bureau, voulut commencer à empiler ses affaires dans une boite, se ravisa. Il était encore un officier de police à ce jour, il ne lui servait en rien de presser des choses qui n'étaient pas encore décidées. Pour lors, il avait d'autres priorités. Lysandre était assis sur l'une des chaises, les yeux clos. Il ne dormait pas, son pied gauche se balançait nonchalamment tandis que de sa main droite il pianotait un air qu'il se jouait dans sa tête. Camille jouait aussi du piano... Il arriva derrière lui tel un fantôme, et souffla dans sa nuque. Le jeune fleuriste ouvrit les yeux, tourna la tête sans se presser. Il savait qui était derrière lui, il reconnaissait l'aura de sa présence.

— Ils ont fini par te croire.

— Pas exactement. Mais je suis libre, pour l'instant. Et quelqu'un ici m'a promis un baiser.

— Ce quelqu'un ne devait pas être dans son état normal. Vu ta coupe de cheveux, seule une personne très perturbée voudrait t'embrasser.

Achilles se mit à bouder. Lysandre se leva, attrapa son sac puis sa main, et le tira vers la sortie. Il pleuvait encore. Ils n'avaient pas de parapluie. Achilles savait qu'il y en avait un sous le bureau de Lucas, un parapluie portable gris souris. Il n'avait aucune envie de retourner l'emprunter. Lorsqu'il avait été libéré, Lucas n'était pas présent. Au moment de l'aveu de Camille il avait été incapable de réagir, ses collègues avaient dû passer les menottes aux poignets de la jeune femme à sa place. Figé, il n'avait même pas cligné des yeux. Achilles avait été raccompagné jusqu'à ses affaires, il n'avait pas eu l'occasion de s'entretenir avec lui. Il se doutait que l'officier novice devait être sous le choc : il avait vraisemblablement imaginé tout un dénouement, et réalisait que la réalité n'avait rien à voir avec ce qu'il avait conclu. C'était un coup dur pour le détective qu'il voulait être. Achilles se promit d'essayer de lui en parler, pour arrondir les angles. Aller réclamer son parapluie n'était probablement pas la bonne approche après ce qu'il s'était passé.

Ils décidèrent donc de rentrer sous la pluie, et fuirent même les bus qui auraient pu les rapprocher du sec de l'appartement de Lysandre. Sur le chemin, Achilles lui raconta tout ce qu'il savait, la culpabilité de Camille et sa connaissance des faits avant même qu'il ne quitte l'enquête, ses craintes, le sentiment étrange qui le faisait se sentir redevable… Lysandre écouta en tenant sa main, sans l'interrompre. Il attendit d'avoir tous les éléments de l'histoire pour poser quelques questions ; ce n'était pas quelque-chose d'évident à avaler.

— Donc elle s'est simplement servie dans la serre.

— C'est ça. Je ne savais pas qu'elle connaissait l'existence de l'endroit.

— Mais tu as fini par le savoir. Pourquoi ne pas l'avoir arrêtée directement ?

— Je n'y suis pas parvenu. J'avais peur qu'elle s'en prenne à toi, je te l'ai dit.

— Ça n'aurait pas pu arriver si tu l'avais arrêtée. Elle était définitivement coupable. Il y a forcément autre chose. Alors dis-moi honnêtement, pourquoi ne l'as-tu pas arrêtée ? Je ne veux pas entendre d'excuse. Elle a tué des gens, Achilles.

Il avait raison, bien sûr. Achilles s'arrêta au milieu du trottoir, la pluie avait lavé les rues de tout passant. Ils étaient seuls.

— Je ne l'ai pas arrêtée… Parce que j'ai des sentiments pour elle.

— Je me disais, aussi.

Lysandre n'allait pas être jaloux. Ce n'était pas sa place. Après tant d'années de vie commune, il était évident qu'un lien s'était formé, un lien qu'il ne pouvait pas comparer à celui qui les unissait. Alors même s'il était envieux, il n'allait pas céder à la jalousie. Il inspira profondément.

— Tu voudrais l'aider à s'en sortir ?

— Non. Comme tu l'as dit, elle a fait quelque-chose d'impardonnable. Les familles ne s'en remettront jamais. Elles veulent la justice pour leurs mères, leurs femmes, leurs filles… Camille mérite d'être punie, sévèrement. Mais je ne veux pas être celui qui la tire au fond du gouffre.

— Donc tu veux laisser son cas aux mains de la justice. Tu sais que tu vas devoir témoigner, n'est- ce pas ?

— Je ne témoignerai pas contre elle. Je ne le peux pas. Je sais que c'est lâche, mais je ne peux pas.

— Et si elle m'avait tué, aussi ?

Il prit le temps de réfléchir, ouvrit la bouche plusieurs fois sans se lancer. Lysandre connaissait en réalité la réponse. Même là, même avec le cadavre de Lysandre dans ses bras, Achilles n'aurait pas dénoncé Camille. Il aurait voulu la tuer, il l'aurait détestée, mais la solution qu'il aurait trouvée n'aurait pas été de la faire juger. Non, il aurait été courageux dans sa lâcheté, comme Lysandre le disait si bien.

— Tu sais que je ne peux plus vivre sans toi...

— Je sais.

— Elle s'est dénoncée d'elle-même. Je vais laisser le karma s'occuper du reste.

Une solution que Lysandre trouvait trop facile. Il se souvint de ces flash infos qu'il avait entendus à la radio, ces instants où il s'était interrogé sur sa position dans ce genre de cas, son avis sur les meurtriers qui étaient en fuite. Il les considérait comme des égoïstes, et des idiots qui risquaient leur vie tranquille pour céder à des pulsions animales. Il comprenait désormais que les plus égoïstes n'étaient pas forcément les criminels dont tout le monde entendait parler. Il avait été terriblement égoïste, Achilles l'était davantage.

— Sache simplement que, si je respecte ton choix, je ne l'accepte pas. Mais je comprends.

Lysandre se remit en route, il avait lâché la main de son amant. Sa position resterait inchangée, peu importe les excuses qu'il recevrait. Camille ne méritait pas sa pitié. Sur un point pourtant, bien malgré lui, il était contraint d'être d'accord : elle lui avait donné ce qu'il désirait le plus dans ce monde, et il lui en était infiniment reconnaissant. Elle avait une fois acquiescé lorsqu'il avait sous le feu de l'action supposé que le méchant finirait peut-être par gagner à la fin de leur combat. Lysandre se considérait gagnant au dépend des victimes. Camille avait bel et bien perdu. Une bataille entre deux vilains, sans héro pour contrebalancer les forces. Il était tout autant à blâmer qu'Achilles.

Il serra les dents, conscient de ses torts sans parvenir à les regretter. Tant pis, il abandonnait la partie. Ils seraient un couple de monstres déguisés, tapis dans l'ombre de leur couardise, préservant leur bonheur en ignorant le malheur dont il était issu. Il se retourna en pivotant dans une flaque, au milieu du passage piéton. Les réverbères qui venaient de s'allumer créaient des reflets d'or sur la peinture blanche de la signalisation, la pluie y semait des perles éphémères. Il revint vers Achilles, lui tendit la main. Ce dernier ne le regardait plus. Le visage tourné vers le ciel, comme un tournesol qui cherchait la chaleur, il laissait l'averse rincer cette journée difficile. Lysandre effleura ses doigts, et leurs ombres dans le crépuscule s'enlacèrent naturellement, achevant de peindre le parfait tableau d'un amour perdurant sous un orage.

Le commissaire n'avait pas couru ainsi depuis au moins dix ans. Il savait que c'était une blague récurrente entre les jeunes recrues, sa capacité physique. Ils aimaient le comparer dans son dos à ces professeurs de sport qui étaient moins sportifs que les élèves qu'ils formaient. Le commissaire ne pouvait pas leur reprocher d'avoir tort : il n'avait plus vingt ans, et avait passé tant de temps dans son bureau, il ne se souvenait plus de la dernière fois où il avait eu à courser un suspect ou à porter une charge plus lourde qu'un dossier sur une étagère. En parlant de dossier, avant de devoir gambader dans tous les couloirs du commissariat, il était penché sur celui d'Achilles Tillman.

Il était compliqué de savoir quelle sentence il allait récolter. Avec les aveux de son épouse, et sa promesse que son époux n'était au courant de rien, il n'était plus suspect… Officiellement. Dans les bureaux pourtant il n'était pas encore considéré innocent. Il avait tout de même cultivé du poison pendant toutes ces années, cela ne pouvait pas être un simple loisir… Ou si ?

Cette incertitude ne l'aidait pas à rayer son nom de la liste. Dans tous les cas il aurait une amende pour possession illégale de certaines espèces dans la serre ; dont un chanvre encore interdit par la loi. Il devrait également comparaître devant le juge en tant que témoin, pour les agissements de Camille Tillman. Achilles n'était pas totalement sorti d'affaire. Quant à Camille, elle avait été transportée à l'hôpital sous haute surveillance : la jeune femme avait été frappée par une fièvre dangereuse après quelques heures d'interrogatoire. Achilles avait été prévenu, il avait fait un trajet avec les documents médicaux et pièces d'identité nécessaires. Il n'avait pas pu voir son épouse, il n'avait pas insisté non plus. Il avait seulement demandé à ce qu'on l'informe sur son état de santé si ce dernier s'aggravait ; ou s'améliorait.

Craignant un suicide pour éviter la sentence, le commissaire avait demandé des tests sanguins pour chercher la trace d'un poison. Rien n'était apparu sur les analyses. Camille était simplement victime d'une grippe vicieuse. Ils devaient attendre qu'elle guérisse pour le procès qui devrait être du gâteau, avec les preuves qu'ils avaient en leur possession. Son avocat n'avait aucun espoir de plaider l'innocence ; il allait simplement tenter de réduire la sentence au maximum. Il était justement en train de se demander s'il allait jouer la carte de la maladie mentale ou celle des conditions de vie pour alléger la peine quand il fut appelé en urgence. Il avait rayé la mention « non suspect » d'un coup de crayon à bille, et était sorti en trombe de son bureau, faisant voler derrière lui les pages du dossier qu'il croyait déjà bouclé.

Leur coupable était portée disparue. Et l'agent qui la surveillait la veille au soir était déclaré mort. Camille était introuvable. Lucas, au téléphone, avait laissé entendre qu'elle avait dû bénéficier d'une aide extérieure. La première personne qui lui venait en tête était sans aucun doute Achilles, même s'il avait du mal à l'admettre. Le commissaire avait réclamé une convocation imminente pour le détective en sursis. Achilles avait répondu directement au téléphone, ce qui était étrange : essayait-il de leur faire croire qu'il n'était pas lié à cette disparition ?

Le commissaire s'assit un instant en s'épongeant le front. Il avait fait tant d'allers-retours dans les escaliers qu'il sentait son muscle fessier le tirer désagréablement. C'était sa femme qui allait être contente de ses nouvelles proportions... Il soupira plus qu'il ne respira, à bout de souffle et d'énergie. Il n'eut pas le temps de se reposer, Achilles était déjà dans l'encadrement de la porte, les bras croisés sur sa poitrine. Il lui sourit en le saluant :

— Bonjour commissaire, je vous manquais ?

Hazel Nazo

CHAPITRE 24 : Eclosion.

Achilles devait se contenir pour ne pas arracher tous les petits pétales de l'œillet qu'il avait fourré en hâte dans sa poche après avoir reçu un appel de ses anciens collègues. Il avait accompagné Lysandre à son travail, sa mise à pied lui pesait un peu. Il n'aimait pas ne pas être occupé, et sans sa serre ni son emploi il n'avait pas grand-chose à faire chez lui. Il avait donc négocié avec Lysandre pour l'accompagner, à condition qu'il restât silencieux et dans le local.

Son amant étant un merveilleux amant, il avait craint qu'Achilles pût s'ennuyer et avait donc préparé toutes ses commandes avec lui, lui expliquant professionnellement la façon dont il assortissait les fleurs et positionnait les différentes branches et tiges. Achilles avait appris de nouvelles choses, et bien qu'il ne fût pas particulièrement un artiste dans l'âme, il avait réussi à faire quelques compositions qui avaient reçu les éloges du fleuriste. Fier comme un enfant qui obtient des félicitations, il avait redoublé d'efforts pour que le bouquet suivant soit encore mieux que le précédent. Lysandre lui avait expliqué le pouvoir des couleurs, la signification qu'elles avaient sur certaines fleurs.

Achilles avait écouté avec beaucoup d'attention : il avait appris seul à s'occuper des plantes dans sa serre, mais la partie scientifique des végétaux était différente de la partie spirituelle. Il avait également écouté pour voir le visage épanoui de Lysandre qui partageait ce qu'il aimait, ses petites anecdotes pour le garder concentré, son sourire incontrôlé lorsqu'il prenait délicatement les fleurs pour les ouvrir dans un bouquet… Achilles ne cessait de tomber amoureux encore et encore.

Il allait se lever pour l'embrasser, n'y tenant plus, mais son téléphone avait sonné. Il avait été convoqué une fois de plus. Inquiet, il était parti directement, non sans poser un léger baiser sur la joue de Lysandre qui lui avait promis de venir le retrouver devant le commissariat à la fin de sa journée. Il avait embarqué la fleur sans s'en rendre compte, et avait joué avec les pétales tout le long de son trajet, l'angoisse le faisant agir sans réfléchir. Il avait dû se forcer à croiser les bras pour ne pas garder la main dans sa poche : il ne voulait pas laisser transparaître son anxiété.

— Achilles. Tu es venu vite.

— On m'a demandé de venir immédiatement. Je vais passer outre le fait que je n'ai pas reçu de convocation officielle.

— Tu sais très bien que parfois, le temps est compté.

— C'est pour ça que je suis venu directement. Je vous écoute.

Le commissaire prit une longue inspiration. Il lui demanda de s'asseoir, et lança la bombe.

— Camille a disparu.

Il espérait voir dans le regard d'Achilles quelquechose qui pourrait le trahir, mais il n'y trouva qu'une surprise mêlée de peur. Il ne s'attendait pas à cette réaction.

— Disparu, comment ça ? Elle n'était pas sous surveillance ?

— Elle l'était, oui. Elle a disparu subitement ce matin. Un collègue a été retrouvé dans la chambre, il a été empoisonné. Les brigades sont actuellement à sa recherche.

— Donc sa garde ne l'a pas gardée ?

— Ne crachons pas sur les défunts, veux-tu ?

— Bien sûr. Ce n'est pas ce que je sous-entendais.

Il savait où le commissaire voulait en venir, aussi lui mâcha-t-il le travail.

— Elle n'est pas entrée en contact avec moi.

— Comment puis-je te croire ?

— Je vous le dis. C'est de la diffamation ce que vous faites.

— Ce sont des soupçons. Hélas, le domicile est encore en perquisition, nos équipes vont chercher plus activement.

— Peu m'importe, faites comme bon vous semble.

Achilles n'avait pas remis les pieds chez lui. Après l'inculpation de Camille, ils avaient abandonné les fouilles de la serre pour se pencher sur les trouvailles qu'ils faisaient dans sa maison ; leur maison.

Achilles était resté dormir chez Lysandre, ayant tout de même eu l'autorisation de récupérer quelques affaires sous la surveillance de Lucas qui lui adressait à peine la parole. Il ne comptait pas y retourner de sitôt, et était donc très sincère lorsqu'il disait qu'il se moquait de ce qu'ils pouvaient bien y faire. Il n'était pas particulièrement attaché à cette maison. Il avait en revanche encore des regrets par rapport à sa jolie serre qui avait été toute retournée.

— Nous avons déjà trouvé quelques indices qui nous mettent la puce à l'oreille…

Lucas toqua à la porte peu après, un dossier dans les mains.

— Commissaire, les papiers.

Achilles n'y reconnut pas leur habituel porte-vues orange, ni les dossiers cartonnés qu'ils utilisaient au bureau. Il s'agissait d'autre chose.

— Je vais te laisser jeter un œil à ceci. Nous n'y avons relevé que les empreintes de Camille, je suppose donc que tu n'as pas encore pris connaissance de ces documents.

Il lui tendit le dossier. Achilles ouvrit de grands yeux en tournant les pages agrafées, le meilleur des acteurs aurait été incapable de reproduire son expression de sincère confusion. Il avait entre les mains un dossier complet de divorce, déjà signé par le deuxième parti. Tout y était consigné, il ne lui restait plus qu'à signer sous son nom et à déposer le document chez un notaire. Il reconnut l'écriture soignée de son épouse.

— Donc tu ne sais rien de cette démarche ?

— Non... Non, je n'en sais rien. Elle n'en a jamais parlé.

— Tu ne consens alors pas à un divorce sur base de consentement mutuel ?

— Ce n'est pas votre rôle de me le demander.

— Je trouve simplement cela bien pratique que vous divorciez maintenant.

— Vous êtes en train de m'accuser ?

Achilles n'en revenait pas. Bien qu'il comprît ces appréhensions, les preuves n'allaient pas dans ce sens. Il n'avait jamais vu ou signé les papiers, qui avaient été trouvés dans leur boîte aux lettres. Il était, comme ses collègues dans la surprise la plus totale. Sur une seule chose on aurait pu le blâmer : il était bien soulagé. Camille avait tout prévu, le protégeant en lui assurant un réel avenir avec Lysandre. Plus rien ne les liait. S'il avait pu la remercier, il l'aurait fait sans retenue. Peut-être même l'aurait-il serrée dans ses bras.

— Je pense qu'il ne ment pas, commissaire.

Lucas avait parlé en gardant les yeux rivés au sol. Achilles ne se prononça pas.

— Dans tous les cas, nous n'avons aucune preuve. Ce papier a été signé et daté par Camille bien avant son inculpation, il est donc valide. Quel que soit le choix d'Achilles, le divorce peut être prononcé. Quant au reste, il n'est plus dans la liste des suspects.

— Lucas, tu ne…

— Je ne fais que citer les faits.

Achilles lui jeta un regard reconnaissant. Lucas hocha subtilement la tête. Il le raccompagna jusqu'à la sortie, il lui proposa d'appeler un taxi pour le ramener chez Lysandre. Achilles refusa poliment.

— Je vais attendre qu'il vienne me récupérer.

— Achilles, à ce propos…

— Oui ?

Lucas semblait hésiter, mais il ne flancha pas. Il se tint bien droit pour poser sa question.

— Ce fleuriste, qui est-il vraiment ?

— C'est tout simplement l'homme que j'aime.

— Donc... Tu trompais ta femme ?

— Oui... Et Non. Elle était au courant de tout depuis le début. Je ne lui ai rien caché. Tu n'as qu'à faire jouer cette histoire pour justifier le divorce soudain.

— Mmh.

Il perdit de sa prestance en s'affaissant, comme si le poids de tout ce qu'il avait eu à gérer ces dernières semaines venait soudainement se poser sur ses épaules. Il passa la main dans ses cheveux. Achilles lui fit un signe de la main en descendant les marches.

— À la revoyure, Lucas.

Il ne se retourna pas lorsqu'il entendit une réponse à son adieu.

— J'espère que désormais tu seras plus heureux.

Lysandre caressait les cheveux épais de son amant sans le quitter des yeux. Achilles avait l'esprit ailleurs, les yeux clos et le souffle lent. Il ne dormait pas, il avait ouvert les yeux pour sourire à Lysandre quelques secondes auparavant. Le dimanche était un jour particulier. Pour certains il s'agissait d'un jour agréable, le jour qui nous autorisait à ne rien faire ou à faire ce que l'on aimait faire. Pour d'autres c'était un jour nostalgique qui annonçait la fin d'encore une semaine, l'imminent lancement d'une autre. Leur semaine ayant été particulièrement éprouvante, Achilles et Lysandre auraient dû être soulagés qu'elle s'achève. Ce n'était pas le cas.

Ils n'avaient pas reparlé de tout ce qui s'était passé, évitant d'y songer en passant des soirées légères à cuisiner ensemble, se câliner sur le sofa ou se raconter de vieilles histoires. Ils avaient profité de leur soudaine vie de couple qui semblait pourtant si naturelle, comme s'ils étaient un vieux couple qui se connaissait par cœur. Lysandre s'était plu dans cette routine à peine installée qui était tellement confortable. Trop confortable. Une tonne de questions restait en suspens alors qu'ils repoussaient le moment d'autres confessions, l'ombre des non-dits menaçait leurs nuits partagées en venant les hanter durant les plus doux instants. Il ne voulait pas être le premier à relancer le sujet. Heureusement, Achilles restait le plus bavard d'entre eux.

— J'ai décidé de quitter la police.

— Je comprends. Après tout ce qu'il s'est passé ça doit être compliqué de revenir travailler normalement.

— Je n'ai pas honte, tu sais. Je ne suis pas fier mais je n'ai pas honte du tout.

— Du tout ?

Lysandre n'avait pas tenté de masquer le fond de sa pensée. Achilles se redressa, la main qui caressait ses cheveux retomba mollement sur le canapé.

— Tu penses que je devrais avoir honte ? Je n'ai tué personne, ils se sont trompés de coupable.

— Je pense que tu avais ta part de responsabilité dans ce qu'il s'est passé. Tu aurais pu dénoncer Camille. Tu aurais pu quitter l'enquête bien avant. Tu aurais pu…

« Tu aurais pu ne jamais partir et rester avec moi ». Il ne le prononça pas, Achilles le devina et reprit avec un peu plus d'humilité.

— J'ai longtemps regretté mon départ. Je ne veux plus m'en vouloir pour des choses que je ne peux plus corriger. Je sais que tu n'es pas de mon côté lorsque je dis que je ne veux pas nuire davantage à Camille.

— Je serai toujours de ton côté. Cela ne veut pas dire que je dois être d'accord. Tu sais faire tes propres choix, mon rôle c'est de les accepter même si j'en aurais fait de différents.

— Camille a disparu.

— Ça te fait peur ?

— Pas vraiment. Je me demande ce qu'elle va devenir. Peut-être même qu'elle me manquera un peu. Je ne la pardonne pas pour autant.

— Tu lui en veux ?

— Autant que je m'en veux. On était deux à croire qu'une illusion valait mieux qu'une réalité moins parfaite.

Lysandre savait qu'Achilles avait développé des sentiments pour la jeune femme. Il n'en était pas amoureux. Ils partageaient une amitié toxique et amère. Camille avait forcément laissé une empreinte dans son âme. Il renifla en détournant le regard : il ne cesserait probablement jamais d'être un peu jaloux, même s'il se l'interdisait. Achilles releva un peu la tête pour continuer :

— Je compte avancer. Je ne veux pas oublier, tu ne me laisseras pas oublier. Je ne veux juste pas rester bloqué sur tout ça.

— Je vois. Il y a autre chose dont je voulais te parler.

— Je t'écoute ?

Lysandre y avait réfléchi déjà un peu. Il ne voulait pas trop épiloguer sur le sujet mais c'était important de mettre des mots sur son ressenti, et des points sur les « i ». Achilles avait beau être sincère envers lui, il n'avait peut-être pas tout pris en compte, et Lysandre ne voulait pas l'emprisonner dans une autre relation qui finirait par lui nuire autant que la précédente.

— Je suis quelqu'un d'instable, de parfois grincheux, de parfois silencieux. Je suis un peu plus âgé que toi, j'ai vécu une vie complètement différente. Je n'ai pas de passion, que peu de culture et pour couronner le tout je ne suis pas un modèle de beauté. J'ai du ventre, des rides, quelques cheveux blancs…

— Je ne vois pas où tu veux en venir. Et j'adore tes rides et tes cheveux blancs.

— Je ne plaisante pas... Je ne suis pas la personne te correspondant le mieux. Et il y a toute cette histoire pour laquelle je ne peux pas m'empêcher de croire que je suis en partie fautif. Certaines choses auraient été totalement différentes si tu ne m'avais jamais rencontré, et ça tu ne peux pas le nier. Tu ne veux plus regretter le passé, mais je fais partie de certains de tes regrets, non ?

— Je t'aime.

— Je t'aime aussi, et c'est pour ça que je veux être sûr que...

— Tu n'as pas compris, je crois.

Achilles tenait sa main avec tendresse mais son regard était dur. Il avait l'air en colère.

— Je t'aime. Je t'ai toujours aimé, je crois même que je t'aimais avant de te rencontrer. J'aime ton cynisme, tes yeux, tes gestes. J'aime le fait que tu sois totalement différent, j'aime le fait que te quitter m'ait fait autant de mal. Le destin a eu un temps de retard en nous séparant de dix ans, mais tu es celui que je devais trouver. Je ne te blâme pas, ne le ferai jamais. Ne te sens pas coupable de choses que tu n'as jamais décidées.

— Que comptes-tu faire, maintenant ?

Achilles se détendit Le message était passé, il n'y aurait plus de raison de revenir sur ce sujet. Il sourit en répondant.

— Je vais reprendre des études ! J'ai pas mal de côté, je vais revendre la maison et je vais garder celle de ma tante en location. Ma pauvre serre a été détruite… Je vais revendre le terrain. Et je vais enfin suivre mes objectifs.

— Je suis fier de toi.

— Attends de devoir goûter mon pain !

Lysandre l'embrassa. Quels étaient ses objectifs, à lui ? Il n'eut pas à se creuser la tête pour trouver la réponse. En écoutant Achilles lui expliquer les possibilités de parcours et les choses qu'il pouvait apprendre, il se convainquit que son unique objectif serait d'être heureux. Tout simplement.

ÉPILOGUE :

Cinq ans plus tard...

Lysandre n'avait jamais été aussi heureux. Il emballa les achats du monsieur qui attendait de l'autre côté de la caisse avec un sourire. Il n'oublia pas de glisser dans le sac une des fleurs qu'il gardait près de lui dans un seau en métal. Le client le remercia platement et quitta la boutique sans le saluer, pourtant Lysandre garda son sourire niais. Rien ne pouvait altérer celui-ci. Il n'avait, après tout, jamais été aussi heureux.

Il avait en cinq ans construit un bonheur qu'il n'aurait jamais espéré construire. Les premières années n'avaient pas été toutes roses. Achille était resté étroitement surveillé en cas de contact avec sa désormais ex-épouse. Il avait demandé une démission spéciale qui lui avait été accordée sans trop de discussion ; la vision que l'on avait désormais de sa personne au travail n'était pas des plus glorieuses. À la grande surprise de Lysandre cependant cette situation n'avait pas impacté Achilles plus que cela. Sa fierté avait semblé prendre une autre apparence, et au lieu de jouer un rôle dont il pouvait être fier il s'efforçait de se récompenser pour les choix qu'il faisait réellement.

Il avait repris les études du haut de ses vingt-huit ans, non sans peine. Il était toujours plus dur d'y revenir après une longue pause… La filière qu'il avait choisie étant prisée par les très jeunes personnes, il avait eu un peu de mal à s'intégrer. Il avait néanmoins poursuivi son objectif sans se défiler et avait obtenu son diplôme de boulanger pâtissier en trois ans. La maison étant à son nom, il l'avait vendue aussitôt qu'il avait eu l'autorisation de la brigade. Camille ne serait pas revenue dans ce domicile que ni elle ni lui n'avaient considéré comme leur maison. L'argent en poche, et considéré sans emploi à l'issu de ses études, il n'avait pas voulu perdre plus de temps. Il avait fait acquisition d'un joli local dans une petite rue du centre-ville, qu'il avait acheté comptant. Il avait ensuite travaillé nuit et jour pour construire son business...

Lysandre passa un coup de chiffon sur la caisse. Il aimait cet endroit, qui retranscrivait leurs deux personnalités entre les murs de pierre et les grandes baies vitrées. Le soleil, traversant la toiture de la verrière, caressait le bois ancien des tables en noyer, et réchauffait l'assise des chaises médaillons qu'ils avaient dénichées dans une brocante. Achilles avait reconstruit une serre, laissant cette fois le choix de ses habitants à Lysandre qui se souvint avoir eu quelques larmes le jour où il avait compris qu'il s'agirait de leur boutique, à eux deux.

Le café pépinière avait eu des débuts difficiles : s'implanter dans le quartier n'était pas chose évidente... Surtout compte tenu de leurs voisins : ironie ou coup de chance, Lysandre ne savait pas dans quelle catégorie placer le fait étrange que leur jolie boutique eût pour voisins les endormis d'un cimetière, très petit et très vieux. Il savait que cette localisation étrange avait joué un rôle dans le choix du local, bien qu'Achilles ne l'eût pas mentionné. Ils avaient pourtant fini par se démarquer, avec une invention soudaine d'Achilles un jour d'automne. Le croissant à la violette était l'invention dont Achilles était particulièrement content. C'était un succès pour lui, une dédicace à son amant, et un rêve accompli. Il avait fini par devenir son propre Maître croissant avec cette recette originale. Il n'avait remporté aucun prix, mais était enfin sur un chemin qu'il n'avait regardé que de loin depuis la route toute pavée construite par ses parents.

Ces derniers n'avaient d'ailleurs plus pris de nouvelles de leur fils. Ils avaient été mis au courant pour Camille, avaient fait quelques réflexions et les parents de la jeune femme avaient rétorqué en accusant Achilles. Depuis, silence radio. Lysandre ne les avait jamais rencontrés. Il n'avait jamais réclamé à le faire, n'en voyant pas l'utilité.

Il avait eu l'occasion de saluer Artémis à travers le téléphone, il avait bon espoir de la rencontrer un jour : bien que le frère et la sœur eussent perdu leur proximité au fil des années ils n'en restaient pas moins en très bon termes. Achilles avait mentionné qu'Artémis était ce qu'il considérait comme sa seule réelle famille. En emménagent avec Lysandre il avait appris une nouvelle vision de ce que l'on pouvait considérer comme une famille. Le retrouver le matin dans la cuisine, l'embrasser pour lui dire bonne nuit, pouvoir effleurer le creux de son dos lorsqu'il se faufilait derrière lui sans un mot pour traverser la pièce, parce qu'un couple qui se comprend n'a pas besoin de parler pour communiquer...

La journée se terminait, ils n'avaient eu qu'une dizaine de clients pour le café ; plus de trente pour les plantes. À la fin de son service Lysandre avait un petit rituel qu'il gardait pour lui : Les fleurs qui n'avaient pas séduit de clients venaient avec lui rencontrer les fantômes du cimetière et il les abandonnait sur les tombes qui n'en avaient pas. Avec cette nouvelle habitude il avait appris à apprécier le geste d'offrir des fleurs qu'il détestait autrefois. Était-ce parce que les morts ne pouvaient pas le remercier ? Ou simplement parce que le bouquet en fanant vivait le même voyage, les rejoignant dans un monde qu'il ne connaissait pas ? Lysandre avait admis que les fleurs étaient un beau cadeau pour les défunts ; il n'était jamais trop tard pour changer d'avis.

Il se prépara donc à leur rendre visite, avant même de clôturer l'opération bancaire. Il entendait les ustensiles s'entrechoquer dans la cuisine, où Achilles se battait contre la vaisselle. Il détestait faire la vaisselle. Lysandre se décida à aller lui prêter main forte... La clochette qu'il avait récupérée de son ancienne boutique tintinnabula, il l'entendit à peine derrière le grondement d'un orage qui s'était fait attendre toute la semaine.

Une silhouette féminine traversa le café, nonchalamment. Malgré ses bras qui se balançaient sans retenue le long de son corps, la démarche souple de la personne en question était envoûtante. Lysandre se surprit à la fixer du regard. La potentielle cliente arriva finalement devant le comptoir, et elle n'eut pas besoin de commencer à parler pour que Lysandre la reconnaisse. Sa voix résonna pourtant dans l'espace vide de monde.

— Bonjour, je voudrais un croissant à la violette. J'ai cru comprendre que c'était votre spécialité.

— Nous allions fermer.

Il ne lui refusa pas la viennoiserie pour autant, et s'appliqua sur l'emballage. Prenant mille précautions pour y attacher une rose d'un rouge vermillon, il relança la conversation avec une fausse légèreté ; il voulait lui lancer une pique.

— Vous faudra-t-il une boisson, avec ceci ? Nous avons de très bonnes infusions, très florales.

— Non, merci, les infusions ne sont pas ma tasse de thé.

Lysandre ne releva pas le jeu de mots qu'il savait involontaire de la part de sa cliente. Il ferma le sac avec un petit autocollant.

— Je vous souhaite une belle journée. Revenez nous voir.

— Je ne suis que de passage.

Elle sourit. Il y répondit franchement, les yeux plantés dans les siens. Leur face à face aurait pu s'achever sur ce sourire. Ce ne fut pas le cas, puisque comme Lysandre le savait également, elle aimait avoir le dernier mot.

— Je retire ce que j'ai pu dire. Ne souriez pas tant, c'est encore plus terrifiant.

Il garda son rictus jusqu'à ce qu'elle passe le pas de la porte. Dès qu'elle posa le pied sur le paillasson extérieur une trombe d'eau se déversa du ciel gris anthracite. Lysandre la vit ranger calmement son sachet dans une poche, puis lui lancer un dernier regard. Il y découvrit un soupçon de gratitude qu'il n'y avait jamais vu. L'espièglerie qui dominait sa prunelle avait dû le camoufler tout ce temps.

Lysandre sentit des bras puissants se refermer autour de sa taille alors que Camille choisissait un parapluie à chaparder pour affronter la pluie. Son choix se porta sur un bleu marine que Lysandre emportait partout, au cas où. Il aurait pu l'arrêter, avoir peur de perdre son parapluie. Il la regarda partir entre les gouttes, se laissant aller dans l'étreinte de son charmant boulanger. Il avait autrefois besoin de ce parapluie comme d'un gri-gri, craignant qu'un nuage trop triste vînt imiter d'autres larmes en se déversant sur leurs rencontres. Cette vieille peur n'existait plus.

Il baissa les yeux sur les bras musclés qui le tenaient fermement. Sur le gauche, qui était couvert de farine, il reconnut le dessin de ciseaux qu'il connaissait depuis quinze ans. Et sur le droit, qui s'était relâché pour laisser sa main caresser le creux de sa hanche, il ne retrouva pas les bandages qu'il avait toujours évité de regarder. A la place, il put admirer entre le poignet et le coude, recouvrant les traces des averses précédentes et parant de toutes ses forces les moussons à venir, un petit parapluie bleu.

FIN

Remerciements :

Je ne sais par où commencer, alors en premier lieu je vais remercier ces jours de pluie qui m'ont donné tant d'inspiration.

Je vais remercier ces artistes qui ont animé ma plume, particulièrement celui qui a écrit LA chanson. La chanson qui a ouvert mon imagination pour cette histoire, et qui a fait pleuvoir les émotions dans mon cœur. Alors, Jonghyun, je ne t'oublie pas.

Je remercie et ne remercierai jamais assez mon épouse, la femme de ma vie, qui en plus d'avoir sauvé mon âme a sauvé des heures d'angoisse en m'assistant sur mes nombreux projets littéraires. T'épouser était la plus belle décision de ma vie. Je t'aime.

Je remercie mes frères et sœurs, mes précieux joyaux, sans qui je ne serais pas moi-même. Et je remercie le ciel d'avoir fait de nous les membres d'une même famille.

Je remercie les amis qui m'ont soutenue, surtout celle qui, pendant mes années de fanfictions, lisait avec tant d'engouement des textes si simples.

Je remercie la meilleure team d'illustratrices, leur douceur et leur patience, et leur travail merveilleux. C'était un plaisir de voir se dessiner mon histoire à travers vos illustrations !

Et enfin, je vous remercie vous, mes lecteurs, qui font de mes rêves une possibilité. Une lecture pour vous, c'est un million de raisons de plus pour moi de continuer d'écrire. Alors merci, de tout cœur. Je vais continuer de vous embarquer dans mon monde de mots et de fleurs !

Sous la pluie

Vous voulez découvrir d'autres histoires sur fond d'automne et de pluie ?

@HAZELNAZO.KABO

Hazel Nazo

Sous la pluie

Hazel Nazo